U0902948

尼尔斯骑鹅旅行记

[瑞典]塞尔玛・拉格洛夫 著
石琴娥 译

江苏凤凰文艺出版社
JIANGSU PHOENIX LITERATURE AND ART PUBLISHING, LTD

目录
CONTENTS

译序

《尼尔斯骑鹅旅行记》是1909年诺贝尔文学奖获得者、瑞典女作家塞尔玛·拉格洛夫（1858—1940）的代表作。该书自第一次出版到拉格洛夫去世，总共发行了三百五十万册，此后，每隔几年又再版一次，是瑞典文学作品中发行量最大的作品之一。此书迄今已被译成五十余种文字，这部作品不仅使拉格洛夫饮誉瑞典国内文坛，而且也奠定了她在世界文坛上的地位。

一

塞尔玛·拉格洛夫1858年11月20日诞生于瑞典西部风景秀丽的韦姆兰省的莫尔巴卡庄园。她的父亲是位陆军中尉，结婚后一直居住在莫尔巴卡庄园，从事农业劳动。他性格开朗，心地善良，不但能弹奏、唱歌，而且十分喜爱文学，劳动之余，一家人围坐在一起朗读诗歌和小说。父亲酷爱文学，对塞尔玛·拉格洛夫的文学生涯产生了很大的影响。除了父亲以外，祖母和姑妈对拉格洛夫的成长作用也很大。她们心里装着讲不完的韦姆兰民间传说和故事，尤其是祖母，讲起故事来语调感人，表情丰富，孩子们都喜欢围着她，从早到晚听她讲故事。

拉格洛夫出生后不久左脚不幸残疾，三岁半时，两脚完全麻痹不能行动，从此以后她总是坐在椅子上听祖母、姑妈和其他许多人讲传说和故事。七岁以后她开始大量阅读，书籍给她带来莫大的精神安慰。一天，她读到一本关于美国印第安人的冒险传说，激发起了将来要从事写作的欲望。

她的双腿经过多次治疗后终于能像健康人一样行走。1881年夏，拉格洛夫在妇女运动积极分子、女作家爱娃·弗里克赛尔的鼓励下，决心一面写作，一面把自己培养成一名女教师。她不顾父母反对，只身前往斯德哥尔摩求学，次年考入高等女子师范学院。1885年毕业后到南部的兰兹克罗纳女子学校任教，教学之余，她积极投身世界和平运动，深夜则伏案创作。

随着资本主义的兴起，作者儿时的庄园同瑞典其他庄园一样也从兴旺走向了破落，最后在19世纪80年代末被卖掉了。拉格洛夫十分依恋田园生活，第一部作品《古斯泰·贝林的故事》（1891）以强烈的怀旧感记录了庄园传统，抒发了自己的恋乡之情。但是这部作品在瑞典国内起初非但乏人问津，文学评论家们还发表了颇带贬义的评论，认为这本书是“神奇梦幻和宜人描写的大杂烩”。

1893年1月，拉格洛夫的文学生涯出现了关键性的转折。著名的丹麦文学评论家乔治·勃兰兑斯在哥本哈根发表了赞扬《古斯泰·贝林的故事》的评论文章，不仅使该书在丹麦受到欢迎，而且也改变了瑞典国内评论界对这部作品以及对拉格洛夫本人的态度。1894年当她的短篇小说集《无形的锁链》出版时，销量一下子达到了三千五百册，这在19世纪90年代的瑞典是十分罕见的。这一成功极大地鼓舞了拉格洛夫的创作热情，她辞掉教员工作，走上了职业作家之路。

此后她出版了长篇小说《假基督的奇迹》（1897）、《耶路撒冷》（1902）和短篇小说集《基督的故事》（1904），以及根据16世纪流传在瑞典西海岸的古老传说写成的叙述谋财害命故事的长篇小说《阿尔奈先生的钱》（1904）。期间，瑞典小学教师协会负责人达林建议她为瑞典小学写一本新的教科书，她欣然同意。1904年夏，她开始跋山涉水到瑞典全国各地考察，为写“一本关于瑞典的、适合孩子们在学校阅读的书……一本富有教益、严肃认真和没有一句假话的书”做准备。1907年，这部《尼尔斯骑鹅旅行记》问世了，它成了一部世界名著，为拉格洛夫赢得了与丹麦童话作家安徒生齐名的声誉。她在国内外的地位和声望也不断提高，1907年5月她当选为瑞典乌普萨拉大学荣誉博士，1909年获诺贝尔文学奖，1914年当选为瑞典学院院士，挪威、芬兰、比利时和法国等国家还把本国的最高荣誉勋章授予她。《尼尔斯骑鹅旅行记》也给她带来了巨大的经济收益，让她有能力买回童年时代住过的莫尔巴卡庄园。从1915年直到她去世，她一直居住在这座庄园里。一面辛勤地经营庄园，一面积极创作，发表了一系列长篇小说和回忆录。

1940年2月，八十二岁高龄的拉格洛夫计划为她的好友苏菲·埃尔康撰写一本传记小说，可惜只写了两章，就不幸于3月8日患脑出血，3月16日清晨去世。这位在瑞典享有崇高地位和声誉的女作家一生没有结婚，她把毕生精力都献给了文学事业。她逝世时正值芬兰冬季战争①爆发，德国法西斯攻占邻国丹麦和挪威，对她的悼念很快被隆隆的炮声所淹没。

二

《尼尔斯骑鹅旅行记》的瑞典文直译篇名为《尼尔斯·豪格尔森周游瑞典的奇妙旅行》。书中故事情节比较简单，写一个名

① 冬季战争，是一场苏联与芬兰于第二次世界大战期间爆发的苏芬战争，自1939年11月30日由苏联向芬兰发动进攻而展开，苏联最终惨胜芬兰，令其割让与租借部分领土，而后于1940年3月13日双方签订《莫斯科和平协定》为结束。

叫尼尔斯的十四岁小男孩的故事。他家住在瑞典南部，父母都是善良、勤劳却又十分贫困的农民。他不爱读书学习，总是调皮捣蛋，好作弄小动物。一个初春，尼尔斯的父母有事外出，他在家里因为捉弄一个小精灵而被对方用妖法变成了拇指般大的小人儿。正在这时，一群大雁从空中飞过，家中一只雄鹅也想展翅跟随大雁飞行，尼尔斯为了不让雄鹅飞走，紧紧抱住鹅的脖子，不料却被雄鹅带上高空。从此，他骑在鹅背上，跟随着大雁走南闯北，周游各地，历时八个月才返回家乡。

尼尔斯骑在鹅背上看到了祖国的奇山异水，学习了祖国的地理历史，听闻了许多故事传说，也经历了不少风险和苦难。在漫游中，他从旅伴和其他动物身上学到不少优点，逐渐改正了自己淘气调皮的缺点。当他重返家乡时，不仅重新变成了一个高大英俊的男孩子，而且还变得温柔、善良、乐于助人。

作者希望通过这个故事来启发少年儿童，要从小培养良好的品德，刻苦学习，改正自己的缺点。与此同时，少年儿童也可以从尼尔斯的漫游中饱览瑞典的锦绣河山，学习它的历史知识和文化传统。毫不夸张地说，瑞典近几代人，上自国王、首相，下至平民百姓，几乎幼时都阅读过这本书。影响之大可想而知。

爱国爱家是拉格洛夫创作中的一个重要主题。她的作品，除了一部《假基督的奇迹》以外，都是以祖国瑞典、家乡韦姆兰省，甚至自己的庄园为背景的。正如她在书中所说的那样：“这么多年来，她无论走到哪里，都念念不忘自己的故乡，她诚然看到其他地方比那里更美也更好，但是她在任何地方都找不到她在童年时期的故乡所感受到的那种安谧和欢悦。”

三

《尼尔斯骑鹅旅行记》一书虽然主要是为少年儿童而写，但成年人读起来也是趣味盎然，爱不释手。那么，是什么使得这么一部旅行日志般的作品如此富有魅力呢?

首先，由于本书的读者主要是少年儿童，因此作者大量采用拟人写法，把幻想和真实交织在一起，把人类世界发生的事情搬到动物、植物世界中去，使整个作品充满情趣，极为生动。

其次，为了让孩子们对枯燥乏味的历史、地理知识产生兴趣，作者在书中穿插了大量的童话、传说和民间故事，有的是为了向读者叙述历史事实，有的是为了讲述地形地貌，有的是为了介绍动植物的生活和生长规律，有的则是为了赞扬扶助弱者的优良品德，歌颂善良战胜邪恶，纯真的爱战胜自私和残暴。这种艺术上独具匠心的手法引人入胜，使作品散发出灿烂的光辉。

形象而生动的比喻是本书的另一个特色。作者根据儿童的心理，把瑞典的山川平原、城市岛屿和江河湖泊都比喻成孩子们熟悉的东西。当尼尔斯坐在鹅背上第一次从高空向下俯视时，他看到下面有一块五彩缤纷的大方格子布，那是瑞典南部一块种着不同庄稼的斯康耐大平原。书中像这样生动逼真的比喻还有很多。

作者还十分注意情节前后呼应，主线与独立成章的故事相结合。全书在尼尔斯从人变成拇指大的小人儿，又从小人儿重新变成人的主线故事中穿插了许多独立成篇的故事、童话和传说，使得各章既自成一体，又互相连贯。拉格洛夫十分擅长采用这种方法进行创作。

为了使少年儿童能够看得懂、记得住，真正掌握知识，她基本上采用白描手法，文字运用很朴实，对景物除了必要的交代外，一般不作长篇大论的描写。

当然，这部作品也存在一些不足之处。在内容上，这部作品中只看到瑞典的景物风光，很少触及社会情况。在形式上，篇幅有些太长，导致孩子们阅读起来较为费劲。文中有些地理、历史和文化内容的嵌入似显牵强，有些章节则比较平淡，略显重复。

尽管如此，《尼尔斯骑鹅旅行记》一书仍旧集知识性、趣味性和欣赏性于一身，不愧为世界文学宝库中的珍品。

这个男孩子

小精灵

从前有一个男孩子。他十四岁左右，瘦高个儿，长着一头亚麻色的头发。他胸无大志，最喜欢睡觉和吃饭，再有就是调皮捣蛋。

一个星期天的早晨，男孩子的爸爸妈妈收拾好准备出门。男孩子坐在桌旁，心想："太好了！爸爸妈妈都出去了，这段时间我想干什么就可以干什么了。就算我把爸爸的鸟枪拿下来，放它一枪，也不会有人来管我了。"

可惜，就差那么一丁点儿，爸爸似乎猜着了男孩儿的心思，他一脚踏在门槛上，就要往外走的时候，停下了脚步，扭过身来看着男孩子。"既然你不愿意跟我和妈妈一起出门，"他说道，"那么，你起码要在家里念念书。你能做到吗？"

"行啊，"男孩子答应说，"我做得到。"其实，他心里想着，反正没人知道他到底念没念书。

就在这时，妈妈动作迅速地从书架上取下一本书，把它放在了靠窗的桌子上，并且翻到了他当天要念的地方。"这篇课文一共有十四页半，”妈妈叮嘱说，“要想今天念完的话，你必须马上坐下来开始念。”

他们总算走了。男孩子站在门口看着他们渐渐远去的背影，不由得抱怨起来，觉得自己像是被捕鼠夹子夹住一样寸步难移。

“现在倒好，他们居然想出了这么巧妙的办法。在他们回家之前的这段时间里，我不得不坐在这里老老实实念课文啦。”

其实，爸爸和妈妈并不是放心地离开的，恰恰相反，他们的心情很苦恼。他们是穷苦的佃农人家，全部土地比一个菜园子大不到哪里去。在刚刚搬到这个地方的时候，他们只养了一头猪和两三只鸡，别的什么也养不起。不过，他们很勤劳，而且非常能干，如今也养起了奶牛和鹅群。他们的家境已经大大好转了，倘若不是这个儿子叫他们烦恼的话，他们本可以在这个晴朗的早晨高高兴兴地出门去的。

男孩子在学校里什么都不愿意学，爸爸埋怨他做事慢吞吞的，而且懒惰得要命，什么忙都帮不上。妈妈也觉得如此，不过她最烦恼的还是他的粗野和顽皮。“求求上天赶走他身上的那股邪恶，让他变得心地善良一些吧。”妈妈祈祷说，“要不然，他迟早会害了自己，也会给我们带来不幸。”

爸妈出门后，男孩子呆呆地站了好长时间，想来想去，决定这一次还是听话的好。于是，他一屁股坐到大靠背椅上，开始念起来了。他有气无力，叽里咕噜地把书上的那些字句念了一会儿，那半高不高的喃喃声似乎在为他催眠，他迷迷糊糊地开始打盹了。

窗外阳光明媚，春意盎然。虽然才三月二十日，可是男孩儿所在的斯康耐省南部的威曼豪格教区，春天早已来到了。树木含苞吐芽，沟渠里冰消雪融，渠边的迎春花已经悄然绽放。长在石头围墙上的矮小灌木都泛出了光亮的棕红色，远处的山毛榉树林好像每时每刻都在膨胀，变得更加茂密。天空是那么高远晴朗，碧蓝碧蓝的，连半点云彩都没有。到处都是一派生机蓬勃的景象。

男孩子家的大门半开半掩，在房里就听得见云雀的婉转啼唱。鸡和鹅三三两两地在院子里踱来踱去。奶牛也仿佛嗅到了透进牛棚里的春天的气息，时不时发出哞哞的叫声。

男孩子一边念着，一边前后点头打盹儿，他努力不让自己睡着。“不行，我可不能睡着，”他想道，“要不然我整个上午都念不完。”

然而，不知怎么的，他还是呼呼地睡着了。

不知睡了多久，他被自己身后发出来的窸窸窣窣的响声惊醒了。

男孩子面前的窗台上放着一面小镜子，镜面正对着他。他一抬头，恰好从镜子里看到妈妈那口大衣箱的箱盖是开着的。

妈妈有一个很大很重、四周包着铁皮的栎木衣箱，除了她自己外不允许别人打开。箱子里收藏着她从母亲那里继承的遗物和所有一切她特别心爱的东西。里面有两三件式样陈旧的农家妇女穿的裙袍，是用红布料做的，上身很短，下边是打着褶的裙子，胸衣上还缀着许多小珠子。那里面还有浆得绷硬的白色包头布、沉甸甸的银质带扣和项链等。如今大家早已不流行穿戴这些东西了，妈妈有好几次打算把这些老掉牙的衣物卖掉，可总是舍不得。

现在，男孩子从镜子里看得一清二楚，那口大衣箱的箱盖的确是敞开着的。他不明白是怎么回事，妈妈临走前明明把箱盖盖好了。再说只有他一个人留在家里，妈妈是不会让那口箱子开着就走的。

他心里害怕得要命，生怕有小偷溜进了屋里。于是，他一动也不敢动，就这么安安分分地坐在椅子上，两只眼睛怔怔地盯住那面镜子。

他坐在那里等着，小偷说不定什么时候就会出现在自己面前。忽然，他在箱子边上看到一团黑影，他越看越不敢相信自己的眼睛。那团黑影越来越分明了，那是个实实在在的东西，是个小精灵。它正跨坐在箱子边上。

男孩子早就听人说起过小精灵，可是他从没想到他们竟是这样的小。坐在箱边的那个小精灵的身材还没有一个巴掌高。他长着一张苍老的脸，穿着一件黑颜色的长外套、齐膝的短裤，戴着帽檐很宽的黑色硬顶帽，浑身打扮都非常整洁讲究。他刚刚从箱子里取出一件绣花胸衣，着迷地欣赏着那老古董的精致做工，压根儿没有发觉男孩子已经醒来了。

男孩子看到小精灵，感到非常惊奇。小精灵那样聚精会神地沉迷在观赏之中，既看不到别的东西，也听不到别的声音，男孩子心想，要是捉弄捉弄他，把他推到箱子里去再把箱子盖紧，那一定十分有趣。

但是男孩子的胆子还没有那么大，他不敢用手去碰小精灵，所以他朝屋里四处张望想找一件趁手的东西来堵截那个小精灵。他的目光从沙发床移到折叠桌子，再从折叠桌子移到炉灶。他还看了看爸爸挂在墙上的那支鸟枪，还有窗台上开满花朵的天竺葵和吊挂海棠。最后，他的目光落到挂在窗框上的一个旧苍蝇罩上。

他一见到那个苍蝇罩便赶紧把它摘下来，窜过去，贴着箱子边缘把小精灵扣住。他惊讶自己竟然这样走运，还没明白自己是怎样动手的，那个小精灵就被他逮住了。那个可怜的家伙躺在长纱罩的底部，脑袋朝下，再也无法爬出来了。

在起初的一刹那，男孩子不知道该怎么对付这个俘虏。他只顾小心翼翼地将纱罩摇来晃去，免得小精灵钻空子爬出来。

小精灵开口讲话了，苦苦地哀求放掉他。他说他多年来为他们一家人做了许多好事，按理说应该受到更好的对待。倘若男孩子肯放掉他的话，他将会送给他一枚古银币、一个银勺子和一枚像他父亲的银挂表那样大的金币。

说来也怪，自从男孩子可以任意摆布小精灵后，他反倒害怕起来。他忽然觉得，他在同某些陌生而可怕的妖怪打交道，这些妖怪根本不属于他的这个世界，因此他马上就答应了那笔交易。他把苍蝇罩抬起，好让小精灵爬出来。可是正当小精灵差一点儿就要爬出来的时候，男孩子忽然一转念，想到他本该要求得到一笔更大的财产和尽量多的好处，起码也要让小精灵施展魔法把那些课文变进他的脑子里去。

“唉，我真傻，居然要把他放跑！”他想道，于是又摇晃起那个纱罩想让小精灵再跌进去。

就在男孩子这样做的时候，脸上突然挨了一记重重的耳光，他觉得脑袋都快被震裂成许多块了。他一下子撞到一堵墙上，接着又撞到另一堵墙上，最后倒在地上失去了知觉。

当他清醒过来的时候，屋里只剩下他一个人，那小精灵早已不见踪影。那口大衣箱的箱盖也严严实实地盖着，而那个苍蝇罩仍旧挂在窗子上原来的地方。要不是他觉得挨过耳光的右脸热辣辣地，他真会认为刚才发生的一切不过是一场梦而已。“不管怎么说，爸爸妈妈都不会相信刚刚发生的事情，只会认为我是在做梦。”他想道，“再说他们也不会因为那小精灵的缘故让我少念几页书。我最好还是坐下来重新念书吧。”

可是，当他朝着桌子走过去的时候，他发现了一件不可思议的事。明明是自己家的房子，可是他却要比往常多走好多步才能走到桌子跟前，这是怎么回事呢？那张椅子又是怎么回事呢？他要先爬到椅子腿之间的横档上，才能攀到椅子的座板。桌子也是一样，他不爬上椅子的扶手便看不到桌面。“这究竟是怎么回事？”男孩子惊呼起来，“我想一定是那个小精灵对椅子、桌子还有整幢房子都施过妖术了。”

那本书还摊在桌上，也变得非常邪门，因为它实在太大了，要是他不站到书上去的话，他连一个字都看不完全。

他勉强念了两三行，无意之中抬头一看，眼光正好落在那面镜子上。他立刻尖声惊叫起来：“哎哟，那里又来了一个小精灵！”他在镜子里清清楚楚地看到一个很小的小人儿，头上戴着

尖顶小帽，身上穿着一条皮裤。“哎哟，那家伙的打扮和我一模一样！”他一面吃惊地叫喊，一面两只手紧捏在一起。这时，他看到镜子里的那个小人儿也做了同样的动作。

男孩子又揪揪自己的头发，拧拧自己的胳膊，再把自己的身体扭来扭去。就在同时，镜子里的那个家伙也照做不误。

男孩子绕着镜子奔跑了好几圈，想看看镜子背后是不是还藏着一个小人儿。可是他根本找不到什么人。这一下可把他吓坏了，他害怕得发起抖来。他这才明白，原来小精灵在他身上施展了妖法，他在镜子里看到的那个小人儿，不是别人，正是他自己。

大雁

男孩子简直无法相信，他竟然摇身一变，变成了小精灵。“哼，这一定是场梦，要不就是我在胡思乱想，”他想道，“再等一会儿，我一定还会变成人的。”

他站在镜子面前，紧闭双眼。过了几分钟，他睁开眼睛，等待着自己那副怪模样烟消云散。可一切还是原封不动，他还像刚才那样小。除此之外，他的模样还是同以前完全一样，淡得发白的亚麻色头发，鼻子两边的不少雀斑，皮裤和袜子上的一块块补丁，都和过去一模一样，唯一的不同之处就是它们都变得很小。

不行，这样呆呆地站在这里等待是没用的，他一定要想个办法，而他能想出的最好的法子就是去找到小精灵，同他讲和。

他跳到地板上开始寻找。他把椅子和柜子背后、沙发床底和炉灶里统统都看过，他甚至还钻进了两三个老鼠洞里去看，可他没能找到小精灵。

他一边寻找，一边呜呜地哭泣起来。他苦苦地恳求，还许诺要做一切能想出来的好事，他保证从今以后再也不对任何人说话不算数，再也不调皮捣蛋，念课文时再也不睡觉了。只要他能重新变成人，他一定会做一个讨人喜欢的、善良而又听话的孩子。可惜不管他怎么许愿，都没有半点回应。

他忽然灵机一动，记起了妈妈曾经讲过，那些小人儿往往是住在牛棚里的。于是，他决定马上就到那里去看看。幸亏屋门还半开着，否则他连门锁都够不到，更无法打开大门了。

他一走到门廊里就找他的木鞋，呆呆地对着那双又大又重的木鞋发愁，可是他马上又看到门槛上放着一双很小的木鞋。没想到小精灵那么细致周到，竟然连木鞋也给变小了，男孩子心里更加烦恼，照这么看，他倒霉的日子似乎还长着呢。

门廊外面竖着的那块旧栎木板上有一只灰色的麻雀在跳来蹦去。他一见到男孩子就高声喊道："叽叽，快来看放鹅倌儿尼尔斯！快来看拇指大的小人儿尼尔斯·豪格尔森！"

院子里的鸡和鹅纷纷掉过头来，盯着男孩子看，啼叫声乱哄哄地闹成一片。

"喔喔喔，"公鸡鸣叫说，"他真是活该，他曾经扯过我的鸡冠！"

"咕咕咕，他真活该！"母鸡们齐声呼应。

那些大鹅挤成一团，把头伸到一起来问道："是谁把他变了样？是谁把他变了样？"

最叫人奇怪的是，男孩子竟然能够听懂他们在说些什么。他非常吃惊，呆呆地站在台阶上。"这大概是因为我变成了小精灵的缘故吧。"他自言自语道。

那些母鸡无休无止地嚷嚷他真活该，叫他实在无法忍受。他捡起一块石子朝她们扔过去，还骂骂咧咧："闭上你们的臭嘴，你们这些混蛋！"

可是他却忘记了，他已经不再是母鸡们看见了就害怕的那样一个人了。整个鸡群都冲到他的身边，把他团团围住，齐声高叫："咕咕咕，你活该！咕咕咕，你活该！"

男孩子想要摆脱她们的纠缠，可是母鸡们追逐着他，一边追一边叫喊，他的耳朵险些被吵聋了，倘若他家里养的那只猫没有在这时走出来的话，他是休想冲出她们的包围圈的。那些母鸡一见到猫，顿时安静下来，装作专心在地上啄虫子吃的样子。

男孩子马上跑到猫跟前，说：“亲爱的猫咪，你不是对院子每个角落和隐蔽的洞都很熟悉吗？请你行行好，告诉我在哪儿可以找到小精灵？”

猫儿没有立刻回答。他坐了下来，把尾巴优雅地卷到腿前盘成一个圆圈，目光炯炯地盯住男孩子。那是一只很大的黑猫，脖子底下有一块白斑。他周身的毛十分平滑，在阳光照耀下显得油光光的。他的爪子蜷曲在脚掌里面，两只灰色的眼睛眯成一条细缝。这只猫的样子是非常温和驯服的。

“我当然知道小精灵住在什么地方，”他低声细气地说道，“可是，这并不代表我愿意告诉你。”

“亲爱的猫咪，你千万要帮帮我，”男孩子说道，“你难道没有看到他用妖法害得我变成了什么模样？”

猫儿把眼睛稍微睁了一睁，闪出了含着恶意的绿色光芒。他幸灾乐祸地扭动身体，心满意足地叫了老半天，这才做出回答：“难道我非得帮你忙不可，就因为你常常揪我的尾巴？”他终于说道。

这下子男孩子气得火冒三丈，他把自己的弱小忘得一干二净。

“哼，我还要揪你的尾巴！”他叫嚷着向猫儿猛扑过去。

霎时间，猫儿变了个模样，男孩子几乎不敢相信他就是刚才的那个畜生。他浑身的毛一根根笔直地竖立起来，腰拱起来形成弓状，四条腿仿佛绷紧的弹弓，尖尖的利爪在地上刨动着，那条尾巴缩得又短又粗，两只耳朵朝后贴，张开血盆大口发出怒吼，一双眼睛瞪得滚圆，闪着血红色的火光。

男孩子不甘心被一只猫吓得畏缩，他朝前逼近了一步。这时候，猫儿一个虎跃扑到了男孩子身上，把他掀倒在地上，前爪踏住了他的胸膛。男孩子感觉到猫儿的利爪刺穿了背心和衬衣，戳进了他的皮肉，大尖牙在他的咽喉上磨来蹭去。他使出了全身力气，放声大喊救命，可是没有人来。这下子完了，他的最后时刻要到了。就在这个时候，猫儿忽然把利爪缩了回去，也松开了他的喉咙。

“算啦，”猫儿慷慨地说道，“这一回就算啦，我看在女主人的面子上饶了你这一次。我只不过想让你知道咱们两个之间现在究竟谁更厉害。”猫儿说完扭身走开，他的模样又恢复成刚来时候的温顺善良。男孩子羞愧得连一句话也说不出来，他三步并作两步跑到牛棚里去寻找小精灵。

牛棚里只不过有三头奶牛。可是当男孩子进去之后，里面顿时喧闹成一片，听起来真叫人相信那里至少有三十头奶牛。

“哞！”那头名叫五月玫瑰的奶牛吼叫道，“好极了，世界上还有公道！”

“哞、哞、哞！”三头奶牛齐声吼叫起来，她们的声音一个盖过一个，他简直没法听清楚她们在叫喊什么。

男孩子想要张口问问小精灵住在哪里，可是奶牛们吵闹得天翻地覆，根本听不见他讲的话。她们怒气冲冲，就像是他平日把一条陌生的狗放进来，在她们之间乱窜的时候一样。她们乱蹦乱踢，脖子上的肉来回晃动，脑袋朝外伸出，尖角都直对着他。

“你快上这儿来，”五月玫瑰吼叫道，“我非要踢你一蹄子，绝对叫你永远忘不了！”

“你过来，”另一头名叫金百合花的奶牛哼哼道，“我要把你吊在我的犄角上跳舞！”

“你过来，我让你尝尝挨木头鞋揍的滋味，去年夏天你老是这么打我！”那头名叫小星星的奶牛也怒吼道。

“你过来，你把马蜂放进过我的耳朵里，现在我要你得到报应。”金百合花狠狠地咆哮。

五月玫瑰是她们当中年纪最大、最聪明的，她的怒气也最大。“你过来，”她训斥道，“你干了那么多坏事，我要让你统统得到惩罚。有多少次你从你妈妈身下抽走她挤奶时坐的小板凳！有多少次你妈妈提着牛奶桶走过的时候你伸出腿来绊得她跌倒！又有多少次你气得她站在这儿为你直流眼泪！”

男孩想要告诉她们，他已经后悔自己过去一直欺负她们，只要她们告诉他小精灵在哪里，他以后一定会对她们很好。可是奶牛们都不听他说话，她们吵嚷得很凶，他真害怕有哪头牛挣脱缰绳冲过来，所以还是趁早从牛棚里溜出来为妙。

他垂头丧气地走了出来。他心里明白，这个农庄上恐怕不会有人肯帮他去寻找小精灵。再说就算他找到了小精灵，也不见得会有多大用处。

他爬上了农庄厚厚的石头围墙，围墙上长满了荆棘，还攀缘着黑莓的藤蔓。他在那里坐了下来，思索着万一他变不回去，不再是人的话，那日子怎么过呀！爸爸妈妈回家一定会大吃一惊。是呀，全国各地的人都会大吃一惊哪！从东威曼豪格镇、托尔坡镇还有斯可鲁坡镇都会有人来看他的洋相，整个威曼豪格县远远近近都会有人赶来看他。说不定，爸爸和妈妈还会把他领到基维克的集市上去给大家开开眼呢。

唉，男孩子越想越心惊胆战。要是从今以后再也没有一个人看到他这副怪模样就好了。

他真是太倒霉了，世界上再没有人像他那样倒霉。他已经不再是人，而成了一个妖精。

他渐渐地开始明白过来，要是他变不回去，不再是人的话，他将失去人世间所有的一切：他再不能和别的孩子一起玩耍，也不能继承父母的小农庄，而且休想找到哪个姑娘愿意和他结婚。

他坐在那里，凝视着自己的家。那是一幢很小的农舍，圆木交叉做成的梁柱，泥土垒成的墙壁，它仿佛承受不了那陡峭的干草房顶的重压，深深陷进了地里。外面的偏屋也全都小得可怜，耕地更是狭窄得几乎难容一匹马翻身打滚。尽管这个地方那么小、那么贫穷，对他来说却是好得不能再好。他现在只需要有个牛棚地板底下的洞穴就可以容身了。

天气真是好极了，沟渠里流水淙淙作响，枝头上冒出了绿芽，小鸟叽叽喳喳，四周一片欣欣向荣。而他却难过得要命。

他从来没有看到过天空像今天这样碧蓝。候鸟成群结队匆匆飞翔。他们刚刚从国外飞回来，横越过波罗的海，绕过斯密格霍克，如今正在朝北行进的途中。各式各样的鸟儿里，他只认出了几只大雁，他们分为两行，排成楔形前进。

已经有好几群大雁飞过去了。他们飞得很高很高，然而他却还能隐约地听到他们在叫喊："加把劲儿飞向高山！加把劲儿飞向高山！"

当大雁们看到那些正在院子里慢吞吞迈着方步的家鹅的时候，他们朝地面俯冲下来，齐声呼唤道："跟我们一起来吧！一起飞向高山！"

家鹅禁不住仰起了头仔细倾听。可是他们明智地回答说："我们的日子过得很好！"

就像刚才讲的那样，这一天天气格外晴朗，空气格外新鲜。在这样的晴空中翱翔，真是一种绝妙的乐趣。随着一群又一群大雁飞过，家鹅越来越蠢蠢欲动了。有好几次，他们拍起双翅，似乎打算跟着大雁一起飞上蓝天。可是有一只上了年岁的鹅妈妈每次都告诫说："千万别发疯！他们在空中一定又挨饿又受冻。"

大雁的呼唤使得一只年轻的雄鹅怦然心动，真的萌发了长途旅行的念头。"再过来一群，我就跟他们一起去。"他说道。

又是一群大雁飞过来了，他们照样呼唤。这时候那只年轻的雄鹅就回答说："等一下，等一下，我来啦！"

他张开两只翅膀，扑向空中。但是他不经常飞行，结果又跌下来，落在地面上。

大雁们大概听见了他的叫喊，他们掉转身体，慢慢地飞回来，看看他是不是真的要跟上来。

“等一下，等一下。”他叫道，又做了一次新的尝试。

躺在石头围墙上的男孩子将这一切都听得一清二楚。“哎哟，这只大雄鹅飞走的话，那该是多么大的损失呀，”他想道，“爸爸妈妈回家来，一看大雄鹅不见了，他们一定会非常伤心的。”

他这么想的时候却又忘记了自己是那么矮小，那么没有力气。他一下子从墙上跳了下来，恰好跳到鹅群当中，用双臂紧紧抱住了雄鹅的脖子。“你可千万别飞走啊。”他央求着喊叫。

不料就在这一瞬间，雄鹅恰恰弄明白了应该怎样动作才能使自己离开地面腾空而起。他来不及停下来把小男孩从身上抖掉，只好带着他一起飞到了空中。

一下子上升到空中，让男孩子头晕目眩。等他想到应该松手放开雄鹅脖子的时候，他早已身在高空了。倘若他这时候再松开手，必定会摔得粉身碎骨。

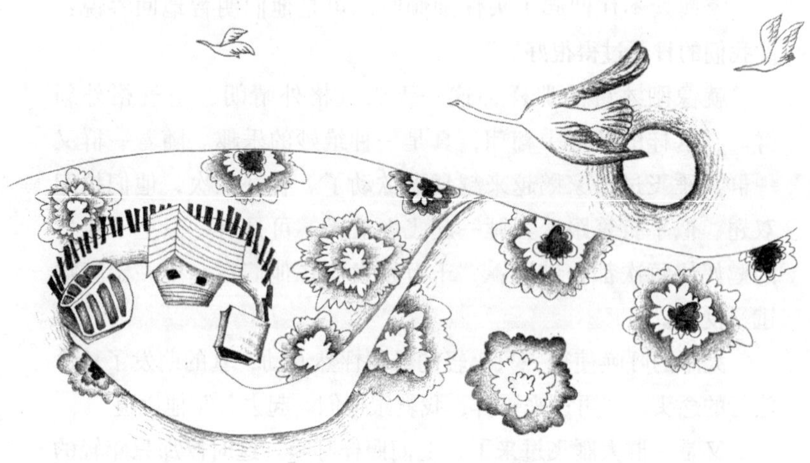

想要稍微舒服一点的话，他唯一可做的事情就是爬到鹅背上去。他费了九牛二虎之力，终于爬了上去。不过要在两只不断上

下扇动的翅膀之间坐稳，也不是一件容易的事情。他不得不用两只手牢牢地抓住雄鹅的羽毛，免得滑落。

方格子布

男孩子觉得天旋地转，一阵阵气流强劲地朝他吹来。随着翅膀的上下扇动，雄鹅的羽毛里发出暴风雨般的巨响。有十三只大雁在他身边飞翔，个个都振翼挥翅，放声啼鸣。他耳朵里嗡嗡鸣响，不知道大雁们飞行得是高是低，也不知道他们究竟要飞向哪里。

后来，他的头脑终于清醒了一些，他想他应该弄明白那些大雁究竟要把他带到哪里去。不过这并不容易，因为他不确定自己是否有勇气低头朝下看。他几乎敢肯定，只要朝下一看，他非要晕过去不可。

大雁们飞得并不特别高，因为这位新来的旅伴在稀薄的空气中会透不过气来。为了照顾他，他们比平常飞得慢一点。

后来男孩子勉强朝地面上瞄了一眼。他觉得在自己的身下，铺着一块很大很大的布，布面上分布着数目多得叫人难以相信的大大小小的方格子。

“我究竟来到了什么地方呀？”他问道。

除了接二连三的方格子以外，他什么都看不见。有些方格是斜方形的，有些是长方形的，但是每块方格都有棱有角。“我看到的究竟是怎么样的一块大方格子布呢？”男孩子自言自语地问道。当然，他并不期待有人回答他。

但是，在他身边飞翔的大雁却马上齐声叫道：“耕地和牧场，耕地和牧场。”

这一下他恍然大悟，那块大方格子布原来就是斯康耐的平坦大地，而他就在它的上空飞行。他开始明白过来，为什么大地看上去那么色彩斑斓，而且都是方格子形状了。他首先认出来了那些碧绿颜色的方格子，那是去年秋天播种的黑麦田，在积雪覆盖之下保住了绿颜色。那些灰黄颜色的方块是去年夏天庄稼收割后残留着茬根的田地。那些褐色的是老苜蓿地，而那些黑色的是还没有长出草来的牧场或者已经犁过的休耕地。

男孩子看到所有这一切都是那么四四方方的，忍不住笑出声来。

大雁们听到他的笑声，便责备地叫喊道："肥美的土地！肥美的土地！"

男孩子马上神情严肃起来。"哎呀，你碰上了最倒霉的事情，竟然还笑得出来！"他想道。他的神情严肃了不长一会儿，又笑了起来。

他越来越习惯骑着鹅在空中迅速飞行了，不但能够稳稳当当地坐在鹅背上，还可以想点别的东西。他注意到天空中熙熙攘攘的，全都是朝北方飞去的鸟群。而且这群鸟同那群鸟之间还大声啼叫着打招呼。

"哦，原来你们今天也飞过来啦。"有些鸟叫道。

"不错，我们飞过来了，"大雁们回答说，"你们觉得今年春天的光景怎么样？"

"树木还没有长出一片叶子，湖里的水还是冰凉的呢。"有些鸟儿这样说道。

男孩子注意到，大雁们并没有笔直地往前飞。他们在整个南方平原各个角落的上空盘旋翱翔，似乎对来到斯康耐旧地重游感到分外喜悦，所以想要向每个农庄问候致意。

他们来到了一个地方，那里矗立着几座雄伟的建筑物，高高的烟囱指向空中，周围是一片稀疏的房子。

"这是约德伯亚糖厂！"大雁们叫道。

男孩子顿时全身一震，他早该把这个地方认出来。这里离他家不远，他去年还在这里当过放鹅娃哪！大概是因为从空中看下去，一切东西都变了样的缘故。

唉，想想看！放鹅的小姑娘奥萨还有小马茨，去年他的小伙伴，不知道他们现在怎么样？男孩子真想知道他们是不是还在这里走动。要是他们知道了他就在他们的头顶上高高飞过的话，他们会说些什么呢？

约德伯亚渐渐从视野中消失了。他们飞到了斯威达拉和斯卡伯湖，然后又折回到布里恩格修道院和海克伯亚的上空。男孩子在这一天里见到的斯康耐的地方要远比他从出生到现在那么多年里见到的还要多。

当大雁们看到家鹅的时候，他们最开心不过了。他们会慢慢地飞到家鹅头顶上，往下呼唤道："我们飞向高山，你们也跟着来吗？"

家鹅回答说："地上还是冬天，你们出来得太早，快回去吧，快回去吧！"

大雁们飞得更低一些，为的是让家鹅听得更清楚。他们呼唤道："快来吧，我们会教你们飞天和游泳。"

这一来家鹅都生气了，一声也不吭。

大雁们飞得更低了，身子几乎擦到了地面，又忽然直冲到空中，好像他们受到了什么惊吓。"哎呀，哎呀！"他们惊呼道，"这些原来不是家鹅，而是一群绵羊！"

地上的家鹅暴跳如雷，喊叫道："但愿你们都挨枪子儿，一个都不剩！"

男孩子听到这些，禁不住哈哈大笑起来。就在这时，他想起了自己是如何倒霉，又忍不住呜呜咽咽地哭起来。可是，过了一会儿他又笑了起来。

他从来不曾以这样猛烈的速度向前飞驰过，虽然他一直想这么做。当然他也想象不出，在空中遨游竟是这样痛快惬意。地面上冉冉升起一股泥土和松脂的芬芳味道，一切能想得到的悲伤和烦恼都飞了出去。

大雪山来的大雁阿卡

傍晚

那只跟随雁群一起在空中飞行的白色大雄鹅，尽管他能够和大雁们一起在南部平原的上空来回游览，但到了下午晚些时候，他还是感到疲倦了。他竭力加深呼吸，加速拍动翅膀，然而仍远远地落在别的大雁后边。

那几只飞在末尾的大雁注意到这只家鹅跟不上队伍的时候，便向飞在最前头的领头雁叫喊道："喂，大雪山来的阿卡！喂，大雪山来的阿卡！"

"你们喊我有什么事？"领头雁问道。

"白鹅掉队啦！白鹅掉队啦！"

"快告诉他，飞快点比慢慢飞要省力！"领头雁回答说，并且照样向前伸长翅膀划动。

雄鹅尽力按照她的劝告去做，努力加快速度，可是他已经筋疲力尽，径直朝向耕地和牧场四周的柳树丛坠落下去。

"阿卡，阿卡，大雪山来的阿卡！"那些飞在队尾的大雁看到雄鹅苦苦挣扎就又叫喊道。

“你们又喊我干吗？”领头雁问道，从她的声音里听得出来她有点不耐烦。

“白鹅朝地上坠下去啦！”

“告诉他，飞得高比飞得低更省劲！”领头雁说，她一点也不放慢速度，照样划动翅膀往前冲。

雄鹅本想按照她的规劝去做，可是往上飞的时候，他却喘不过气来，肺都快要炸开了。

“阿卡，阿卡！”飞在后面的那几只大雁又呼叫起来。

“你们就不能让我好好飞吗？”领头雁比早先更加不耐烦了。

“白鹅快要撞到地上去啦！”

“跟他讲，跟不上队伍可以回家去！”她气冲冲地讲道，她的脑子里似乎根本没有要减速的念头。

“嘿，原来是这样。”雄鹅暗自思忖道。他这下子明白了，大雁根本就没有打算带他到北部的拉普兰去，只是把他带出来散散心罢了。

他非常恼火，但心有余而力不足，没有能耐向这些流浪者展示一下，哪怕是一只家鹅也能够做出一番事业来。最叫人受不了的是他和大雪山来的阿卡碰在一块儿了，尽管他是一只家鹅，也听说过有一只年纪一百多岁的名叫阿卡的领头雁。她的名声非常大，那些最好的大雁都愿意跟她结伴而行。不过，再也没有谁比阿卡和她的雁群更看不起家鹅了，所以他想要让他们看看，他跟他们是不相上下的。

他跟在雁群后面慢慢地飞着，心里在盘算到底是掉头回去还是继续向前。这时候，他背上驮着的那个小人儿突然开口说道：“亲爱的莫顿，你应该知道，你从来没有飞上天过，要想跟着大雁一直飞到拉普兰，那是不可能的。你还不在活活摔死之前赶快转身回家去？”

连这个可怜虫都不相信他有能耐完成这次飞行，于是雄鹅下定决心要坚持下去。“你要是再多嘴，我就把你摔到我们飞过的第一个泥灰石坑里去！”雄鹅气鼓鼓地叫起来。他一气之下，力气竟然大了好多，能和别的大雁飞得差不多快了。

当然，要长时间这样快地飞行他是坚持不住的，况且也不需要，因为太阳就要落山了。太阳刚刚一落下去，雁群就赶紧往下飞。男孩子和雄鹅还没有转过神来，他们就已经站立在维姆布湖的湖滨上了。

“这么说，我们要在这个地方过夜啦。”男孩子心想着，就从鹅背上跳了下来。

他站在一条狭窄的沙岸上，面前是一个相当开阔的大湖。湖面满满地覆盖着一层皱皮般的冰层，这层冰已经发黑，凹凸不平，而且处处都有裂缝和洞孔。冰层用不了多久就会消融，它已经同湖岸分开，周围形成一条带子形状的黑得发亮的水流。可是冰层毕竟是存在的，它还向四周散发出凛冽的寒气和可怕的冬天的味道。

湖对岸好像是一片明亮的开阔地带，而雁群栖息的地方却是一个大松树林。看样子，那片松树林有能力把冬天拴在自己的身边。其他地方已经露出了地面，而在松树枝条繁密的树冠底下仍然残存着积雪，这里的积雪融化了又冻结，所以坚硬得像冰一样。

男孩子觉得他来到了冰天雪地的荒原，他心情苦恼，真想号啕大哭一场。

他肚子咕噜咕噜饿得很，已经整整一天没有吃东西了。可是到哪儿去找吃的呢？现在刚刚三月，地上或者树上都还没有长出一些可以吃的东西来。

唉，他到哪里去寻找食物呢？有谁会给他房子住呢？有谁会为他铺床叠被呢？有谁来让他在火炉旁边取暖呢？又有谁来保护他不受野兽伤害呢？

太阳早已隐没，湖面上吹来一股寒气，夜幕自天而降，恐惧和不安也随着黄昏悄悄地来到。森林里开始发出淅淅沥沥的响声。

男孩子在空中遨游时的那种兴高采烈的心情已经消失殆尽。他惶惶不安地环视他的那些旅伴，除了他们之外他无依无靠。

这时候，他看到那只大雄鹅的境况比自己还要糟糕。他一直趴在原来降落的地方，看上去马上就要断气一样，脖颈无力地瘫在地上，双眼紧闭，只有一线细如游丝的气息。

“亲爱的大雄鹅莫顿，”男孩子说道，“试试看去喝喝水吧！这里离湖边只有两步路。”

可是大雄鹅一动也不动。

男孩子过去对动物都很残忍，对这只雄鹅也是如此。此时此刻他却觉得雄鹅是他唯一的依靠，他害怕得要命，弄不好他会失去雄鹅。男孩子赶紧动手推他、拉他，设法把他弄到水边去。雄鹅又大又重，男孩子费了九牛二虎之力才把他推到水边。

雄鹅把脑袋钻进了湖里，他在泥浆里一动不动地躺了半晌，不久把嘴巴伸出来，抖掉眼睛上的水珠，呼哧呼哧地呼吸起来。后来他元气恢复了，昂然在芦苇和蒲草之间游弋起来。

大雁们降落到地面上后，既不照料雄鹅，也不管鹅背上驮的那个小人儿，而是扎着猛子蹿进水里。他们刷洗了羽毛，现在正在吮啜那些半腐烂的浮莲和水草。

那只白雄鹅交上了好运气，他一眼瞅见水里有条小鲈鱼，便一下子把鱼捉住。游到岸边，把鱼放在男孩子面前。“这是送给你的，谢谢你帮我恢复体力。”他说道。

在这整整一天的时间里，男孩子第一次听到这样亲切的话。他那么高兴，真想伸出双臂紧紧地拥抱雄鹅，但是他没敢这样冒失。他也很高兴能有东西来解解他的饥饿，虽然他觉得自己吃不下生鱼，但是饥饿逼得他想尝尝鲜了。

他朝身上摸了摸，幸好小刀随身带着，拴在裤子的纽扣上。不用说，那把小刀也变得很小很小了，只有火柴杆那样短。就凭着这把小刀他把鱼鳞刮干净，把内脏挖出来。不到一会儿，他就把那条鱼吃光了。

男孩子吃饱之后却不好意思起来，因为他居然生吞活剥地吃东西。“唉，看样子我已经不再是个人，而成了一个货真价实的妖怪啦。”他暗自思忖道。

在男孩子吃鱼的那段时间里，雄鹅一直静静地站在他身边。当他咽下最后一口的时候，雄鹅才放低了声音说道：“我们碰上了一群趾高气扬的大雁，他们看不起所有的家禽。”

“是呀，我已经看出来了。”男孩子说道。

“倘若我能够跟着他们一直飞到最北面的拉普兰，让他们见识见识，一只家鹅也照样可以干出一番轰轰烈烈的事业，那将是十分光荣的。”

“哦……”男孩子支吾地拖长了声音。他不相信雄鹅真能实现他的那番豪言壮语，可是又不愿意反驳他。

“不过我认为靠我单枪匹马地去闯，是应付不来的，”雄鹅说道，“所以我想问问你，你是不是愿意陪我一起去，帮帮我的忙。”

男孩子除了急着回到家里之外，别的什么想法都没有，所以他一时之间不知道应该怎样回答。

“我还以为，咱俩一直是冤家呢。”他终于这样回答说。

可是雄鹅似乎早已把这些全都抛到脑后去了，他只牢记着男孩子刚才救过他的性命。

“我只想赶快回到爸爸妈妈身边去。”男孩子说出了自己的心思。

“那么，到了秋天我一定把你送回去，”雄鹅说道，“除非把你送到家门口，不然我是不会离开你的。”

男孩子思考起来，隔一段时间再让爸爸妈妈见到他，这个主意倒也不错。他刚要张口说他可以同意一起去的时候，他们俩听到身后传来了一阵呼啦啦的巨响。原来大雁们一齐从水中飞了上来，站在那儿抖掉身上的水珠。然后他们排成长队，由领头雁率领朝他们这边过来了。

这时候，那只白雄鹅仔细地观察这些大雁。他们的身材要比他小得多，他们当中没有一只是白颜色的，反而几乎都是灰颜色，有的身上还有褐色的杂毛。他们的眼睛简直叫他感到害怕，黄颜色、亮晶晶的，似乎眼睛背后有团火焰在燃烧。雄鹅生来就习惯慢吞吞地踱方步，这些大雁却是半奔跑半跳跃着前进。他看到他们的脚，心里很不是滋味，因为他们的脚都很大，而且脚掌都磨得伤痕斑斑。看得出来，大雁们从来不在乎脚下踩到什么东西，他们也不愿意遇到了麻烦就绕道走。

雄鹅对男孩子咬耳朵："你要大大方方地回答问话，但不必说出来你是谁。"他刚来得及说了这么一句话，大雁们就已经来到了面前。

大雁们在他们面前站定，伸长脖子，频频点头行礼。雄鹅也如此行礼，只不过点头的次数更多。等到互致敬意结束之后，领头雁说道："现在我们想请问一下，您是何等人物？"

"关于我，没有太多可说的，"雄鹅说道，"我是去年春天出生在斯堪诺尔的。去年秋天，我被卖到西威曼豪格村的豪格尔森家里。于是我就一直住在那里。"

"这么说来，你的出身并不高贵，本族里没有哪一位值得炫耀，"领头雁说道，"你究竟哪儿来的勇气，居然敢加入大雁的行列？"

"或许恰恰因为如此，我才想让你们大雁瞧瞧我们家鹅也不是一点没有出息的。"

"行啊，但愿如此，假如你真能够让我们长长见识的话，"领头雁说道，"我们已经注意到你飞行得还算可以，不过除此之外，你也许还擅长别的运动技能。说不定你善于长距离游泳吧！"

"不行，我并不擅长。"雄鹅说道。他隐隐约约看出来领头雁拿定主意要撵他回家，所以他根本不在乎怎样回答，"我除了横渡过一个泥灰石坑，还没有游过更长的距离。"他继续说道。

"那么，我想你一定是个长跑冠军喽！"领头雁又发问。

"我从来没有见到过哪个家鹅能奔善跑，我自己也不会奔跑。"雄鹅回答说，这一来使得事情比刚才还糟糕。

大白鹅现在可以断定，领头雁必定会说，她无论如何都不能够收留他。然而领头雁居然答应说："唔，你很诚实，也很有勇气。而有勇气的人是能成为一个很好的旅伴的，即使他在开头不熟练也没有关系。你跟我们再待一两天，让我们看看你的本事。"

"我很满意这样的安排。"雄鹅兴高采烈地回答。

随后，领头雁噘噘她的扁嘴问道："你带着一块来的这位是谁？像他这样的家伙我还从来没有见过。"

"他是我的旅伴，"雄鹅回答说，"他生来就是看鹅的，带他一起是会有用处的。"

"好吧，对一只家鹅来说大概有用处，"领头雁不以为然地说道，"你怎么称呼他？"

"他有好几个名字。"雄鹅吞吞吐吐地说道，一时之间竟想不出来怎样掩饰才好，因为他不愿意让大雁知道这个男孩子有个人的名字。

"噢，他叫大拇指儿。"他终于急中生智地回答。

"他和小精灵是一个家族的吗？"领头雁问道。

"你们大雁每天大概什么时候睡觉？"雄鹅突如其来地发问，企图避而不答，"这么晚了，我的眼皮早就合在一起啦。"

不难看出，那只同雄鹅讲话的大雁已经上了年纪。她周身的羽毛都是灰白色，没有一根深颜色的杂毛。她的脑袋比别的大雁更大一些，双腿比他们更粗壮，脚掌比他们磨损得更狼狈。羽毛硬邦邦的，双肩瘦削，脖颈细长，所有这些都显示出年岁不饶人。可唯独一双眼睛没有受到岁月的煎熬，她那双眼睛炯炯有神，似乎比别的大雁的眼睛更年轻。

这时候她转过身来神气活现地对雄鹅说道："雄鹅，告诉你，我是从大雪山来的阿卡，靠在我右边飞的是从瓦西亚尔来的亚克西，靠在我左边飞的是诺尔亚来的卡克西。记住，右边的第二只是从萨尔耶克恰古来的科尔美，在左边的第二只是斯瓦巴瓦拉来的奈利亚。在他们后边飞的是乌维克山来的维茜和从斯恩格利来的库西！记住，这几只雁同飞在队尾的那六只雁，三只右边的，三只左边的，他们都是最名贵的家族里的高山大雁！你不要把我们当作可以和随便什么人混在一起的流浪者。你也不要以为我们会让哪个不愿意说出自己来历的家伙和我们睡在一起。”

当领头雁阿卡用这种神态说话的时候，男孩子突然朝前站了一步。雄鹅在谈到自己的时候那么爽快利落，而在谈到他的时候却那么吞吞吐吐，这使得他心里很不好受。

“我不想隐瞒我是谁，”他说道，“我的名字叫尼尔斯·豪格尔森，是个佃农的儿子，直到今天为止我一直是一个人，可是今天上午……”

男孩没有来得及说下去。他刚刚说到他是一个人的时候，领头雁猛然后退三步，别的大雁往后退得更远一些，他们一个个伸长了脖子，暴怒地朝他鸣叫起来。

“自从我在湖边第一眼看到你，我就起了疑心，”阿卡叫嚷，“现在你马上就从这里滚开！我们不能容忍有个人混到我们当中！”

“没有必要，”雄鹅从中调解说，“你们大雁用不着对这么个小人儿感到害怕，到了明天他就回家了，可是今天晚上你们务必要留他跟我们一起过夜。要是让这么一个可怜的人在黑夜里独自去对付鼬鼠和狐狸，你们对得起自己的良心吗？”

领头雁于是走近了一些，但是看样子她还是很难压制自己心里的恐惧。

“我可领教过人的滋味，不管他是大人还是小人都叫我害怕，”她说道，“雄鹅，不过要是你能担保他不会伤害我们的话，他今天晚上就可以和我们留在一起。可是我觉得我们的宿营地恐怕不论对你还是对他都不太舒服，因为我们打算到那边的浮冰上去睡觉。”

她以为，雄鹅听到这句话就会踌躇，却不料他毫不动声色。

“你们挺聪明，懂得怎样挑选一个安全的宿营地。”

"可是你要保证他明天一定会回家去。"

"那么说，我也不得不离开你们啦，"雄鹅说，"我答应过绝不抛弃他。"

"你自己看着办！"领头雁冷冷地说道。

她振翅向浮冰飞过去，其他大雁也一只接一只跟着飞了过去。

男孩子心里很难过，他到拉普兰去的这趟旅行终于没有指望了，再说他对在这么寒冷刺骨的黑夜里露宿感到胆战心惊。

"大雄鹅，事情越来越糟糕，"他惶惶不安地说道，"首先，我们露宿在冰上会冻死的。"

可是，雄鹅却勇气十足。"没啥要紧的，"他安慰男孩子说，"现在我需要你赶快动手收集干草，能抱多少就抱多少。"

男孩子抱了满怀干草，雄鹅用嘴叼住他的衬衫衣领，把他拎了起来，飞到了浮冰上。这时大雁都已经双脚伫立，把头缩在翅膀底下，呼呼地睡着了。

"把干草铺在冰上，这样我可以有个站脚的地方，免得把脚冻在冰上。你帮我忙，我也帮你忙！"雄鹅说道。

男孩子照着吩咐做了。在他把干草铺好之后，雄鹅再一次叼起他的衬衫衣领，把他塞到翅膀底下。"我想你会在这儿暖暖和和地睡个好觉的。"他说着把翅膀夹紧。

男孩子在羽毛里被裹得严严实实，他无法答话。他躺在那里既暖和又舒适，而且还非常疲惫，一眨眼工夫他就睡着了。

黑夜

浮冰变幻无常，到了半夜，维姆布湖面上那块和陆地毫不相连的大浮冰渐渐移动起来，有个地方竟同湖岸连接在一起了。这时，有一只夜里出来觅食的狐狸看见了这个地方。那只狐狸名叫斯密尔，住在大湖对岸的公园里。他在傍晚的时候就已经见到了这些大雁，不过他当时没敢指望可以抓到一只。到这时，他趁机一下子窜到浮冰上。

正当斯密尔快到大雁身边的时候，他脚底下一滑，爪子在冰上刮出了声响。大雁们顿时惊醒过来，拍动翅膀冲天而起。可是斯密尔实在来得猝不及防，他像断线风筝一般身子笔直往前冲过去，一口咬住一只大雁的翅膀，叼起来回头就往陆地上跑过去。

男孩子在雄鹅张开翅膀的时候就惊醒过来了，他摔倒在冰上，睡眼惺忪地坐在那儿，起初弄不明白怎么会乱成一团。后来他一眼瞅见有只四条腿短短的“小狗”嘴里叼着一只大雁从冰上跑掉，他才明白过来。

男孩子马上追赶过去，想要从“狗”嘴里夺回那只大雁。他听到雄鹅在他身后高声呼叫：“当心啊，大拇指儿！”可是，男孩子觉得像这么小的一只狗哪用得着害怕，所以他奋力朝前冲了过去。

那只被狐狸斯密尔叼在嘴里的大雁听到了男孩子的木鞋踩在冰上发出的呱嗒呱嗒的响声，她几乎不敢相信自己的耳朵。“说不定这个小人儿是想把我从狐狸嘴里夺过去？”她怀疑起来。尽管她的处境那么糟糕，她还是直着嗓门呱呱地呼叫起来，声音听起来就像哈哈大笑。

“可惜，他会掉到冰窟窿里去的。”她惋惜地想道。

尽管夜很黑，但男孩子却能够清楚地看到冰面上的所有裂缝和窟窿，并且大着胆子跳了过去。原来他现在有了一双小精灵的夜视眼，能够在黑暗里看清东西。他看到了湖面和岸边，就像在大白天一样清楚。

狐狸斯密尔从浮冰和陆地相连的地方登上了岸，正当他费劲地顺着湖堤的斜坡往上奔跑的时候，男孩子朝他喊叫起来：“把大雁放下，你这个坏蛋！”

斯密尔不知道喊叫的那个人是谁，也顾不得回头向后看，只是拼命向前奔跑。

狐狸跑进了一片树干高大挺拔的山毛榉树林里，男孩子在后面紧追不舍，根本不顾会碰到什么危险。他一心想着昨天晚上大雁们是怎么奚落他的，他要向他们展示一下：一个人不管他身体如何小，与别的生物相比毕竟更通灵性。

他一遍又一遍地朝那条狗喊叫，要他把嘴里叼着的东西放下来。“你可真不要脸！偷了一整只大雁！”他叫喊说，“马上把她放下，否则你等着瞧！我要向你的主人告状，叫他轻饶不了你！”

当狐狸斯密尔听到，他被人误认为是一条怕挨打的狗时，他觉得十分可笑，几乎连嘴里叼着的那只雁也差点儿掉出来。斯密尔是个无恶不作的大强盗，他不满足于在田地里捕捉田鼠和耗子，而敢于窜到农庄上去叼鸡和鹅。他知道这一带人家见他都害怕得要命，所以像这样荒唐的话他还真没有听到过。

男孩子跑得飞快，他觉得那些粗壮的山毛榉树似乎在他身边哗啦啦地往后闪开。他终于追上了斯密尔，用手一把抓住了他的尾巴。

“现在我要把大雁从你嘴里抢下来！”他大喊道，并且用尽全身力气攥住狐狸的尾巴。但是他没有那么大的力气，拽不住斯密尔。狐狸拖着他往前跑，山毛榉树的枯叶纷纷扬扬地飘落在他身边。

这时候斯密尔好像明白过来，原来追上来的人没什么威胁。他停下身来，把大雁撂到地上，用前爪按住她，免得她得空逃走。他想先逗逗那个小人儿。“你快走开，跑回去向大人哭哭啼啼吧！我现在可要咬死这只大雁啦！”他冷笑着说道。

男孩子这才看清楚，他追赶的那只狗长着很尖很尖的鼻子，吼声嘶哑而野蛮，他心头一惊。可是狐狸那么贬低捉弄他，他气得要命，连害怕都顾不上了。他攥紧了狐狸尾巴，用脚蹬住一棵山毛榉树树根。正当狐狸张开大嘴朝大雁咽喉咬下去的时候，他使出浑身力气猛地一拽，斯密尔不曾提防，被他拖得往后倒退了两三步。这样大雁就抽空脱身了，她吃力地拍动翅膀腾空而起。她的一个翅膀已经受伤，加上在这漆黑的森林里她什么也看不见，就像一个瞎子那样无能为力，所以她帮不上男孩子什么忙，只好从纵横交叉的枝丫织成的顶篷空隙中钻出去，飞回到湖面上。

看到大雁溜走，斯密尔恶狠狠地朝男孩子直扑过去。“我吃不到那一个，就必须把你弄到手。”他吼叫道，从声音里能听出他有多么恼怒。

“哼，你休想！”男孩子说道。他救出了大雁，心里非常高兴。他一直死死地攥住狐狸的尾巴，当狐狸转过头来想抓住他的时候，他就抓着尾巴闪到另外一边。

这简直像是在森林里跳舞一样，山毛榉树叶纷纷落下，斯密尔转了一个又一个圈子，可是他的尾巴也跟着打转，男孩紧紧地抓住尾巴闪躲，狐狸无法抓住他。

男孩子起初觉得很容易，他哈哈大笑，逗弄着狐狸。可是斯密尔像所有善于追捕的老猎手一般非常有耐力，时间一长，男孩子害怕起来，担心这样下去迟早要被狐狸抓住。

就在这时候，他一眼瞅见了一株小山毛榉树，它细得像根长杆，笔直穿过树林里纠缠在一起的枝条伸向天空。他忽然放手松开了狐狸尾巴，一纵身爬到那棵树上。而斯密尔急于要抓住他，仍旧跟着自己的尾巴兜圈子。

“快别再兜圈子了。”男孩子说道。

斯密尔觉得自己连这么一个小人儿都制伏不了，简直太丢脸了，于是他就趴在这株树下等待机会。

男孩子跨坐在一根软软的树枝上，身子很不舒服。那株小山毛榉树长得不够高，够不到那些大树的枝条，所以他无法爬到另外一棵树上去，而滑下去他又不敢。

他冷得要命，险些冻僵了，连树枝也握不紧，而且还困得要命，却不敢睡觉，生怕睡着会摔下去。

啊，真想不到半夜里坐在森林里竟那么令人恐惧，他过去从来不知道“黑夜”这个词的真正含义，就仿佛整个世界都已经变成了化石，而且再也不会恢复生命。

天色终于徐徐发亮，尽管拂晓的寒冷比夜间更叫人受不住，但是男孩子心里却很高兴，因为一切又恢复了熟悉的模样。

太阳冉冉地升起来了，它不是黄澄澄的，而是红彤彤的。男孩子觉得，太阳似乎满面怒容，他弄不明白它为什么气得满脸通红，大概是因为黑夜趁它不在的时候把大地弄得一片寒冷和凄凉的缘故吧！

太阳射出了万丈光芒，不久之后，黑夜的恐怖就完全被赶走了。万物僵死得像化石的景象已经不复存在，大地又恢复了蓬勃的生机，飞禽走兽又开始忙碌起来。一只红脖颈的黑色啄木鸟在啄树干。一只松鼠抱着颗坚果钻出窝来，蹲在树枝上剥咬。一只椋鸟衔着草根朝这边飞过来。一只燕雀在枝头婉转啼叫。

于是，男孩子听懂了，太阳是在对所有这些小生灵说："醒过来吧！从你们的窝里出来吧！现在我在这里，你们就不用再提心吊胆啦！"

湖上传来了大雁的鸣叫声，他们排齐队伍准备继续飞行。过了一会儿，十四只大雁呼啦啦地飞过了树林的上空。男孩子扯开喉咙向他们呼喊，但是他们飞得那么高，根本就听不到他那微弱的喊声。他们大概以为他早给狐狸当了点心，他们甚至连一次都没有来寻找过他。

男孩子伤心得快哭出来了，但是此刻太阳稳稳地立在空中，金光灿烂地露出了个大笑脸，为整个世界增添了勇气："尼尔斯·豪格尔森，只要我在这儿，你就用不着担心害怕。"

大雁的捉弄

上午刚刚开始的时候，有一只孤零零的大雁飞进了树林浓密的树枝底下。她在树干和树枝之间心慌意乱地寻找出路，飞得很慢很慢。斯密尔一见到她，就离开那株小山毛榉树，蹑手蹑脚地去追踪她。大雁没有避开狐狸，而是紧挨着他飞。斯密尔向上直蹿起身来扑向她，可惜扑了个空，大雁朝湖边飞过去了。

没有过多久，又飞来了一只大雁，她飞得更慢、更低，甚至还擦着斯密尔的身子飞过。狐狸朝她扑过去的时候，向上蹿得更高，耳朵都碰着她的脚掌了。可是她却安然无恙地脱身闪开，像一个影子一样无声无息地朝湖边飞走了。

过了一会儿，又飞来了一只大雁，她好像在山毛榉树干之间迷了路。斯密尔奋力向上一跃，只差一根头发丝的距离就抓住她了，可惜还是让大雁脱险了。

那只大雁刚刚飞走，第四只又接踵而至。她飞得有气无力、歪歪斜斜，斯密尔觉得要抓住她是手到擒来的事。这只大雁飞的路线和其他几只一样，径自飞到了斯密尔的头顶上，她身子坠得非常低，逗引得他忍不住朝她扑了过去。他跳得如此之高，爪子已经碰到她，她忽然将身子一闪，保住了自己的性命。

还没有等斯密尔喘过气来，只见三只大雁排成一行飞过来了。他们飞的方式和先前的那几只完全一样。斯密尔跳得很高去抓他们，可是一只只都飞过去了，哪一只也没有捉到。

随后又飞来了五只大雁，他们比前面几只飞得更稳当一些，虽然他们也很想逗引斯密尔跳起来，但狐狸到底没有上当。

又过了好大一会儿，有一只孤零零的大雁飞过来了，这是第十三只。那是一只很老的雁，她浑身灰色羽毛，连一点杂毛都没有。她似乎一只翅膀不大好使，飞得歪歪扭扭、摇摇晃晃，以至于几乎碰到了地面。斯密尔连跑带跳地追赶她，一直追到湖边，然而这一次也是白费力气。

第十四只来了，他的样子非常好看，因为他浑身雪白。当他挥动巨大的翅膀时，黑黝黝的森林仿佛出现了一片光亮。斯密尔一看见他，就使出全身的力气，腾空跳到树干的一半高，但是这只白色的也像前面几只一样安然无恙地飞走了。

山毛榉树下终于安静下来了。好像整个雁群都已经飞过去了。

突然之间，斯密尔想起他在守候的猎物，便抬起头来一瞧，果然不出所料，那个小人儿早已无影无踪了。

不过斯密尔没有多少时间去想他，因为第一只大雁这时候又从湖上飞回来了，就像刚才那样在树冠下面慢吞吞地飞着。尽管一次又一次地不走运，斯密尔还是很高兴她又飞回来了。他从背后追赶上去朝她猛扑。可是他太着急，没有来得及算准步子，结果跳偏了，从她身边擦过扑了个空。

在这只大雁后面又飞来了一只，接着是第三只、第四只、第五只，轮了一圈，最后飞来的还是那只灰白色的上了年纪的大雁和那只白色的大家伙。他们都飞得很慢很低。他们在狐狸斯密尔头顶上盘旋而过时就下降得更低，好像存心要让他抓到似的。斯密尔于是紧紧地追逐他们，一跳两三米高，结果他还是一只都没有捉到。

这是斯密尔有生以来心情最为懊丧的日子。这些大雁接连不断地从他头顶上飞过来又飞过去，都离他那么近，他有好几次已经碰着他们，可惜抓不着一只来解解腹中的饥饿。

斯密尔已经是一只并不年轻的狐狸了，尽管他亲身经历过你死我活的追逐场面，但他的情绪却从来没有像现在这样烦恼过，因为他居然连一只大雁都逮不到。

早上，在这场追逐开始的时候，狐狸斯密尔是那么魁梧健壮。他很注重外表，毛色鲜红，亮光闪闪，胸口一大块雪白雪白的，鼻子黑黑的，那条蓬蓬松松的尾巴如同羽毛一样丰满。可是到了这天的傍晚，斯密尔的毛却一绺一绺零乱地耷拉着，浑身汗水流得湿漉漉的，双眼失去了光芒，舌头长长地拖在嘴巴外面，嘴里呼哧呼哧地冒着白沫。

斯密尔疲惫不堪，他头晕眼花地趴倒在地上，眼前无休无止地晃动着飞来飞去的大雁。连阳光照在地上的斑斓阴影他都要扑上去。还有一只过早从蛹里钻出来的可怜的飞蛾也遭到了他的追捕。

大雁们却继续不知疲倦地飞呀，飞呀。他们整整一天毫不间断地折磨着斯密尔。他们眼看着斯密尔心烦意乱、焦躁不安甚至大发癫狂，但是却丝毫不怜悯他。

直到后来斯密尔几乎浑身散了架，好像马上就要断气一样地瘫倒在一大堆干树叶子上面的时候，他们才停止戏弄他。

“狐狸，现在你该明白了，谁要是敢惹大雪山来的阿卡，他会落得什么样的下场！”他们在他耳边呼喊了一会儿，这才饶过他。

在上奥德修道院的公园里

就在大雁们戏弄狐狸的那一天，男孩子躺在一个早已被废弃的松鼠窝里睡着了。快到傍晚时分，他醒过来了，心里怏怏不乐。“我很快就要被送回家去了，看样子免不了以现在这副模样去见爸爸妈妈。”他苦恼地想道。

可是当他找到游弋在维姆布湖上，并且在湖里洗澡的大雁们的时候，他们当中没有人提到过一个字要让他回去。“他们大概觉得白鹅已经太累了，今天晚上没法送我回家去。”男孩子这样猜测。

第二天一清早，大雁们照样让他和白鹅参加他们每天的例行飞翔。男孩子一时之间想不出来推迟打发他回家的原因，他猜想大雁们不肯让雄鹅饿着肚子进行长途飞行。不管怎么说，他还是为了能晚点见到爸爸妈妈而高兴，哪怕晚一时一刻也好。

大雁们正在上奥德修道院的那座大庄园上空飞行，庄园坐落在湖岸东畔风光宜人的园林地带。一座高大宏伟的宅邸，背侧有铺着石板的精致庭院，亭台楼阁错落有致，四周有矮矮的围墙环绕。宅邸的前面是格调高雅的古典式大花园，那里面精心修剪的灌木树丛排列成一行行树篱，参天的古树浓荫匝地，林中小路曲折弯绕。池塘里绿水盈盈，喷泉旁水珠迸溅。大片大片的草坪修剪得平平整整，草坪边上的花坛里盛开着色彩缤纷的花。这一切真是美不胜收。

当大雁们从庄园上空飞过的时候，那里没有任何动静，连个人影都看不到。他们确信下面真的没有人，便朝着一个狗棚俯冲下去，叫喊着问道：“那里是什么小木棚？”

从狗棚里立即窜出一条被铁链锁着的狗，他愤怒地狂吠起来，喊道：“你们居然敢把这叫作小木棚？你们这些到处流浪的无赖汉！难道你们没有长眼睛，看不到这是一座用岩石砌成的宏伟宫殿？你们没有看到这座宫殿的墙壁有多么美丽？没有看到这里有那么多扇窗户、那么宽阔的大门和那么气派的露台吗？汪！而你们却把这里叫作小木棚，真是岂有此理！要知道斯康耐一带最大的地产都属于这个小木棚，你们这些叫花子，你们从空中放眼朝四面望吧，你们能望见的土地没有哪一块不属于这个小木棚的。汪！汪！汪！”

那条看家狗一口气唠叨出了这么一大串话，大雁们在庄园上空来回盘旋，默不作声地倾听着他的叫喊。当他不得不歇口气的时候，大雁们这才喊叫着回答：“你又何必生这么大的气？我们问的不是那座宫殿，我们问的恰恰是你那个狗窝。”

小男孩听到他们这样诙谐地取笑，先是忍俊不禁，随后有一个想法从他脑海中钻出来，使他一下子变得严肃起来。“唉，如果能跟随大雁们飞过全国直到拉普兰，该能听到多少这类有趣的笑话呀！”他自言自语说道，“如今你已经倒霉透顶，能够进行这样一次旅行是最好不过的了。”

大雁们飞到庄园东边一片荒芜的土地上去寻找草根吃，一找就是几个小时。那只年老的灰色领头雁也尽力帮男孩子寻找食物。她在野蔷薇丛中发现了几个还挂在梗上的野蔷薇果，小男孩狼吞虎咽地把它们吃掉了。这时候男孩子忽然想到，如果妈妈知道他现在是靠生吞活鱼和吃冬天残留下来的野蔷薇果充饥的话，她会说些什么呢？

到了星期三，大雁们一句都没有提到要把他打发回家。小男孩对荒野上的生活更加习惯了。他觉得上奥德修道院旁边那个和大森林差不多的公园几乎成他一人所有的了，他不再想回到家里那幢拥挤不堪的农舍和狭窄的耕地上去。

阿卡问他知不知道像他这样的一个小人儿，需要时刻提防多少敌人。男孩子对此毫不知情。于是，阿卡便一五一十地把那些敌人说给他听。

她告诉他说，当他在公园里走动时，他务必提防狐狸和水貂。当他走到湖岸边去的时候，他务必留心有水獭。如果他想要在石头围墙上坐下来的话，他绝对不能忘记鼬鼠，因为鼬鼠可以从很小很小的洞孔里钻出来。倘若他想要在一堆树叶上躺下身来睡会儿觉，他要先检查一下有没有正在冬眠的蝮蛇。只要身子暴露在四面空旷的开阔地带，他就要留神看看空中有没有正在盘旋的鹰隼和雕鹫。喜鹊和乌鸦到处都可以碰到，但是对于他们也千万不可掉以轻心。只要天一黑，他就应该竖起耳朵仔细听，有没有大猫头鹰飞过来，他们拍打起翅膀无声无息，往往还没有等人发觉，他们就已经来到你的身边。

小男孩才意识到原来有那么多敌人要伤害他的性命，他觉得要想保全自己似乎是不大可能了。他并不特别怕死，可是他很讨厌被别人吃掉。于是他问阿卡，他究竟应该怎样做，才能避免成为这些残暴的禽兽的食物。

阿卡马上回答说，小男孩应该努力同树林里和田野上的小动物和睦相处，同松鼠和兔子、同山雀和白头翁、同啄木鸟和云雀都友好结交。如果和他们成为好朋友，一旦有什么危险，他们就会向他发出警告，为他找好藏身之所，而且在紧急关头还会挺身而出，齐心协力地保护他。

又是一个星期天来到了，男孩子的模样一直是那么小。

不过，他似乎已经并不因此而烦恼不堪了。星期天下午，他蜷曲着身体，坐在湖边一大片茂密的草丛里，吹奏起用芦苇做成的口笛。他身边的灌木丛中挤满了山雀、燕雀和椋鸟，他们啁啁啾啾不停地歌唱。男孩子试图按着曲调学习吹奏，可是他的吹奏技术还没有入门，常常走调。那些精于此道的小先生们听得身上的羽毛直竖起来，失望地叹息、拍打翅膀。男孩子对于他们的焦急感到很好笑，忍不住咯咯地笑了起来，连手中的口笛都掉到了地上。

突然之间，男孩子瞅见阿卡率领着所有的大雁排成一列长队朝他这边走来，他们的步伐异乎寻常地缓慢而庄重。他们停下来以后，阿卡开口说道："大拇指儿，你从狐狸斯密尔的魔爪中将我的同伴搭救出来，而我却没有对你说过一句感激的话。那是因为我宁愿用行动而不是言语来表示感谢。现在我相信我已经为你做了一件大好事来报答你。我曾经派人去找过那个对你施展妖术的小精灵，我一而再、再而三地派人去告诉他，你在我们之间表现得何等出色。他终于让我们祝贺你，只要你一回到家里，就会重新变回跟原来一样的人。"

事情真是出乎意料，大雁刚开始讲话的时候，男孩子还是高高兴兴的。而当她讲完话的时候，他竟然变得那么伤心！他一言不发，扭过头去呜呜咽咽哭了起来。

"这究竟是怎么啦？"阿卡问道。

"我一点都不在乎是不是重新变成人，"他哭着说道，"我只要跟你们到拉普兰去。"

"听我一句话，"阿卡劝慰道，"那个小精灵脾气很大，如果你这次不接受他的好意，那么下回你再想去求他可就不容易啦。"

"我不要变成人嘛，"男孩子呼喊着，"我要跟你们一起到拉普兰去。就是因为这个，我才规规矩矩了整整一个星期。"

"我也不是拒绝你跟着我们旅行，倘若你当真愿意的话，"阿卡回答说，"可是你要先想明白，你是不是更愿意回家去。说不定有一天你会后悔莫及的。"

"不会的，"男孩子一口咬定说，"没有什么可后悔的。我从来没有像跟你们在一起这么快活。"

"好吧，既然如此，那就随你的便吧。"阿卡说道。

"谢谢！"男孩子兴奋地说，他高兴得流下了眼泪，刚才哭泣是因为伤心，而这一回哭泣却是因为快乐。

库拉山的鹤之舞表演大会

人们不得不承认，整个斯康耐境内虽然有许多巍然壮观的建筑物，但是没有哪一幢建筑物的墙壁能够和年代悠远的库拉山的陡峭崖壁媲美。

这些稀奇古怪、引人入胜的悬崖峭壁，前面有浩瀚大海，上面有空气清新的天空，这一切合在一起就使得库拉山分外令人喜爱。在夏季，每天都有大批游客前来游览。至于究竟是什么原因使得这座山对动物也有这样大的魅力，以至于他们每年都要在这里举行一次游艺大会，就令人难以解答了。

每次游艺大会之前，马鹿、麋鹿、山兔和狐狸等四足走兽为了避开人类的注意，便提前在夜间动身奔赴库拉山。在太阳升起之前，他们就络绎不绝地来到游艺会的场地，那是一大片长满石楠草的荒野地。

那些四足走兽来到场地之后便蹲坐在圆形山丘上，各种动物都按族类聚在一处。这一天是天下太平的一天，任何一只动物都用不着担心会遭到袭击。在这一天里，一只幼山兔可以大模大样地走过狐狸聚集的山丘而照样平安无事。话虽如此，各种动物还是各自成群地聚在一处，这是自古因袭的规矩。

在尼尔斯·豪格尔森跟着大雁们到处遨游的这一年所举行的游艺大会上，阿卡率领的雁群姗姗来迟了。这没有什么奇怪的，因为阿卡必须飞越整个斯康耐才能抵达库拉山。

大雁们在留给他们的那个山丘上降落下来。男孩子举目四顾，目光从这个山丘转向那个山丘。他看到，有一个山丘上全是七枝八叉的马鹿头上的角，而在另一个山丘上则挤满了苍鹭的脖子。狐狸围聚的那个山丘是火红色的，海鸟聚集的山丘是黑白相间的，而老鼠的那个山丘则是灰色的。有个山丘上布满了黑色的渡鸦，他们在无休无止地啼叫。另一个山丘是活泼的云雀，他们接连不断地跃向空中欢快地引吭歌唱。

按照库拉山向来的规矩，这一天的游艺表演是以乌鸦的飞行舞开始的。他们分为两群，面对面飞行，碰到一起又折回身去重新开始。这种舞蹈来来去去重复了许多遍，对于那些并不精通舞蹈规则的观众来说，未免太单调了。

乌鸦刚一跳完，山兔们就连蹦带跳跑上场来。他们蜂拥而来，并没有排成什么队形，有时是单个表演，有时三四只跑在一起。他们的毫无秩序，使得表演滑稽而有趣。现在已经是春天啦，欢天喜地的日子快要来到啦。

山兔们蹦蹦跳跳地退场之后，轮到森林里的鸟类大松鸡上场表演了。几百只身披色彩斑斓的羽毛、长着鲜红色眉毛的红嘴松鸡跳到场地中央的一棵大槲树上。他们统统沉浸在自己美妙的歌声之中。正是这种沉醉的情绪感染了所有的动物，使他们如同喝了美酒一般陶醉起来。

黑琴鸡看到红嘴松鸡的表演这样讨喜，他们也不甘示弱。他们聚集的那个地方没有树木可以倚仗，便干脆跑进场地上去，可惜场地上石楠草长得太高，大家看不到他们的全身，只能看到他们长着美丽尾翎的、不断晃动的屁股和宽大的嘴。他们齐声歌唱：“咕呃呃，咕呃呃！”

正当黑琴鸡和红嘴松鸡的较量如火如荼的时候，一件非常不得了的意外发生了。有只狐狸趁所有动物都在聚精会神地欣赏歌唱的当儿，偷偷地溜到大雁们聚集的山丘。他蹑手蹑脚地靠拢过去，有一只大雁突然之间瞅见了他，心想狐狸混进雁群里来保准不怀什么好意，便叫喊起来："当心啊，大雁们！当心啊，大雁们！"狐狸朝她直扑过去，一口咬住了她的咽喉。大雁们听到她的警报便一齐飞上天空，大雁们都飞走了之后，只见狐狸斯密尔嘴里叼着一只没了生气的大雁站在山丘上。

狐狸斯密尔由于破坏了游艺节日的和平而遭到了严厉的惩罚，他不得不后悔终生，当时他没能抑制报复的心情，竟然想出用偷偷摸摸的方式去袭击阿卡和她的雁群。他马上就被一大群狐狸团团包围起来，并且按照自古相传的老规矩受到惩处。无论是谁，只要他破坏这个盛大游艺节日的和平就要被放逐出群。没有任何一只狐狸要求减轻判决，因为他们都很清楚，倘若他们敢提出这样的要求，他们就会被永远赶出游戏场。斯密尔从今以后被禁止留在斯康耐，他被迫离开自己的妻子和亲属，舍弃他至今占有的藏身之所，背井离乡到别的陌生地方去碰运气。为了让斯康耐境内所有的狐狸都知道斯密尔已遭放逐，狐狸之中年纪最大的那只扑向斯密尔，一口把他的右耳朵尖啃了下来。这一手续刚刚办完，那些年轻的狐狸便嗜血成性地号叫着，扑到斯密尔身上撕咬起来。斯密尔没有其他办法，只好夺路而逃。他在所有年轻狐狸的穷追猛赶之下，气急败坏地逃离了库拉山。

这一切都是在黑琴鸡和红嘴松鸡进行精彩表演的过程中发生的，但是这些鸟类都已经深深陶醉在自己的歌唱之中，并没有受到什么打扰。

一阵阵悄声细语从一个山丘传到另一个山丘："现在大鹤来表演啦！"

那些身披灰色暮云的大鸟真是美得出奇，不但翅膀上长着漂亮的翎羽，脖子上也围了一圈朱红色的羽饰。这些长腿细颈、头小身大的大鸟从山丘上神秘地飞掠下来，让大家看得眼花缭乱。

他们在朝前飞掠的时候，旋转着身躯，半似翱翔，半似舞蹈。他们高雅洒脱地举翅振翼，以不可思议的速度做出各种各样的动作。他们的舞蹈别具一格，仿佛是荒凉的沼泽地上翻滚奔腾着的阵阵雾霭，他们的舞蹈里有一种魔力，以前从未到过库拉山的人这一下才恍然大悟，怪不得整个游艺大会是用“鹤之舞表演大会”来命名的。他们的舞蹈蕴含着粗犷的活力，然而激起的感情却是一种美好而愉悦的憧憬。在这一时刻，没有人会想要格斗拼命。相反，不管是长着翅膀的，还是没有长翅膀的，所有的动物都想从地面腾飞，飞到无垠无际的天空中去，飞到云层以外的太空去探索永恒的奥秘。

想要探索生活中隐藏的奥秘，对动物来说每年只有独一无二的一次，那就是在他们观看鹤之舞盛大表演的那一天。

在雨天

这是踏上旅途以来第一个雨天。大雁们在维姆布湖逗留的那些日子里，天气一直晴朗和煦。然而就在他们开始朝北飞行的那一天，天公不作美，竟下起滂沱大雨来。男孩子骑在鹅背上，一连淋了几个小时的雨，浑身都湿透了，冻得瑟瑟发抖。

在他们起程的那天清早，天气仍旧很晴朗。大雁们飞到很高很高的空中，飞得平平稳稳、不慌不忙。阿卡领头飞在前面，其余大雁保持着严格的队形在她身边斜分成两行，呈“人”字形紧紧跟随。他们并没有花费时间去逗弄地面上的动物，但也做不到在很长一段时间里完全保持沉默。于是他们不断地你呼我唤：“你在哪儿？我在这儿。你在哪儿？我在这儿。”

这次飞行是一次十分单调乏味的赶路。可是当天空中出现乌云的时候，男孩子很开心，觉得有东西可以消遣解闷了。在这以前，他只从地面上仰望过乌云，那时候他觉得乌云黑沉沉的，非常令人讨厌。但是在云层里从上往下看去，那种景象就迥然不同了。云层就像在空中行驶的一辆辆硕大无朋的货车一样，车上的东西堆积如山。这些货车越来越多，把整个天空都挤得满满的。就在这个时候，仿佛有人给了个信号，于是汪洋般的水一下子全朝地面倾泻下去。

当第一场春雨吧嗒吧嗒滴到地面上的时候，灌木丛里所有小鸟都欢呼起来，呼声震天，以至于坐在鹅背上的男孩子也被震得直跳起来。“下雨喽！雨水给我们带来春天，春天使鲜花盛开绿叶生长，鲜花和绿叶送来了虫蛹和昆虫，虫蛹和昆虫是我们的食物，又多又可口，是再好不过的美味！”小鸟们心花怒放地歌唱道。

大雁们也为春雨感到高兴，因为春雨把植物从睡梦之中唤醒，也融化冰封的湖面。他们不再像刚才那样严肃庄重了，开始朝地面上发出戏谑的呼唤。

他们飞过大片大片的种土豆的田地，在克里斯田城一带有许许多多种土豆的田地，可是眼前这些田地还都是光秃秃、黑乎乎的，啥都没有长出来。他们飞过这些田地时，便叫唤道：“土豆地，快醒醒！醒过来了就快长东西。春雨已经把你们叫醒，你们已经偷懒太久，不能再懒下去啦。”

当他们看到行人匆匆找地方躲雨时，他们便埋怨道：“你们干吗要那样匆匆忙忙？你们难道没有看见，天上掉下来的是面包和小点心吗？”

有一片很大很厚的云层正在风驰电掣地朝北飘移，它紧紧跟随在大雁们的身后。大雁们幻想着，是他们在拖着云层前进。正好这个时候，他们看到地面上有个大花园，于是他们就得意地呼唤起来：“我们送来了银莲花，我们送来了玫瑰花，我们送来了苹果花和樱桃花！我们还送来了豌豆和芸豆、萝卜和白菜！谁想要，就来拿！谁想要，就来拿！”

这就是雨滴刚刚打下时的动人情景，大家都为春雨的到来喜上眉梢。

到了下午很晚的时候，大雁们终于在一块大沼泽地中央的一棵矮小松树下面降落。那里的一切都是又潮湿又冰凉的。夜幕降临了，黑暗裹住了一切，男孩子躺在雄鹅翅膀底下，浑身湿漉漉、冷冰冰的，难受得无法入睡。他必须走到有火和灯光的地方去，这样他才不至于被活活冻死。

他从翅膀底下溜出来，一骨碌滑到了地上。既没有把雄鹅惊醒，也没有惊醒大雁们。他无声无息地溜了出来，悄悄地走出了沼泽地。

男孩子来到了一个很大的教区村庄[①]，这类教区村庄在瑞典越是朝北的地方越普遍，而在南部平原上却较为鲜见。他一见到灯光明亮的窗户，早先那种对黑暗的恐惧一下子消失了。有一幢房屋楼上有一个阳台，男孩子走过的时候，阳台门刚好砰的一声被打开，淡黄色的灯光透过精致而轻盈的窗帘照射出来。一个美貌妇人娉娉婷婷地走了出来，将身子倚在栏杆上。“一下雨，春天就来了。”她自言自语道。男孩子一眼看到她的时候，心里泛起一股奇怪的焦躁。他几乎快要哭出来，这是他因为害怕永远被排斥在人类之外而第一次感到惴惴不安。

正在这个时候，他看到一只大猫头鹰翱翔而来，飞落在街边的一棵树上。过了一会儿，一只栖息在屋檐底下的黄褐色小猫头鹰扭动身子打招呼说：“叽咕咕，叽咕咕！你回家来啦，沼泽地来的大猫头鹰？你在外省生活得好吗？”

“多谢问候，小猫头鹰！我日子过得不错，”大猫头鹰回答说，“我出门在外的这段时间里，家里发生过什么有意思的事情吗？”

“在这布莱金厄省倒没有，大猫头鹰！可是在斯康耐省却发生了一件怪事。有个小男孩被一个小精灵施展妖术，变成一只松鼠那么大。后来那个小男孩就跟着一只家鹅飞到拉普兰省去了。”

“嘿，世上的事真是无奇不有！那么请问，小猫头鹰，这个男孩子就永远不能重新变成人了吗？”

“这可是一个秘密，大猫头鹰，不过说给你听听也不碍事。

① 教区村庄，即是教师牧区和教堂所在的村庄，这类村庄一般很大而且热闹。

那位小精灵关照说，倘若男孩子能够照顾好那只雄家鹅，让他平安无事地回到家的话，那么……”

“还有什么，小猫头鹰？还有什么？都说了吧！”

“跟我一起飞到教堂钟楼上去吧，大猫头鹰，那样你就可以知道一切！在这大街上说话不方便，我怕给偷听了去。”

于是那两只猫头鹰就一齐飞走了。男孩子兴奋得忍不住把小尖帽抛到空中。他放开嗓门，高声欢呼说：“只要我照顾好雄鹅，让他平安无事地回到家的话，那么我就可以重新变成人啦！好啊！好啊！那时候我就可以重新变成人啦！”

尽管他放开喉咙大呼小叫，可奇怪的是住在房屋里的那些人却丝毫听不到动静。男孩子也不再多逗留，他大步流星地朝着大雁们栖息的潮湿的沼泽地走去。

在罗纳比河的河岸

无论是大雁们，还是狐狸斯密尔都不会相信，他们在斯康耐分道扬镳之后，居然还会重新碰头。大雁们改变了原来的路线绕道布莱金厄，而狐狸斯密尔也正朝着这边亡命而来。他这几天不得不躲躲闪闪地在北方的荒山野岭里钻来钻去，在那里他至今没见到圈养着鲜嫩诱人的雏鹿的大庄园，满腔怒火不言而喻。

一天下午，斯密尔在离罗纳比河不远的荒凉的森林地带踽踽而行，猛一抬头看见空中掠过两行雁群。他定睛凝视，分辨出其中有一只居然浑身毛色雪白。于是他明白他该做些什么了。

斯密尔紧紧跟着大雁们，因为他们逼得他走投无路，他要报仇雪耻。可是当斯密尔看到大雁们降落的地方时，他不禁倒抽了一口冷气。大雁们在一座陡峭的岩壁底下找到一片可以栖身的沙滩。他们面前是一条水急浪大的河流，身后是插翅也难以飞越的巉岩峭壁，峭壁上垂下来的萝蔓枝条正好作为他们的屏障。斯密尔根本没有本领攀登过去。

大雁们立即睡着了，而男孩子却久久不能入梦。他一骨碌从雄鹅翅膀底下钻了出来，在大雁们旁边席地而坐。

斯密尔眼巴巴地看着追逐已久的猎物，正在他怒不可遏的时候，他猛然看到有一只松鼠从树上狂奔下来，身后一只紫貂在紧紧追赶。那只松鼠没能逃脱，最后还是被紫貂抓住了。斯密尔朝紫貂走过去，他非常友好地向紫貂问候并且祝贺他捕猎成功。

"我真是觉得惊奇，"斯密尔和颜悦色地说道，"像你这样身手不凡的高明猎手，怎么仅仅满足于抓抓松鼠，却把近在咫尺的鲜美野味放过了。"他说到这里收住了话头，但是看看紫貂毫不在乎的冷笑，他继续说道："大概你没有看见峭壁底下的那些大雁？再不然就是你的攀缘本领还没有到家，没有办法爬下山去捕捉他们？"

这一回他不必等待回答了。一转眼工夫，紫貂已经顺着绝壁攀缘而下。

正当斯密尔等着听大雁们临死前的惨叫时，他却瞧见紫貂从一根树枝上来了个倒栽葱，扑通一声摔进了河里，水花飞溅得很高很高。紧接着就是一阵啪啦啪啦的拍打翅膀的声音，所有的大雁都匆忙飞到空中逃走了。

紫貂爬上岸来，那个可怜的家伙浑身淌着水，并且时不时用前爪去擦擦脑袋。

"果然不出我的所料，你是个大笨蛋，会一失足摔到河里去。"斯密尔轻蔑地说道。

"我的动作一点不笨拙，你可不能埋怨我，"紫貂申辩道，"我已经爬到了最底下的那根树枝上，蹲在那里盘算着怎样扑上去才能把大雁统统撕个粉碎。就在这个时候，有一个大小同松鼠差不多的小人儿突然窜了出来，用那么大的力气朝我脑袋上砸过来一块石头，我就被打得掉进了河里，在我来得及从河里爬起来之前，那群大雁已经……"

可是紫貂不必再多费口舌了，因为已经没有人听了，狐狸斯密尔早就转身追赶大雁去了。

在这时候，阿卡朝南面飞去，寻找新的住宿地。

尤尔坡瀑布的一侧是一个纸浆厂，另一侧是尤尔坡风景区，那里山坡陡峭，树林茂密，站在啸声震耳的急流中那几块光滑而潮湿的石头上睡觉，虽然十分可怕和危险，但是在这里他们不会受到凶狠的野兽的侵犯，这样他们也就知足了。

大雁们很快就入睡了，但男孩子却心神不宁，他仍旧坐在大雁们身边来给雄鹅放哨。

过了不多久，斯密尔连蹦带窜地沿着河岸跑了过来。他一眼瞅见大雁们站立在泡沫四溅的旋涡之中，便心中暗暗叫苦，知道这一次他又无法下手抓住他们了。可是他仍旧贼心不死。就在这个时候，他看见有一只水獭嘴里叼着一条鱼从旋涡里钻了出来。斯密尔赶快奔跑过去，说道："哎呀呀，你真是个古怪的家伙！水面的石头上站满了大雁，而你却偏偏去捕鱼吃。"他心里一着急，话讲得就不像平时那么婉转动听："你对大雁瞄都不瞄一眼，大概是因为你本事没有到家，没有办法泅水到他们那儿去。"水獭听到居然有人取笑他连一条急流都泅不过去，他自然咽不下这口气。他回头转身朝河流那边望过去，一眼瞅见了大雁，便把嘴里叼的鱼吐在地上，从陡坡上跳进了河里。

斯密尔密切关注着水獭的前进过程，总算看到水獭快要爬到大雁们的身边了。就在这个时候，他猛听得一声凄厉揪心的尖叫，水獭仰面朝天翻倒过去，坠进了水中，像一只没有睁开眼睛的猫崽那样听凭急流把他卷走了。紧接着传来了一阵大雁剧烈地拍动翅膀的声音，他们又飞开去寻找新的栖身之地了。

不久后，水獭就爬到岸上来了。他连一句话都顾不上说，便一个劲儿地揉他的一只前掌。斯密尔还不识趣地讥笑他，水獭不禁发作起来："我的游泳技巧一点毛病都没有，斯密尔。我已经爬到大雁们身边，刚要蹿起身来扑上去的时候，却有个小人儿奔过来，用一块很尖的铁皮朝我的前爪上狠狠戳了一下。那真是疼，我站立不稳便滚入了旋涡之中。”

他的话还没有讲完，斯密尔早已扬长而去，继续追踪大雁了。

阿卡和她的雁群不得不再一次在夜间飞行。在朦胧的月光照耀下，她终于又找到了一处熟悉的住宿地。

大雁们在一个阳台上降落下来，如同往常一样不出片刻就都睡着了。男孩子却没有睡觉，就在此时，他猛然听见从花园里传来了一阵鬼哭狼嚎般的咆哮。他站起身来一看，只见阳台下面洒满月光的院子里站立着一只狐狸。原来斯密尔又一次追踪大雁而来，当他发现他们栖息的地方之后，就明白他仍旧无法接近他们。他怒不可遏，忍不住号叫起来。

狐狸这么一叫，年老的领头大雁就惊醒过来了。尽管她在夜里几乎什么东西都看不清楚，她还是能够辨别出这是谁的声音。

“原来是你，斯密尔，是你半夜三更在外面闹得鸡犬不宁？”她问道。

“不错，”斯密尔回答说，“正是我。我还想请问一下，你们大雁觉得我为你们安排的这个晚上滋味如何呀？”

“什么？你的意思是说，紫貂和水獭都是你派来暗算我们的吗？”阿卡追问说。

“不错，”斯密尔得意扬扬地说道，“你们曾经用你们大雁的方式戏弄过我一回，现在我要用狐狸的戏弄方式来回敬你们啦。只要你们中间还有一只大雁活着，我就要追逐下去，直到赶尽杀绝为止，哪怕我不得不为此而跑遍全国。”

“你，斯密尔，你应该扪心自问一下这样做究竟对不对，你长着尖牙利爪，却这样苦苦逼迫我们这些没有自卫能力的大雁。”阿卡叹息道。

斯密尔以为阿卡被吓怕了，于是连忙加上几句：“哼，阿卡，要是你识相的话，你就应该把那个曾经多次与我作对的大拇指儿扔下来，交到我的面前，那么我就放你们一条生路，今后不再追赶你或者你们中间的任何一只。”

“你休想叫我交出大拇指儿，”阿卡斩钉截铁地回答说，“我们中间从最小的到最老的都愿意为他献出自己的生命。”

“哼，你们这样喜欢他，”斯密尔咬牙切齿地说道，“那么我就向你们发誓，我报仇的时候第一个就拿他下手。”

阿卡不再回答，斯密尔再号叫了几声，一切又都归于静寂。男孩子一直醒着，阿卡大义凛然答复狐狸的那一番话更使得他没有睡意了。他绝不曾想到，他居然能够听到有人愿意为他牺牲生命。从这一刻起，就再也不能说尼尔斯·豪格尔森不喜欢任何人了。

去厄兰岛

大雁们飞出去，在沿海岩石礁中的一个小岛上降落下来寻觅食物。他们在那里遇到了几只灰雁。大雁们把他们遭到狐狸斯密尔的追逐经过一五一十地说给他们听。在他们讲完之后，有只样子似乎和阿卡一样苍老、同样聪明的灰雁长叹道："唉，那只狐狸被逐出群，对你们来说可不是什么好事。他一定怀恨在心，不追赶你们到拉普兰是不肯罢休的。我要是你们的话，我就不经过斯莫兰省朝北飞啦，而是绕道海上经过厄兰岛，这样他就找不到你们的踪迹了。为了完全避开他，你们务必要在厄兰岛的南面岬角上停留两三天。那里会有许多吃的东西，也有许多鸟类可以做伴。我相信，你们要是绕道厄兰岛飞行是不会感到后悔的。"

这真是一个非常高明的主意，大雁们决定就这样做了。他们吃饱后，就起程前往厄兰岛。他们当中谁都没有去过那里，亏得灰雁把一路上的醒目标记都告诉了他们。他们只需要笔直地向南飞行，在布莱金厄省的海岸边他们会遇到大批大批的鸟群，那些鸟群都是在南大西洋过冬以后返回芬兰和俄罗斯的，他们都要经过那里，顺道在厄兰岛上歇歇脚。所以，大雁们想要找一个向导并不是什么难事。

大雁们从沿海小岛飞出去之后，身下的海面变得开阔起来。男孩子偶尔探头俯视，只觉得水天一色。他的身下不再有陆地，除了朵朵云彩之外，天上地下一片空荡，什么东西都不存在了。他感到头晕目眩，便死命地贴在鹅背上，心情比第一次骑鹅飞行还要惶惶不安。他似乎无法在鹅背上坐稳了，不是朝这个方向就是朝那个方向倾倒下去。

不久，他们同灰雁讲起过的那些鸟群汇合了。一点不假，确实有大群大群的鸟类源源不断地朝同一个方向飞去。他们似乎都沿着一条早已规定好的道路争先恐后地向前飞。

“想想看，倘若我们能飞离地球该有多好哇！”男孩子自言自语道。他开始遐想在天堂里能够见到什么样的风景。那种晕眩感一下子消失了，他只觉得非常高兴，因为他正在离开地球飞向天堂。

就在这时候，他猛听得乒乓几声枪响，看到有几股细小的白色烟柱冉冉升起。

鸟群登时惊恐大乱起来。“有人开枪啦！有人开枪啦！”他们惊慌地叫喊道，“是从船上开的枪！快往高处飞！快往高处飞！”

男孩子终于看清了，海面上有许多载满了射击者的小船，飞行在最前头的鸟群没有来得及看到。不少深颜色的躯体扑通扑通地摔进了海里，每掉下去一只，那些幸存者便发出一阵高声哀鸣。

对于这个自以为正飞向天堂的白日梦者来说，被突如其来的惊叫和哀鸣声唤醒过来，这种滋味真像心里打翻了五味瓶一般。阿卡一个冲刺，拼命往高处飞去，整个雁群也尾随其后以最快速度跟了上来。大雁们总算侥幸脱险了，然而男孩子却久久不能摆脱自己的困惑。怎么会有人对像阿卡和雄鹅这么好的鸟下毒手？人类简直不知道他们已经十恶不赦到了什么地步。

他们又往前飞了很长一段路，还是没有见到厄兰岛。这时一阵微风迎面吹来，随着风吹过来一股股白絮般的烟雾，似乎哪个地方着了火。

鸟群一见到这些滚滚而来的白烟，就显得更加焦急，加快了飞行速度。弥漫的烟尘越来越浓，后来把他们全部严严实实地裹在里面。烟尘倒没有什么异样的气味，白蒙蒙、湿漉漉的。男孩子忽然明白过来，这原来是一片大雾呀！

鸟儿原先都是秩序井然地往前飞行，现在却在云雾中玩起游戏来了。他们穿过来绕过去，存心要诱使对方迷路。“千万小心啊！”他们还戏弄地呼叫道，“你们只是在原地绕圈子！赶快回转身去吧！照这么飞行，你们是到不了厄兰岛的。”

这一下可苦了大雁们了，那些起哄的鸟儿一看到他们不大熟悉这段路途，便变本加厉地要使他们迷路。

这帮坏家伙串通一气把阿卡也搞得晕头转向，有很长一段时间大雁们都是在绕圈子。

倘若不是远处响起了一声滚雷一般的沉重炮声，那就说不好他们究竟什么时候才能飞到目的地了。

阿卡听到这炮声，精神大振，她伸长脖颈，霍霍有声地拍打翅膀，以全速向前猛冲。她终于找到了辨别路向的标志，因为那只灰雁恰好曾经对她说过，叫她切莫在厄兰岛南面的岬角降落，那里安装着一尊大炮，人们常常放炮来驱散浓雾。现在世界上再也没有谁可以愚弄她并使她迷路了。

厄兰岛南部岬角

当大雁们和尼尔斯·豪格尔森终于找到厄兰岛的时候，他们也像所有别的鸟儿一样在饲养场下面的海岸上降落下来。弥天浓雾就像刚才覆盖在海面上一样，紧紧地覆盖着这个岛。

大雁们到牧场上去觅食，男孩子却跑到海岸边去捡贻贝，那里贻贝多得很。他想着，说不定第二天他们就会到一个根本找不到食物的地方去，于是下决心要编织一只随身携带的小包，这样他就可以装上满满一包贻贝。他从牧场上找来了上一年的蓑衣草，用这些结实的草茎编结成一根根草辫，然后再编织成一个小背包。他在那里一口气不歇地干了几个小时，直到编结成功，这才高高兴兴地歇手。

中午，所有的大雁都跑过来问他有没有看见过那只白色雄鹅。“没有哇，他没有和我在一起。”男孩子回答说。

“刚才他还和我们在一起，”阿卡说道，“可是这会儿工夫，我们不知道他到哪儿去啦。”

男孩子霍地站起来，心里忐忑不安。他询问这里有没有狐狸或者鹰隼来过，再不然在附近有没有人类的踪迹。可是，大家都没有注意到有什么危险的迹象。雄鹅大概是在浓雾中迷路了。

无论白鹅是怎样失踪的，对男孩子来说都是莫大的不幸。他马上出发去寻找白雄鹅。幸好浓雾庇护了他，他随便跑到哪里都不会被别人看到，可是大雾也使他看不清东西。他沿着海岸往南奔跑，一直跑到岛上最南端岬角的航标灯和驱雾炮那里。遍地都是嘈杂的鸟群，可是却见不到雄鹅。他大着胆子闯进奥登比庄园去找，在奥登比森林里找遍了一棵又一棵已经空心了的老槲树，可是一点也找不到雄鹅的踪迹。

他找呀，找呀，一直找到天色开始暗下来，他不得不返回东海岸，他才只好拖着沉重的脚步往回走，心里充满了懊丧。可是当他蹒跚走过饲养场的时候，他忽然模模糊糊地看见一大团白色的东西在浓雾中显露出来，并且朝着他这边过来了。那不是雄鹅还会是谁呢？雄鹅完好无恙地归来了。他告诉男孩子，他真高兴终于又回到了大雁们身边，浓雾使得他晕头转向，他在饲养场上转悠了整整一天也没能找到大雁们。男孩子喜出望外，用双手勾住了雄鹅的脖子，连声恳求他以后多加小心，不要同大家走散。雄鹅一口答应了。

可是次日清晨，男孩子跑到海岸沙滩上去捡贻贝的时候，大雁们又跑过来询问他有没有见到雄鹅。

没有哇，他一点都不知道。哦，雄鹅又不见啦。他大概像昨天一样在大雾中迷失方向了。

男孩子大吃一惊，直蹿起来去寻找他。他沿着海滩寻找过去，海滩越走越开阔，地方越来越大。后来出现了大片的耕地和牧场，还有农庄。他走到了这个海岛中部的平坦的高地上去寻找，那里只有一座座风磨，没有其他的建筑物，而且植被非常稀疏，底下的白垩色石灰岩都裸露出来了。

雄鹅还是无影无踪，而天色已接近黄昏。男孩子不得不返身赶回去。他相信自己的旅伴十有八九是走丢了。他心里非常难过，情绪消沉，不知道该怎么做才好。

他刚刚翻过围墙，隐隐约约看到围墙边上的一堆碎石头里有个什么东西在动。他蹑手蹑脚走近去一看，原来是那只白雄鹅。他嘴里衔着几根长长的草茎正在费力地爬上乱石堆。雄鹅并没有看见男孩子，男孩子也没有出声喊他，因为他想，雄鹅一次又一次失踪，其中必定有原因，他想要弄个水落石出。

他很快就弄清了原因。原来乱石堆里躺着一只小灰雁，雄鹅一爬上去，小灰雁就欣喜地叫了起来。男孩子悄悄地再走近一些，从他们的讲话里才知道，那只灰雁的一只翅膀受了伤，不能够飞行了，而她的雁群却已经飞走了，只留下她孤孤单单地在这里。她险些饿死了，幸好前天白雄鹅听到了她的悲鸣，闻声赶来寻找她。从那时起，雄鹅就一直给她送食物。他们两个都希望在雄鹅离开这个岛屿之前，她能够恢复健康，可是她却至今不能动弹，更别说飞行了。她为此非常懊丧，可是他好言安慰她，并且告诉她自己一时之间还不会离开此地。他向她告别时答应说，他第二天还会来看她。

等雄鹅远去之后，男孩子轻手轻脚地走进乱石堆。他心里有点忿忿然，因为他一直被蒙在鼓里。现在他要去对这只灰雁声明，雄鹅是属于他的，是要驮着他去拉普兰的，所以根本谈不上为了她可以留下来。可是当他靠近灰雁一看，他才恍然大悟为什么雄鹅一连两天殷勤地给她送来食物，还有为什么雄鹅一字不提他在帮助她。她长着最最漂亮的小脑袋，羽毛光洁得像软缎一般，眼睛里闪烁着温柔而又祈求的光芒。

当她瞅见男孩子时，她本想赶快逃走，但是左面的翅膀脱了臼，耷拉在地上，使得她难以动弹。

“你不必害怕。”男孩子赶紧安慰说，从他的样子一点也看不出刚才他还想发火来着。“我的名字叫大拇指儿，是雄鹅莫顿的旅伴。”他继续说道。说完之后，他就直僵僵地站在那里，一时之间再也找不出话来。

其实动物身上往往具有灵性，那只灰雁就是如此。大拇指儿一说出他是谁之后，她就在他面前温顺地伸伸脖子点头致意，并且用悦耳动听的嗓音说道：“我非常高兴你到这里来帮我的忙。白雄鹅告诉我，再也没有人比你更聪明善良了。”

她说这番话的态度是那么雍容端庄，连男孩子都自愧弗如。“这哪里是一只鸟儿，”他暗自思忖道，“分明是一位被妖术坑害的公主嘛！”

他心情激动起来，很想要帮助她，便把他的那双很小的手伸到羽毛底下去摸摸她的翅骨，幸好骨头没有折断，只是关节错了位。他伸出一根手指探了探那个脱臼了的关节窝。“当心啦。”他一面说着，一面牢牢捏住那根管子状的骨头用力一推，把它推回到了原处。他是第一次做这样的事情，手脚十分利索，动作也很准确。可是这一推毕竟非常疼痛，那只可怜的小雁发出一声撕心裂肺的惨叫，然后便如同稀泥一般瘫在乱石之中，一丝生气都没有了。

男孩子吓得丢了魂，他本来是一片好意想要帮助她，想不到她却一命呜呼了。他纵身跳下乱石堆，没命地飞奔回去。他觉得，自己已经谋杀了一个真正的人。

第二天，天色转晴，大雾已经消散。阿卡吩咐说现在可以继续飞行了。别的大雁都愿意早点动身，唯独雄鹅不赞成。男孩子心里有数，他是不愿意离开灰雁。可是阿卡并没有理会雄鹅便动身了。

男孩子爬到雄鹅背上，雄鹅无可奈何地跟随雁群出发，心里老大不乐意，飞得非常慢。男孩子倒是为能够离开这个岛屿而松了一口气，他因为灰雁的缘故良心上受着谴责，可是又无颜对雄鹅坦白事情的经过，说清楚他的本意是想治愈她的。他想，雄鹅莫顿一辈子都不知道这件事才好呢。

突然之间雄鹅转过头来往回飞了，对灰雁的关切在他心中具有至高无上的地位，至于能不能去成拉普兰那就随它去吧。他明白，倘若他随了大雁们一起飞走，她那么孤苦伶仃，重创未愈，躺在那里必定会活活饿死的。

雄鹅挥动了几下翅膀就来到了乱石堆，然而小灰雁却杳无踪迹。“小灰雁邓芬！小灰雁邓芬！你在哪儿？”雄鹅焦急地呼唤道。

“大概狐狸曾经来过，把她叼走了。”男孩子想道。可是就在这时候，他听到一个悦耳的声音在回答雄鹅：“我在这儿，雄鹅，我在这儿！我一早起来就去洗澡啦。”小灰雁从水中跳跃而起，她已经恢复了健康，一点毛病也没有了。她娓娓诉说道，全靠大拇指儿将她的翅膀用力一推，使得关节复位。现在她已经痊愈了，可以继续飞行。

水珠如同珍珠一般在她绸缎一样变幻着颜色的翎羽上闪闪发亮。大拇指儿不禁又一次想到，她是一位真正的小公主。

卡尔斯岛大风暴

雁群在横越卡尔马海峡的时候，南风劲吹，把他们朝北边吹过去。就在他们快要靠近第一群礁石岛的时候，猛然传来了一阵呼啦啦巨响，就像是千百只大鸟一齐拍打翅膀飞了过来，海水登时变成了黑色。阿卡急忙停止挥动翅膀，在空中一动不动地僵滞着，然后赶紧朝海面降落下去。可是还没有等雁群落到水面，从西面卷过来的大风暴已经追到他们头上。狂风将陆地上的尘埃刮得满天飞扬，把海水卷起来变成泡沫般的水珠，把小鸟迫得无路可逃，现在狂风又将雁群卷了进去，把他们刮得七零八落。

这场大风暴实在可怕，大雁们一次又一次企图折返，然而却力不从心，随着狂风朝波罗的海飞出去。大风已经把他们推过了厄兰岛，一望无际的大海出现在他们的眼前。他们除了尽量避开风头之外别无他法。

大雁们对于浪峰涛谷并不害怕，反而觉得这是莫大的乐趣。不需要花力气自己游水了，而是随着波浪上下荡漾，就像孩子们玩秋千一样兴高采烈。他们唯一要担心的就是雁群不要失散开来。在水面上下摇荡不可避免地使他们产生了睡意，再也没有比在这种境遇下熟睡更大的危险了。阿卡不停地呼喊道：“大雁们，不许睡着！睡着了就会离群的，离了群那就完蛋啦！”

尽管费尽力气支撑着，可是大雁们毕竟太疲倦了，仍然一只接着一只睡着了，甚至连阿卡自己也差点儿打起盹来。就在这时候，她忽然注意到在一个浪头的顶峰露出了一个圆圆的深色的东西。“海豹！海豹！”阿卡死命大叫起来，扇起翅膀就冲上了天空。在最后一只大雁刚刚离开水面的时候，海豹已经到了跟前，张嘴就去咬那只大雁的脚掌。这真是千钧一发的时刻。

这样大雁又回到了大风暴之中，而风暴又把他们朝着外海卷过去。他们大着胆子降落在水面上，可是在汹涌波浪的摇荡下没过多久又都开始瞌睡起来。他们瞌睡的时候，海豹又游了过来。若不是老阿卡保持着警觉的话，他们恐怕就无一幸免了。

风暴持续了整整一天，对在这个季节飞回来的大批候鸟来说，它是一场飞来横祸。

在日落的时候，大雁们又一次回到了空中。天空乌云层积，月亮躲得无影无踪，黑夜匆匆来到了。整个大自然骤然笼罩上一层恐怖的面纱，最勇敢的人也会心惊胆战。海面上浮冰彼此冲撞，发出震耳欲聋的坼裂声。海豹吼出了粗野的捕猎之歌。这天晚上恐怖得简直像要天崩地裂一般。

绵羊群

男孩子骑在鹅背上抬头看去，在离他两三米的地方有一座嶙峋峥嵘的峭壁。山脚下白浪冲天，飞沫四溅。峭壁上豁开着一个半圆形的洞口，大雁们鱼贯飞入洞口，转眼间一切化险为夷了。

他们做的第一件事情就是查看所有的旅伴是否已经安然脱险。大雁发现除了卡克西之外没有别人掉队，他们就放心了不少。因为卡克西年纪大而且头脑聪明，她熟悉他们所有的飞行路线和习惯，她一定知道怎样才能够找到他们。

大雁们开始四处查看这个山洞。洞口有一线朦胧的光照进来，他们就借了这一点点亮光仔细环视。这个山洞又大又深，他们为能够找到这样一个舒适宽敞的地方歇息过夜而感到高兴。就在这时，有一只大雁突然发现，在一处阴暗的角落里有几个发亮的绿色光点。“那是眼睛，”阿卡惊呼起来，“这里面有大型动物！”他们立即朝洞口冲出去。可是大拇指儿的眼力在黑暗中要比大雁们强得多，他向他们喊道：“不用跑，角落里是几只羊！”

大雁们适应了洞里阴暗的光线之后，才看清楚那确实是几只羊。大羊的数目同他们自己差不多，另外还有几只羔羊。有一只大公羊长着又长又弯的犄角，看样子像是他们的领头羊。大雁们走到他面前恭恭敬敬地鞠躬致意。“幸会，幸会，荒原上的朋友。”他们招呼说。但是大公羊躺在那里一动不动，甚至连一句欢迎的话也不说。

大雁们以为，羊儿们是因为不高兴他们擅自闯进山洞里来。“我们擅自闯到你们的屋子里来，是很不对的，”阿卡连忙解释道，“可是我们也是出于无奈。我们在风暴中遭受了整整一天的磨难，被大风刮到这里。倘若我们能在这里借宿一夜，那真是再感激不过啦。”

她说完之后，很长时间里没有哪只羊回应。然而，可以清楚地听到有几只羊在深深地叹气。阿卡知道，羊的秉性扭捏怕羞，脾气也有点古怪，可是这些羊的表现却并非如此，真是叫人弄不明白。终于，有一只愁眉不展的老母羊开口说话了，她用凄苦的腔调说道："唉，不是我们不让你们在这里借宿，只是这是个不吉利的住所，我们不能像早先光景好的时候那样殷勤待客啦。"

"啊哟，你们千万不要费心，"阿卡说道，"要是你们知道我们今天遭了什么样的罪，那你们就会明白我们只要有块立足之地，能安生睡上一夜就心满意足了。"

老母羊站起身来，说道："唉，不管怎么说，我还是觉得你们在风暴里飞来飞去，也比留在这里要好得多。不过你们先不要走，等我们把家里所有好吃的东西都拿出来，请你们吃饱了肚子再说。"

她把他们领到一个盛满清水的大坑前面，水坑旁边有一大堆谷糠和草屑。她请他们吃个痛快。"去年冬天这个岛上天寒地冻，雪很大，"她说道，"饲养我们的那些农夫给我们送来了稻草和燕麦秆，我们才不至于饿死。他们送来的东西就剩下这些了。"

大雁们立刻跑到那堆草料前啄食起来。他们觉得自己运气挺好，所以胃口奇佳。他们也都留意到了那些羊儿一个个都心神不宁，不过他们知道，羊通常是容易受到惊吓的，因此他们并不相信真的会有什么危险。他们放开肚皮饱食一顿之后，就像往常一样站好准备睡觉。这时，那只大公羊却站起来走到他们面前。大雁们从来没有看见过有哪只羊长着那么长、那么粗的犄角。他身上别处也很引人注目。他有着高大而凸起的前额、机灵的眼睛和威严的神态，像是一只勇不可当的野兽。

"我不能不负责任地让你们睡过去，这里非常不安全，"他说道，"我们如今无法留客人住宿。"

阿卡终于明白过来羊儿们是认真的。"既然你们认为我们必须离开这里，我们就只好告辞了，"她说道，"但是你们不妨先告诉我们，究竟是什么让你们备受折磨？我们在这里人生地不熟，甚至连到了哪里也弄不清楚。”

“这是小卡尔斯岛，”公羊说道，“它在果特兰岛外面，在岛上居住的只有羊和海鸟。”

“你们大概是家羊吧？”阿卡问道。

“那倒不是，”公羊回答说，“其实我们同人类也没有多少关系。不过我们和果特兰岛上一个庄园的农夫商量好了，遇到多雪的冬天他们就给我们送来饲料，我们就让他们牵走一些这里过多的羊儿。这个岛非常小，所以没有足够的草料养活我们。不过我们一年到头都是自己过日子的，我们不住在有门有锁的棚屋里，而是住在这样的山洞里。”

“你们住在这里过冬吗？”阿卡惊异地问道。

“是的，我们住在这里过冬，”公羊回答说，“山上一年到头都有很好的草料。”

“你们的生活听起来要比别的羊儿更好一些，”阿卡说道，“那么你们现在遇到了什么困扰呢？”阿卡问道。

“去年冬天冷得出奇，大海也结了冰。有三只狐狸就从冰上跑了过来，从此一直在这里住了下来。以前，这个岛上是没有食肉野兽居住的。”

“哦，原来如此，难道狐狸敢对你们这样的大个儿下手吗？”

“嗯，倒也不是，白天他们是不敢的，因为白天我可以自卫，还可以保护我的伙伴，”公羊说道，晃了晃他的大角，“可是他们晚上会趁我们睡着的时候偷偷地来袭击我们。我们尽量整夜整夜不阖眼，可是总难免要睡上一会儿。等我们一睡着，他们马上就扑过来了。”

老母羊唉声叹气地说道：“我们的日子真难过呀，倘若我们是有人看管的家羊，说不定风险还会小一点！”

“那么你们觉得今天晚上那些狐狸会来吗？”阿卡问道。

“这是预料之中的事情，”老母羊回答说，“昨天晚上他们也来了，叼走了一只羊羔。看样子只要我们还有活着的，他们就一定会来。”

“让他们这样横行下去，你们很快就会被消灭的。”阿卡说道。

“是啊，用不了多久，小卡尔斯岛上的绵羊群就会绝迹了。”老母羊说道。

阿卡站在那里举棋不定，回到大风暴里去的滋味实在叫人吃不消，而待在有不速之客登门的地方，情况也不见得会有多妙。她沉思了片刻之后，回头转向大拇指儿说道：“我不知道你肯不肯像以前那样帮助我们？”她问道。

小男孩回答说他很乐意。

大雁接着说道：“我需要你一直醒着，当狐狸来的时候就把我们叫醒，好让我们飞出去。”男孩子虽然并不太愿意整夜不睡觉，可是比起承受大风暴还是要好一些，因此他答应了。

他走到洞口，将身子缩到一块石头背后去避风，就这样睁眼守卫着。山洞在半山腰，有一条又窄又陡的山路直通到洞口。他就在那里守候着。

忽然，他的耳际响起了利爪在石头上抓挠的声响。他看到三只狐狸顺着山路跑上了陡坡。

男孩子突然想到了另一个办法。

他脚步如飞，急忙奔进洞里，用力摇晃大公羊的犄角，把公羊摇醒。与此同时，一个箭步骑到山羊背上。“快站起来，往前冲！我们要叫狐狸尝尝厉害。”男孩子说道。

他尽量不弄出声响。不过狐狸大概还是听到了动静，他们跑到洞口就站定身子商量起来。

“他们一定在里面，有的还在走动哩。”有只狐狸说道。

“我怀疑他们都还醒着。”另一只说道。

“哼，往里面闯！”再有一只说，“反正他们对付不了我们。”

他们往洞口深处探了探，又站定身躯，用鼻子嗅嗅味道。

“今天晚上我们抓哪个？”

“哼，就抓那只大公羊，”最后一只狐狸说道，“以后对付别的就不在话下了。”

男孩子端坐在公羊背上，看准了狐狸正在悄悄地溜进来。“笔直朝前冲！”男孩子向公羊咬了咬耳朵。大公羊猛地用力将头朝前一顶，就把第一只狐狸顶回了洞口。“朝左边冲！”男孩子把公羊的大脑袋扳到正确的方向。公羊用犄角狠狠一戳，击中了第二只狐狸的腰侧。那只狐狸一连翻了好几个筋斗才稳住身形站了起来，匆匆逃走了。男孩子本来想让第三只也挨一下子，可惜那只早已逃跑了。

“我想，他们今天晚上见识到了我们的厉害！”男孩子说道。

“是呀，我想也是这样，”大公羊笑呵呵地说道，“现在你快在我的背上躺下来，钻到我的绒毛里去吧！你在外边被大风吹了整整一天，现在该暖和暖和身体，舒舒服服地睡个好觉了。”

地狱洞

第二天，大公羊驮着男孩子在岛上四处转悠，想让他看看岛上的风景。公羊走到峭壁边缘，男孩子从峭壁往下俯视，他看到峭壁上密密麻麻的都是鸟窝，而在底下蓝色的海水里，黑海番鸭、绒鸭和海鸠在悠然自得地捕食小青鱼。

“这真是一个令人向往的地方，”男孩子说道，“你们羊儿住的地方可真美啊！”

“是呀，这儿倒确实很美。”大公羊说道，他好像还想说点什么，可是话到嘴边又咽了回去，只是喟然长叹了一声。过了一会儿，他又说道：“你独自一人在这里走动的时候，千万要留神脚底下的裂缝，这山上有好几处很大的裂缝呢。”他还说这座山上最大的一个豁口叫作地狱洞。“要是有人失足掉了下去，那就没命啦。”大公羊警告说。

山顶上有些惨不忍睹，遍地都是羊的尸骸，大概狐狸把羊叼走之后就是在这里饕餮大嚼的。他看到了肉被吃光后剩下的完整的骨架，也有血肉狼藉的半片尸骸。这些残暴的野兽扑向羔羊只是为了取乐，叫人看了心如刀割。

公羊在尸骸面前没有停住脚步，而是默默地走了过去。可是男孩子不能对这些惨象熟视无睹。公羊语重心长地说道：“无论哪个善良的人看到这些惨状都不会无动于衷的，除非狐狸得到应有的惩罚。”

“可是狐狸也要生存呀。”男孩子说道。

“不错，”大公羊正色道，“那些除了让自己活下去之外不再滥杀滥捕的动物，当然是可以理解的。然而这些坏蛋却不是，他们是伤天害理的罪犯。”

“这个岛的主人，那些农夫们，应该到这里来帮助你们嘛。”男孩子话锋一转说道。

“他们划着船来过好几回，”大公羊回答说，“每次来的时候，狐狸都在山洞和地缝里躲起来。农夫们找不到他们，没办法开枪。”

“老人家，您总不会想叫我这么一个小得可怜的人儿去对付那些连您和农夫们都制伏不了的无法无天的家伙吧。”

“有的人虽小但是心眼灵巧，照样也能干出惊天动地的大事来。”大公羊若有所指地说道。

他们不再谈论这件事，男孩子走到正在山顶上觅食的大雁旁边坐了下来。他心里为羊儿的不幸遭遇暗暗难过，他想要帮助他们。“起码我可以找阿卡和雄鹅莫顿商量商量这件事情，”他思忖着，“说不定他们能给我出个好主意。”

过了不久，白雄鹅就驮着男孩子越过山顶朝着“地狱洞”那边去了。

雄鹅无忧无虑地在宽阔的山脊上漫游，似乎根本没想到他是那么引人注目。他没有在小丘或者其他隆起的高处背后躲躲掩掩，而是昂首挺胸地往前走。而且他似乎在昨天的大风暴中受了伤，走起路来右腿一瘸一拐，左边的翅膀耷拉在地上，好像折断了一样。男孩子四仰八叉地平躺在鹅背上，眼睛仰望着蓝色的天空。他们那么逍遥自在，当然也就没有注意到三只狐狸爬上了山顶。

狐狸悄然无声地靠近了雄鹅，只需一个箭步就能把他逮住。三只狐狸便一齐纵身扑向雄鹅。

雄鹅想必在最后一刹那发觉了，因为他朝旁边一闪身，狐狸扑了个空。但是这并没有缓解险情，因为他跑起来一瘸一拐的。男孩子倒骑在鹅背上朝着狐狸大呼小叫："你们这几只狐狸，吃羊肉吃得浑身肥膘，胖得连只鹅也追不上！"他的呼喊激怒了那三只狐狸，他们暴跳如雷，不顾一切地往前直窜。

那只白鹅径直朝向那个大豁口飞跑过去，他来到豁口边上翅膀一挥就飞了过去，而狐狸差一点就能抓住他了。在飞过了"地狱洞"之后，雄鹅还是和刚才一样大步流星地匆匆飞奔。可是还没有奔出几步远，男孩子就拍拍雄鹅的脖子说道："现在你可以停下来啦，雄鹅。"就在这时，他们听见身后传来了疯狂的号叫和利爪抓挠岩石的声音，随后又听见身体坠到谷底的沉重响声。狐狸再也不见踪影了。

第二天早上，大卡尔斯岛上的航标灯看守拣到了一块从门缝底下塞进来的桦树皮，上面歪歪扭扭刻着一行字："小卡尔斯岛上的狐狸掉进了'地狱洞'里。快去抓！"

那个航标灯看守人真的去了。

两座城市

海底的城市

这是一个安谧而晴朗的夜晚。大雁们不愿意栖身在山洞里，而是露宿在山顶上。男孩子躺在大雁们身边低矮干枯的草丛中。

月亮皎洁的清辉映亮了大地。男孩子辗转反侧，他躺在那里思索着自己离开家究竟有多久了，算来算去竟然已经三个星期了。就在这时候，他忽然记起今天晚上是复活节前夜。

“今天晚上所有的巫婆都要从蓝魔山上出来，骑着扫烟囱的扫帚回到家里来啦。”他思忖着，而且暗自好笑起来。因为他对小水妖和小精灵都有点害怕，但是对巫婆却一点也不相信。

就在他面朝天躺着遐想的时候，忽然有一只白鹳飞落在男孩子身边，那是埃尔曼里奇先生。

埃尔曼里奇先生是斯康耐平原东南部离大海不远有一座名叫格里敏大楼里的居民。他和男孩子早就认识。埃尔曼里奇先生的到来使男孩子喜出望外。他们俩像老朋友重逢一样聊个没完。最后白鹳问男孩子是不是有兴趣出去转转，趁着柔柔的月光骑在他背上去兜兜风。

男孩子当然愿意，只要白鹳能在日出之前把他送回到大雁们身边就行。白鹳答应了，于是他们就动身出发。

埃尔曼里奇先生重新朝着月亮飞去，他们越升越高，最后降落在一处荒无人烟的海滩上，周围是一片大小均匀的细沙。沿岸有很长一排流沙堆积成的沙丘，顶部长着蓬蒿。沙丘虽然并不高，但足以挡住男孩子的视线使他无法看到内陆。

埃尔曼里奇先生站到一个沙丘上，蜷起一条腿，把颈脖往后一歪，嘴塞在翅膀底下。“我要休息一会儿啦，”他对大拇指儿说道，“你可以在海滩周围走动，但是千万不要跑远了，免得你没法回到我的身边。”

男孩子打算先爬到一座沙丘上去看看海岸的内陆究竟是什么样子。他刚迈出一两步路，脚上的木鞋就踩到一个硬邦邦的东西，他弯下身去一看，原来在沙堆中埋着一枚小铜钱。那枚铜钱铜绿斑驳，锈蚀得几乎穿孔了。它实在太破残了，男孩子根本无意捡起来，而是一脚把它踢开了。

可是当他直起身来的时候，他完全惊呆了。就在离他两步远的地方，赫然矗立起一座黑黢黢的城墙，城门洞旁边还筑有碉楼。

就在他弯下腰去之前，眼前还是一片波光潋滟的大海，转眼之间却树起了一道筑有碉楼和雉堞的城墙。就在他眼皮底下，刚才还有海藻缠绵，现在竟然大开着城门。

男孩子心里明白，这一定是妖魔鬼怪在作祟。可是，这也没有什么可害怕的。这并不是他一直为之提心吊胆的那些夜里出来害人的吸血鬼。城墙和城门都巍巍壮观，他很有兴致去看看城墙背后的究竟。“我一定要去看个明白不可。”于是他大步跨进城门。

在幽深的城门洞里，身穿色彩华丽的绣花宽袖大氅的卫兵把锋刃很长的斧钺撂在身边，蹲坐在那里掷骰子。他们玩得那样起劲，连身边走过的男孩子都没有顾得上去盘问一番。男孩子就这样毫不费力地通过了岗哨。

城门里面是一处广场，地面上镶着平整的大石板。广场四周

高大而漂亮的房屋鳞次栉比，房屋之间一条条窄长的街巷四通八达。城门前广场上人流如潮，男人们个个披着皮毛绲边的长大氅，里面穿着绫罗绸缎，头上戴着斜插羽翎的小圆帽，胸前挂着精致的金挂链。他们个个都服饰鲜美，俨然国王公侯一般。女人们头戴尖顶帽，身着紧袖小袄和长裙。她们的穿戴也很讲究，但是远不及男人们那样富贵华丽。

这一景象就像男孩子的妈妈曾经从那个大木箱里拿出来给他看的古老的故事书里所描写的一样。男孩子简直不敢相信自己的眼睛了。

他看到了用绚丽斑斓的彩色玻璃镶嵌而成的山墙，他还看到了用黑白两色相间的大理石镶嵌的山墙。

他加快了脚步往城里奔跑，穿过了一条又一条街道。那些街道都是又窄又长的，不过并非像他所熟悉的城市那样空荡荡的，这里到处是人。老太婆们端坐在自己家门口纺线，她们不用纺车而只用一个纺锤。商人们的店铺就像集市上的货摊一样朝街敞开着大门。所有的手工艺匠人都在露天干活。有一个地方在熬鲸油。另一个地方在鞣皮革。还有一个地方是狭长的打麻绳的场地。

当他穿过了全城之后，便来到了另一个城门，那个城门外面是大海和港口。男孩子一眼看到了那种有着高高的船舱，划桨的位置在中间部分的老式船只。有些船靠岸停泊着正在装卸，还有一些船只正在抛锚。港口里搬运夫和商人摩肩接踵，来往如梭。到处都是喧哗繁忙的热闹景象。

男孩子奔跑得又热又累，便放慢脚步。他看到那些小店铺门前站满顾客，商人们在柜台上把一匹匹花团锦簇的绫罗绸缎、嵌金线的锦绣织物、颜色变幻莫测的天鹅绒、轻盈的纱巾和薄如蝉翼的抽纱花边都展示出来。

有个商人一眼看到他，便向他招起手来。男孩子起初惴惴不安，想要闪身躲避开去。可是那个商人却殷勤地频频招手，满面春风，大概是为了把他吸引过去，那个商人还打开一块非常好看

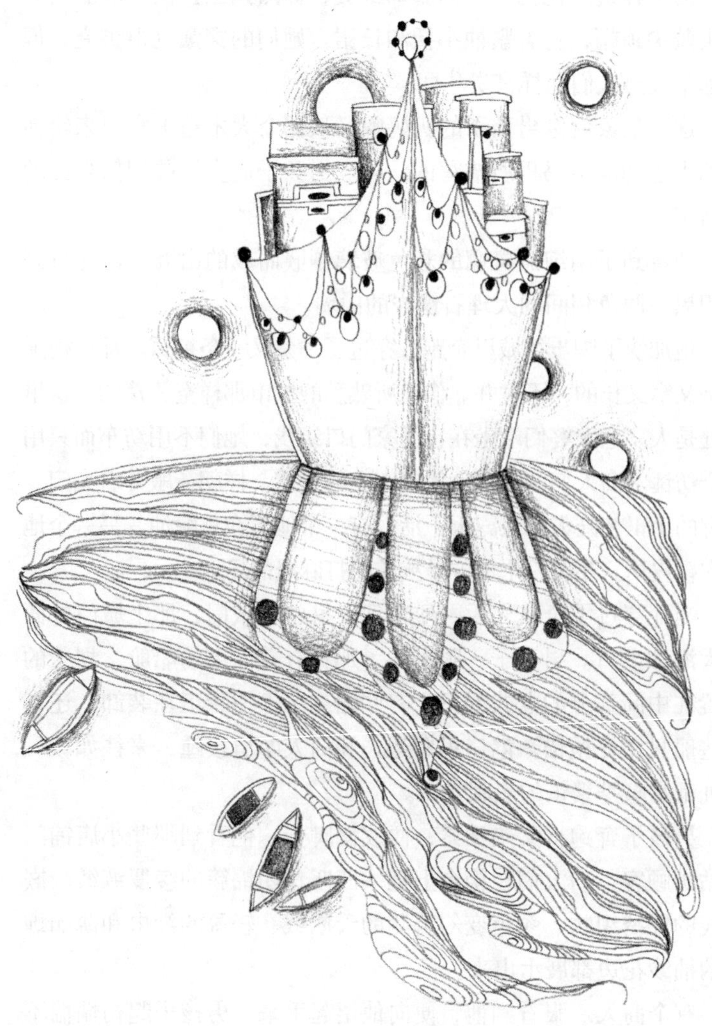

的锦缎放到柜台上。

这时候整条街各家店铺里的人都瞅见了他。不管他眼睛朝哪个方向看过去，总会有兜售货物的商人殷勤备至地朝他频频招呼。他们把那些有钱的顾客撇在一边，却专门来招待他，要他光顾。他看到那些商人匆匆忙忙地跑进店铺里，在最隐蔽的角落里取出他们最上乘的货物。他也看到，商人们在把货物放到柜台上的时候，双手因为慌乱和激动而发抖。

男孩子脚步不停地往前走去。有一个商人甚至跨过柜台追了出来，把一些银丝嵌织的绸缎和色彩斑斓的丝织壁毯铺开在他的面前。男孩子乐不可支，对着他咯咯地笑了起来。唉，卖货的商人啊，像他这样一个身无分文的穷光蛋，怎么买得起这样贵重的东西呢？他停住脚步，摊开空空的双手，要让大家都知道他身上一无所有，不要再来纠缠他了。

可是那个商人却竖起了一根手指头，连连朝他点头，而且还把那一大堆贵重物品统统推到他的跟前。

“难道他的意思是，所有这些东西只卖一个金币？”男孩子琢磨起来。

那个商人从身边掏出一枚很小的、已经磨损得残缺不全的小钱币，也就是说价值最小的那种，朝着男孩子晃晃。那个商人急于做成这笔买卖，他又在那堆贵重物品上加了一个又大又重的银杯子。

这时候男孩子开始在衣服口袋里摸索起来。他明明知道自己身无分文，却还是情不自禁地要摸摸口袋。

所有别的商人都围聚在旁边，看着这宗买卖能不能成交。当他们看到男孩子开始摸衣服口袋的时候，他们便纷纷转身回去，翻过柜台拿出大把大把的金银首饰向他兜售。大家都向他比画，只消出一个小钱就全部卖给他。

可是男孩子把背心和裤子的口袋统统翻了个底朝天，让他们亲眼看看他身上的确一文钱都没有。这些气派不凡的商人一个个眼泪汪汪的，都要哭出来了，其实他们远比他富有。男孩子眼看着他们伤心难过的样子，不禁认真地思索起来。他脑筋一转，忽然想到刚才他在海滩上见到过的那枚铜绿斑驳的铜钱。

他不顾一切地奔跑起来，跑到了刚才进城来的那个城门。他穿过城门，一口气奔到海滩上就开始寻找刚才那枚浑身铜绿的铜钱。

他倒真的找到了，但是当他捡起铜钱要迈步奔回城里去的时候，他的眼前却只有一片大海。别的东西蓦然消失了，城墙、卫兵、街道、房屋统统化为乌有，只剩下一片大海。

男孩子这下着急得非同小可，泪水哗哗地涌出了眼眶。他一心想着城里的一切是多么美丽，当这个城市消失掉的时候，他不禁伤心起来。

就在这时候，埃尔曼里奇先生醒了过来，他走到了男孩子身边，“我想你也同我一样，刚才在这里睡了一觉。”埃尔曼里奇先生说。

“哦，埃尔曼里奇先生！”男孩子恍惚地呼喊起来，“刚才还在这里的那座城市是哪一座城市呀？”

“你看见了一座城市？”白鹳愕然地反问道，“你大概是像我说的那样，睡熟了还做了个好梦。”

“不是的，我没有做梦。”他向白鹳讲述了刚才亲身经历的一切。

埃尔曼里奇先生沉思片刻后说道：“我还是认为，大拇指儿，你在海滩上睡着了，那一切不过是梦幻之境。但是，我不想对你隐瞒，所有鸟类中最有学问的那只乌渡鸦巴塔基有一次对我讲起过，从前在这个海滩上曾经有过一座名叫威尼塔的城市。那座城市极其富有，那里生活好极了，没有哪座城市能够像它那样金碧辉煌。可惜，那座城市里的居民不知自爱，放纵自己，骄奢淫逸无所不为。巴塔基说，恶总是有恶报的，在一次海啸中这个城市被大水淹没并且沉入了海底。城里的居民并不会死去，整个城市也完好如初。但是要每隔一百年，这个城市才会在某个晚上从海底浮出水面，把它的旧日豪华风貌展现在陆地上，在地面上停留的时间只不过一个小时。”

“对呀，一定是这么回事，”大拇指儿说道，“我亲眼见到的正是这座城市。”

“但是一小时过去了，如果威尼塔城里没有一个商人能够把随便什么东西卖给一个活生生的人的话，这座城市就会重新陷入海底。大拇指儿，你身边只要有一枚很小很小的铜钱付给商人，威尼塔城就会在这里的海岸上一直保留下去。那个城市里的居民也可以像其他的人一样有生有死啦。”

“埃尔曼里奇先生，”男孩子说道，“现在我明白了，为什么您今天晚上把我接到这里来。您以为我能够拯救那座古老的城市。可惜事与愿违，我心里非常难过。”

男孩子用双手捂住眼睛，呜呜咽咽地哭了起来。可是究竟是男孩子还是埃尔曼里奇先生更黯然神伤，那就很难说啦。

活着的城市

复活节第二天的下午，大雁们和大拇指儿又继续飞行，他们来到了果特兰岛上空。他们身下的这个大海岛地势坦荡，岛上的土地也和斯康耐一样分成一个个方格子。

大雁们绕道拐到果特兰岛上空，是为了大拇指儿。他这两天好像变成了另外一个人，连一句高兴话都没有。这是因为男孩子梦牵魂绕地思念着那座曾经活灵活现地出现在他眼前的城市。他从来没有见到过如此美丽和气派的城市，而他却未能拯救它，因此他觉得自己罪孽深重，他确确实实为那些漂亮的建筑和雍容华贵的人们难过。

阿卡和雄鹅都再三劝说，尽力要使大拇指儿相信，他只不过是做了一个梦，或者是看花了眼，但是他连一句话也听不进去。他确信他真的看到过他眼前出现过的那一切景象，谁也休想改变他的主意。他茫然若失地走来走去，他的旅伴们都开始为他着急起来。

正在男孩子心情最坏的时候，老卡克西回来了。她被狂风卷到了果特兰岛上，不得不飞越了整个岛屿才从几只乌鸦那里打听到旅伴们在小卡尔斯岛。卡克西听说大拇指儿心情不好，于是说："要是大拇指儿是在为一座古老的城市而难过的话，那么我们很快就可以使他得到安慰。跟我走吧，我把你们领到我昨天见过的那个地方，他就不会再那么伤心啦。"

于是大雁们告别了绵羊，动身到卡克西要给大拇指儿看的那个地方。尽管男孩子心里很难过，但是在朝前飞行的时候他还是忍不住像往常一样低下头去俯视大地。还没有等他发觉，大雁们已经飞过了岛上的腹地，正朝西海岸飞行。他的面前又展现出碧波万顷的大海。可是大海并没有什么值得大惊小怪的，使他吃惊的是一座城市，矗立在海岸上的一座城市。

男孩子是从东面飞过来的，太阳正好开始朝西坠落下去。当他飞近那座城市的时候，那里的城墙、碉楼、带有山墙的房屋和教堂在明亮的天空衬托下全都显得黑魆魆的。所以他无法看清那座城市的真实面目，在最初看到时他就觉得，这座城市同他在复活节前夜所见到的那座一样气派非凡。

当他真的来到了这座城市的上空，他才看清原来它和海底城市既相似又不相同。它们之间的差别，就像是在某一天看到一个人身穿绮罗锦绣，头上插金戴银，而在另一天却看到他衣衫褴褛一样。

不错，这座城市也有过昔日的显赫，就像他骑在鹅背上仍然梦牵魂萦地思念的那座城市一样。这座城市也曾经城墙环绕、碉楼高耸，也曾经有过高大的城门。然而，现在还残留在地面上尚未倒塌的碉楼却连屋顶都没有了，城门洞口早已没有了门板，卫戍的武士和卫兵早已杳无踪影。昔日的显赫威势已经一去不回，只剩下光秃秃的断垣残壁。

当男孩子飞越市区的时候，他看到城里多半是低矮的小房屋，间杂也保留着昔日留下来的几幢筑有山墙的高楼和教堂。那些高楼的墙壁是白垩粉刷的，既无雕梁画栋，也没有重彩油绘。不过，男孩子不久之前看到过那个沉没在海底的城市，因此他能够想象这些高楼昔日的豪华风采。

可是尼尔斯·豪格尔森所没有见到的是，这座城市至今仍是一座美丽的城市。他没有见到在偏僻小街上的那些黑色墙壁、白色房檐、明亮的玻璃窗背后放着鲜红的天竺葵花盆的舒适小屋。他也没有看到那许多佳木葱茏的花园和林荫大道，也没有看到藤蔓攀缘的古迹遗址。他的眼神被那座光彩照人的古代城市蒙上了一层云翳，以至于看不出眼前的这座活生生的城市的好处来。

大雁们在城市上空来来回回兜了好几个圈子，好让大拇指儿真正看清楚所有的东西。后来他们降落在一个荒草丛生的教堂遗址上，准备栖息过夜。

大雁们站在地上进入了梦乡，而大拇指儿却久久不能入眠。他透过千疮百孔的圆顶仰望着胭脂般的晚霞，心情渐渐平静下来，不再为自己无力拯救那座沉没在海底的城市而苦恼了。

是呀，即便他曾经一睹风采的那座城市没有沉入海底的话，说不定过了多少年之后也会变得同眼前这座城市一样衰败，也许它经不住风雨和时光的侵蚀而像眼前这座城市一样，到头来只剩下屋顶残缺不全的教堂、四壁萧疏的房屋和空旷寂静的街巷。与其这样，还不如完好无缺地深藏在海底呢。

“过去的事情就让它过去算啦，”男孩子拿定了主意，“就算我有拯救那座城市的回天之力，我想我也不会那样做。”自此之后，他就不再为那件事黯然神伤了。

年轻气盛的人们大概会为沉入海底的城市惋惜不已。可是在人们年岁渐长，容易满足于点滴的时候，他们就会觉得眼前的维斯比城[①]要比海底下的那座显赫的威尼塔城更为亲切可爱。

---

① 果特兰岛的唯一城市，因历史悠久、遗址众多而闻名。

乌鸦

瓦罐

在斯莫兰西南角有一个名叫索耐尔布的地方，那里有一片辽阔的沙质荒地，一望无际。还有一间周围有一小块田地的小屋，但曾经在那里居住的主人因为某些原因早已搬走。房子的主人搬走的时候关上了炉子，插上了窗户上的插销，锁好了门。但是他们没有想到窗上有一块玻璃打破的地方是用破布遮挡着的。经过几个夏天的日晒雨淋，破布腐烂了，最后，一只乌鸦把破布撕走了。

那只从窗户上撕走破布的乌鸦是一只名叫白羽卡尔木的雄乌鸦，其他乌鸦都叫他迟钝儿，因为他总是笨手笨脚，傻里傻气，除了让人当作笑料外其他什么用处也没有。尽管迟钝儿出身名门，但是并没有从良好的家庭出身中得到益处。如果事情进展顺利的话，他早已成为整个乌鸦群的首领了，这一荣誉自古以来一直属于白羽家族的长者。但在迟钝儿出世以前，这一权力已经转移了，现在由一只名叫黑旋风的残暴凶猛的乌鸦掌权。

过去的白羽家族是个严格而又稳健的家族，在他们领队的那些年里，乌鸦的行为很规矩，使得其他鸟类对他们十分尊敬。但是乌鸦数量很多，生活也非常贫困。有些乌鸦终于忍受不了那些清规戒律，起来造了白羽家族的反，把权力交给了一只叫黑旋风的乌鸦。乌鸦黑旋风是最残暴的鸟巢洗劫者和强盗，不过他的老婆随风飘比他还要坏。在他们的带领下，那些乌鸦便开始了另一种生活，现在看来他们比苍鹰还要可怕。

迟钝儿在这群乌鸦中自然也就没有什么发言权了。白天，当其他乌鸦在场的时候，黑旋风和随风飘待他还算好。但是，在一个漆黑的夜晚，当其他乌鸦栖息在树枝上的时候，他突然遭到一群乌鸦的袭击，险些被谋杀。此后，他每天晚上都离开平时睡觉的地方，到那座空房子里去过夜。

一天下午，黑旋风、随风飘和另外几只乌鸦飞进了荒漠一角的一个坑里。他们在那里发现了一个用木钩子锁着的大瓦罐。他们自然想知道里边是不是有东西，因此一边用嘴在瓦罐上啄洞，一边想尽办法撬开盖子，但是都没有成功。

正当他们眼巴巴地站在那里，望着瓦罐无计可施的时候，忽然听到："要不要我下来帮你们乌鸦的忙呢？"

他们迅速抬起头来，只见在大坑的边上坐着一只狐狸，正对着他们往下看。无论从毛色还是从体形上来说，这只狐狸都是他们见到的最漂亮的狐狸之一。唯一的缺陷是他少了一只耳朵。

"如果你想帮我们忙的话，"黑旋风说，"我们是不会拒绝的。"

与此同时，他和其他的乌鸦从大坑里飞了上来，然后狐狸纵身跳下坑去，一会儿对着瓦罐撕咬，一会儿又撕扯盖子，但是他也没能把它打开。

"那你能猜出里面装的是什么东西吗？"黑旋风说。

狐狸把瓦罐滚来滚去，并仔细倾听里面的声音。

"里面装的肯定是银币。"他说。

这可大大超出了乌鸦们的意料。

“你认为里面会是银币吗？”他们问道，同时露出了一副馋相，急得眼珠子都快掉出来了。说来也怪，世界上再没有比银币更使乌鸦高兴的东西了。

“你们听听里边叮叮咚咚的响声吧！”狐狸说着又把瓦罐滚了滚。“只是我不知道我们怎么样才能得到这些钱。”

“是的，看来是不可能了。”乌鸦们说。

狐狸站在那里，一边把头在左腿上来回蹭，一边思考着。也许他现在可以借助乌鸦的力量把那个一直没有抓到手的小人儿弄到手。

“对！我知道有一个人能替你们打开这个瓦罐。”狐狸说。

“那快告诉我们！快告诉我们！”乌鸦们喊着，他们激动得几乎忘了形，以至于跌跌撞撞地都掉进了大坑。

“我可以告诉你们，不过你们得先答应我的条件。”他说。

然后，狐狸将有关大拇指儿的情况告诉了乌鸦，并且说，如果他们能把大拇指儿带到荒漠，他会替他们把瓦罐打开。但是作为对这个建议的报答，他要求一旦大拇指儿替他们搞到银币，乌鸦就要立即将大拇指儿交给他。乌鸦们认为，留下大拇指儿对他们也没有多大用处，因此很快就答应了他的要求。答应这件事倒很容易，但到哪儿去找大拇指儿和大雁群却难办得多。

黑旋风亲自带领五十只乌鸦出去寻找，说他很快就会回来的。但是一天天过去了，乌鸦山上的乌鸦连大拇指儿的影子都没有找着。

遭乌鸦劫持

这天早晨天刚破晓，大雁们就开始活动了，以便在启程飞往东耶特兰之前能够找到点吃的东西。

尼尔斯正在跟他下巴一样高的几棵银莲花之间深一脚浅一脚地走着，突然有人从背后抓住了他并试图把他提起来。他转过头去，看到一只乌鸦咬住了他的衣领。他竭力想挣脱，但另一只乌鸦又赶了上来，咬住了他的袜子，把他拖倒了。他拳打脚踢，但乌鸦们紧紧咬住他不放，不久他们就将他提到了空中。更糟糕的是，乌鸦们飞行时毫不留意，结果男孩子的头撞到了一根树枝上，两眼发黑失去了知觉。

当他再次睁开眼睛的时候，发现自己已经在高高的天空中了。他恍然大悟，原来他是被几只乌鸦劫持了。白雄鹅还在海岸边等着他，今天大雁们将飞到东耶特兰去。而他正被乌鸦们带到西南方，这一点他是明白的，因为太阳在他的身后。他身下的大森林地毯肯定是斯莫兰了。

"我现在不能照顾白雄鹅了，他会不会出什么事？"男孩子一直在想这个问题，他开始向乌鸦们大声呼喊，要他们立刻把他带回大雁们的身边。乌鸦们毫不理会，还是和原来一样快速向前飞去。

"我今天肯定落到了一帮十足的强盗手中。"他想。

就在这时，他听到大雁在他头顶上呼喊："你在哪儿？我在这儿。你在哪儿？我在这儿。"

他知道是阿卡和其他大雁出来找他了，但是还没有等他回答大雁们的呼叫，看上去是这帮强盗的头目的那只大乌鸦在他的耳边嘶哑着嗓门威胁说："想想你的眼睛！"

男孩子除了保持沉默，别无选择。

大雁们显然不知道他离他们这么近，他们正好从这片树林飞过。他又听到他们呼叫了几次，后来就听不到了。

"好了，现在就看你自己的了，尼尔斯·豪格尔森，"他自言自语道，"现在你必须证明你在这几个星期的野外生活中学到了什么。鼓起勇气来，我一定对付得了这些可怕的小东西。"

乌鸦们聊起天来了。"你在想什么，黑旋风？你今天这样沉默寡言。"其中的一只乌鸦向他们的头目问道。

"我在想，从前这个地方有一只母鸡，她非常喜欢自己的女主人，为了使女主人高兴，她就到仓库的地板下面去孵了一窝蛋，她一面孵蛋，一面乐滋滋地想，女主人看到这些小鸡将会多么兴高采烈呀！当然，女主人肯定会奇怪，母鸡那么长时间没有露面，到底藏到哪儿去了呢？她四处寻找，但是没有找到。你能猜着吗，长嘴巴，是谁找到母鸡和鸡蛋了呢？”

“我想我猜得出来，黑旋风，但是在你讲了这个故事之后，我也要讲一件类似的事情。你还记得黑奈里德庄园的那只大黑猫吗？她对庄园的主人很不满意，因为他们总是抢走她刚出生的小猫，并把他们溺死。只有一次她成功地把小猫藏了起来，那次她把小猫藏在屋外一个干草堆里。她为有这些小猫而感到心满意足，但是我相信我从小猫那里获得的快乐比她更多。”

他们一下子变得欢天喜地了，每个人都开始侃侃而谈。

“偷几只小猫又算得了什么？”有一只乌鸦说。“有一次我追逐一只快成年的小兔，那得从一个树林追到另一个树林。”

还没有等他说完，另一只就接过话茬儿说：“惹得鸡和猫生气也许会很有趣，但我发现，一只乌鸦能使人类感到担心才真的了不起。一次我偷了一只银匙……”

男孩子觉得他再也受不了听他们讲话了。

“乌鸦们，听我说！”他说，“你们应该对自己的恶劣行为感到羞耻。我已经在大雁群中生活了三个星期，从来没有看见或听说他们做过什么坏事。你们肯定有一个坏的首领，他竟然允许你们去抢劫去谋杀。我可以告诉你们，人类对你们的罪恶行径已经厌烦了，他们正在设法将你们清除掉。到时候你们就完蛋了。”

黑旋风和其他乌鸦听到这些话简直狂怒了，他们想扑上去把他撕成碎片。而迟钝儿却一边哈哈大笑一边咕咕地叫，站在男孩子身前把他和乌鸦们分开了。

“噢，别这样！别这样！”他说，似乎很害怕。“你们想，要是你们在大拇指儿为我们搞到银币以前就把他撕成碎片，随风飘会说什么呢？”

“迟钝儿，只有你才怕女人呢。”黑旋风说。但不管怎么样，他和别的乌鸦还是放过了大拇指儿。

不久，他们终于到达了目的地。迟钝儿把尼尔斯·豪格尔森放进那个沙坑的底部。男孩子翻身落地，滚到一边，躺在那里一动不动，似乎是精疲力竭了。那么多乌鸦在他的周围扑打着翅膀，就像刮起了风暴，但是他却看也不看一眼。

"大拇指儿，"黑旋风说，"快起来！你要为我们做一件对你来说很容易的事。"

男孩子动也没动，装睡着了。黑旋风叼住他的一只胳膊，把他拖到沙坑中那个古老的瓦罐跟前。

"起来，大拇指儿，"他说，"把这个罐子打开！"

"你为什么不让我睡觉？"男孩子说，"我实在太累了，今晚什么也不想干。等到明天再说吧！"

"把瓦罐打开！"黑旋风边说边摇晃着他。

这时男孩子坐起来，仔细端详那个瓦罐。"我一个小孩怎么能打开这样一个瓦罐呢？这瓦罐简直和我一般大。"

"打开，"黑旋风再次命令道，"否则对你没有好处！"

男孩子站起身来，踉踉跄跄地走到瓦罐跟前，在盖子上胡乱摸索了几下，便又垂下了手。

"我平时不是这样虚弱无力的，"他说，"只要你们让我睡到明天早晨，我想我一定有办法把盖子打开。"

但是黑旋风已经不耐烦了，他冲上前去，对着男孩子的腿就啄。男孩子不能容忍一只乌鸦这样对待他，他猛地挣脱对方，迅速向后退了两三步，从刀鞘里抽出小刀对准了前方。

"你最好还是小心点！"他对黑旋风说。

黑旋风也极为恼火，连危险都不顾了。他像一个什么也看不见的瞎子那样向男孩子飞冲过去，结果正好撞在刀口上。男孩子立即抽回了刀子，黑旋风一扑翅膀倒在地上死了。

"黑旋风死了！那个陌生人杀死了我们的头领黑旋风。"最靠近男孩子的几只乌鸦大叫起来，乌鸦群中立刻爆发出可怖的喧

闹声。一些乌鸦号啕大哭，一些乌鸦则叫喊着要报仇。他们一齐扑向男孩子，迟钝儿在最前头用翅膀盖住男孩子，不让其他乌鸦接近他。

男孩子既不能从乌鸦群中逃走，也没有地方藏身。这时，他突然想起了瓦罐。他紧紧抓住盖子一掀，盖子打开了。他纵身一跃，跳进瓦罐躲了起来。但瓦罐不是一个藏身的好地方，因为里面装满了薄薄的小银币，他躲不到下面去。于是他弯下腰，开始将银币往外扔。

当他把银币往外扔的时候，乌鸦们立刻把报仇忘得一干二净，反而急急忙忙去拾银币。男孩子大把大把地往外扔银币，所有的乌鸦，包括随风飘在内，都在捡钱，拾到银币的乌鸦以最快的速度飞回窝里，把银币藏起来。

男孩子把所有的银币都抛出来之后，探出头来一看，发现沙坑里只剩下一只乌鸦，就是翅膀上长着一根白羽毛，把他背到这里来的迟钝儿。

“你帮了我一个你自己都料想不到的大忙，大拇指儿，”那只乌鸦说，声音和语气跟以前截然不同了，“因此，我想救你的命。坐在我的背上，我要把你带到一个可以躲藏的地方，明天我再想办法让你回到大雁那里去。”

小屋

第二天早晨，男孩子醒来时躺在一张床上。当他看到他在一栋四周有墙，上面有房顶的屋子里时，他还以为是在家里呢。

然后，他很快就想起他是在乌鸦山上一栋被人遗弃的房子里，是身上长着一根白羽毛的迟钝儿把他背到这里来的。

他拉开帐子观察起房子，在房顶上男孩子发现了挂在铁钩上的几块干面包。虽然这面包看上去已经放了很长时间了，而且有的地方已经发霉了，但毕竟还是面包。他一边吃，一边把他的口袋装得满满的。虽说面包又干又硬而且还长了毛，但是味道却出奇的可口。

“既然这里没有人住，那我还是需要什么就拿什么吧。”他想。但绝大多数东西又大又笨重，他能拿得动的就是几根火柴。

他爬上桌子，借助帐子使劲一荡，便上了窗子上面的木架。正当他站在那里，往口袋里装火柴的时候，身上长着白羽毛的乌鸦从窗户飞进来了。

“咳，我终于来了，”迟钝儿落在桌子上说，“我没能早点到这里，是因为今天我们乌鸦选举了一位新的头领代替黑旋风。”

“那你们选举谁啦？”男孩子问道。

“嗯，我们选了一只不允许进行掠夺和从事不法活动的乌鸦。我们选择了过去被称为迟钝儿的白羽卡尔木。”他回答道，同时挺直身子使自己看起来完全像个君主。

“这是一个绝好的选择。”尼尔斯说，他向卡尔木表示祝贺。

“你也许应该祝我运气好。”卡尔木说，接着他就向男孩子讲述了过去他与黑旋风和随风飘相处的日子。

正在这时，男孩子听到窗外有一种很熟悉的声音。

“他是在这里吗？”狐狸问道。

“是的，他就藏在里边。”有一只乌鸦回答说。

“小心，大拇指儿！”卡尔木喊道，“随风飘和狐狸正站在窗外，狐狸想要吃掉你。”

他还没有来得及多说一句，狐狸斯密尔已经朝窗子猛冲过来。腐朽的窗棂被撞断了，转眼间斯密尔已经站在了窗子下的桌子上。白羽卡尔木还没有来得及飞开，就被他一口咬死了。然后他又跳到地上，四处寻找男孩子。

男孩子想藏到一大团线后面去，但是斯密尔已经发现了他，正拱着腰准备做最后一个冲刺。房子既小又矮，男孩子明白狐狸可以不费吹灰之力就抓到他。但此时此刻，尼尔斯也并不是没有自卫的武器。他迅速划亮了一根火柴，点燃了线团，当线团烧着以后，他就把它扔到狐狸斯密尔的身上。狐狸被火包围，惊恐万分。他再也顾不上男孩子了，而是发疯似的冲出了房子。

当男孩子趁机跑到荒野上时，等待他的是令人高兴的相遇。因为他在灌木丛中隐隐约约看到了一个白色的东西。白雄鹅在灰雁邓芬的陪伴下正朝他这边走来。当白雄鹅看见男孩子在没命地奔跑时，以为有可怕的敌人在后面追赶，他飞速地把小男孩放在自己的背上，带着他飞走了。

当尼尔斯想到曾经救过他、并在被选为乌鸦头领的当天便遭厄运的迟钝儿时，他万分悲痛，禁不住流下了眼泪。

在过去的几天里，他吃了不少的苦。但不管怎样，雄鹅和邓芬终于找到了他，这是不幸中的万幸。

雄鹅说，大雁们一发现大拇指儿失踪后，就向森林里所有的小动物打听他的下落。为了尽快找到小男孩，阿卡命令大雁们两人一组，兵分数路去寻找他。他们预先约定好，无论找到还是找不到，两天之后都要到斯莫兰西北部一个很高的山峰会合。那是一个像断塔一样的山峰，名叫塔山。

男孩子和白雄鹅、灰雁刚飞上天空，就望见一座山坡陡峭、山顶平坦的高山，他们知道那肯定是塔山。阿卡和亚克西、卡克西、科尔美、奈利亚、维茜、库西以及六只小雁早已站在塔山顶上等候着他们。当他们看到雄鹅和灰雁终于找到大拇指儿时，大雁群中立即爆发出鸣叫和扑翅声，那欢乐的场面真是难以形容。

当天晚些时候，大雁群继续飞行。他们欢天喜地，一路上高声呼叫，凡是有耳朵的人都会听到他们的喊叫声。

粗麻布

男孩子在高空中飞行，下面就是东耶特兰大平原。大雁们不慌不忙地飞着，从一个农庄飞到另一个农庄，同家畜家禽们开着玩笑。

男孩子骑在鹅背上，想起了一个他很久以前听说过的传说。他记不太清楚了，不过好像是关于一件长外套的故事。外套的一半是用织着金线的天鹅绒做的，另一半则是用灰色的粗麻布做的。但是外套的主人却在粗麻布的那一半装饰了许多珍珠和宝石，看上去比用天鹅绒做的那一半还要华丽、漂亮。

当他在空中看见底下的东耶特兰时，他想起了那块粗麻布，因为东耶特兰是一个大平原，而它的北部和南部则是多山的森林地带。那两块森林高地静卧在那里，在晨曦中青翠夺目，就好像披着一层金色的薄纱，而平原部分不过是光秃秃的耕地，一块接一块地散布在那里，看上去不比那灰色的粗麻布更好看。

但是人类在这块大平原上过日子肯定很惬意，因为它既慷慨又善良，人类想尽办法去打扮它。男孩子飞在高高的空中，觉得城市和农庄、教堂和工厂、城堡和火车站，像大小不一的装饰品散布在大平原上。瓦房屋顶闪闪发光，窗子上的玻璃像宝石一样

在闪烁。黄颜色的道路、锃亮的火车轨道以及蓝色的运河像丝带一样在城市和村落间蜿蜒向前，林切平市围绕着大教堂铺展开来，就像珍珠饰物围着一块宝石，而乡间的院落则像小巧的胸针和纽扣。这种没有规则的布局看上去却富丽堂皇。

大雁们离开了奥姆山区，沿着耶特运河向东飞行。这里也在为春天的到来做着准备。

工人们在加固运河的堤岸并在巨大的闸门上涂刷沥青。油漆工和泥瓦匠站在屋外的脚手架上装修房屋，女仆们趴在打开的玻璃窗上擦洗窗户。码头上的人们正在清洗着帆船和汽船。

大雁们在诺尔切平附近离开了平原地区向北朝考尔毛登飞去。他们沿着一条在荒凉的峭壁上蜿蜒向前的古老山道飞了一阵，这时男孩子突然喊了起来。原来他坐在鹅背上，一只脚晃来荡去，把一只木鞋给甩掉了。

“雄鹅，雄鹅，我的鞋掉了！”男孩子喊道。

雄鹅掉过头来向地面飞去，这时男孩子看见正在这条路上行走的两个孩子已经把他的鞋子捡了起来。

“雄鹅，雄鹅，”男孩子急忙喊道，“向上飞！已经晚了。我再也拿不回我的那只鞋了。”

而在下面的路上，放鹅姑娘奥萨和她的弟弟小马茨站在那里正在打量着刚从天空中掉下来的小木鞋。

“这是大雁们掉的。”小马茨说。

放鹅姑娘奥萨默默地站了很久，思索着他们刚刚捡到的东西。最后她慢慢地说道：“小马茨，你还记得吗？我们路过鄂威德修道院时曾听说过，有一个农庄上的人看见过一个小精灵，他身穿皮裤，脚蹬木鞋，跟一个普通的干活汉子一模一样。你还记得吧？我们到威特朔夫勒的时候，有一个小姑娘也说，她看见过一个脚穿木鞋的小精灵骑在一只鹅的背上飞了过去。可能就是同一个小人儿，刚才骑着鹅从这里飞过时把这只木鞋掉在了这里。”

“对，肯定是的。”小马茨说。他们拿着小木鞋翻过来倒过去，仔细地端详着，因为在路上拾到精灵的木鞋是极少见的。

“等一等，等一等，小马茨！”放鹅姑娘奥萨惊奇地叫道，“你看，鞋的一边还写着字呢。”

“怪了，还写着字呢，可是这些字太小了。”

“让我看看！对，上面写着——写着：西威曼豪格的尼尔斯·豪格尔森。”

“我还从来没有听说过这等奇妙的事哩！”小马茨说。

解冻

翌日清晨，天高气爽。两个斯莫兰省的孩子：放鹅姑娘奥萨和小马茨，就顺着瑟姆兰省到奈尔盖省的大路走来了。那条路蜿蜒环绕耶尔马湖南岸，两个孩子一面走，一面看着那仍旧覆盖着大半个湖面的冰层。旭日冉冉升起，霞光四射，把冰面照得辉光耀眼，不再像春天解冻时候冰层常见的黑乎乎、脏兮兮的模样，而是白得亮眼，非常好看。他们举目望去，冰层又坚固又干燥。

放鹅姑娘奥萨和小马茨正在朝北走，他们盘算着，倘若不是绕着湖岸而是从冰上直接穿过这个大湖，不知能少走多少路。他们俩心里明白，春天的冰层是翻脸无情说变就变的。可是这湖面上的冰层看上去倒十分坚实，安全想必有保障。他们看到沿湖岸的冰层厚达好几英寸，冰层上还有一条被踩得平坦光溜的路，况且对岸似乎并不远，不用一个小时就可以到达。

“来吧，咱们去试试，”小马茨说道，“我们多留点神，不要掉进冰窟窿里去，那就什么事都没有啦。”

于是，他们两个就从湖面上走过去。冰倒一点也不滑脚，踩在上面很轻松，一点也不费劲。走了不多久，他们就到了维恩岛附近。在岛上居住的一个老奶奶从窗户里瞧见了他们俩。她疾步走出屋来，拼命朝他们摆动双手，嘴里还呼叫着什么，可惜他们听不清楚。他们很明白，她一定是叫他们不要再往前走啦。可是，既然他们已经走了这么一段路，而且眼下也不见得有什么危险，就这样离开冰面，岂不是太愚蠢了。

于是他们绕过了维恩岛，现在出现在他们眼前的是一块方圆十公里的冰面。冰面上积聚着一汪汪的水，他们不得不七拐八拐地兜着圈子走。但是他们反倒挺开心的，甚至还比试谁脚下踩的冰最坚实。他们忘了疲劳也忘了饥饿，在碰到新的障碍的时候，就嘻嘻哈哈地大笑一番。

尽管他们已经走了足足一个小时，但是对岸非但没有靠近，反而更遥远了。他们不禁纳闷起来，怎么湖面竟然那么开阔。

“我们往前走的时候，对面的湖岸也好像跟着往后倒退过去了。”小马莰说道。

这里四面空荡荡，没有一点屏障可以挡风，而西风刮得一阵比一阵紧，他们的衣服紧紧贴在身上，使他们走起路来十分蹒跚。风中夹着的轰鸣越来越响，这使得他们有点提心吊胆。他们停下脚步朝四周细细望去，这才看到在西面很远的地方，正对着熊岛和布谷鸟半岛有一道白色的堤坝横贯湖面。起初，他们还以为那是道路旁边的积雪，可是他们马上看清了，那是泡沫飞溅的波浪正在朝冰块扑打过来。

一看到这种情景，他们连一句话都顾不上说，就手拉着手飞奔起来。西边的湖面非常开阔，他们觉得那层喷吐着白沫的波浪正在朝东吞噬过来。

忽然之间，就在他们拔脚跑过的方向冰层被掀了起来，仿佛是有人从底下往上顶一样，紧接着冰层里发出一阵沉闷的轰鸣声，裂缝朝着四面八方伸展开来。两个孩子可以看到裂缝像利刃一般迅速地把冰层切割开来。在这以后裂缝又变大成为豁口，从豁口里可以看到水哗哗地冒出来。豁口又裂成了深沟，冰层分崩离析，裂成一块块巨大的冰块。

“奥萨，”小马茨说道，“一定是解冻了。”

“是呀，一定是那样。”奥萨说道，“但是我们还来得及赶上岸去，赶快跑吧！”

两个孩子无法看到冰层的全貌，所以他们茫然地到处乱闯，非但没有靠近岸边，反而越走离湖岸越远。冰块的碎裂声使得他们心惊胆战，后来他们干脆直僵僵地站在冰上放声大哭起来。

就在这千钧一发之际，一群大雁从他们头顶上呼啸飞过。奇怪的是在大雁的啁啾声中竟然发出了几句人话：“你们要往右边走，往右边走！”

他们毫不迟疑地照着这个嘱咐做了，可是走了不久，面前又出现一道很宽的裂缝，他们又没有了主意。

他们又听见大雁在他们头顶叫喊，在啁啾声中又传来了嗓音清脆的人话：“站在那里千万别动，站在那里千万别动！”

孩子们对听到的话什么也没有多说，只是乖乖地服从，站在那里一动不动。刚过了一会儿，那几块浮冰滑动连接在一起了，他们一跳就跳过了裂缝。于是他们又手牵手拔腿飞奔。

不久之后他们又停下脚步，犹豫不决起来。但是，他们马上听到有个声音在头顶上高喊道：“笔直往前跑，笔直往前跑！”

就这样断断续续走了半个多钟头，总算来到了狭长的伦格尔岬角，能够跳下冰块，蹚着水上岸了。看得出来，他们是多么害怕，他们一跑上陆地，就头也不回地拼命往前奔跑。

当他们在伦格尔岬角上走了一段路之后，奥萨突然收住脚步，说道：“你先在这儿等一会儿，小马茨，我忘了一件事情。”

放鹅姑娘奥萨又返身回到湖岸旁。她站在那里，把手探进口袋摸来摸去，最后她掏出一只很小的木鞋。她把小木鞋放在一块十分显眼的石头上，然后就回到了小马茨身边。

就在她转过身往回走的时候，一只白色的大雄鹅像晴空霹雳般疾飞下来，叼住木鞋，然后又以同样快的速度冲上天空。

五朔节①之夜

有那么一个节日，达拉那省的孩子几乎像盼望圣诞节一样盼望它来临。那就是五朔节，因为那一天他们可以在野外点火烧东西。

节日前的几个星期里，无论是男孩子还是女孩子心里想的全是为五朔节的篝火收集木柴。他们到森林里去捡拾枯树枝和松果，到木匠家里去收集刨花，到砍柴人家里去收集树皮、木头疙瘩和枝条。他们每天都去向商人乞讨装货的旧箱子，要是有人弄到一个空沥青桶，就把它当作宝贝藏起来，直到点篝火的时候才肯拿出来。那些搭豌豆架和青豆架的细竿子转眼间就会不翼而飞。那些被风刮倒的篱笆和用坏的农具，还有忘记在田野里的干草木棒，也同样随时都会被孩子们拿走。

当那个欢乐的夜晚来临时，每个村里的孩子都把所有能够燃烧的东西统统拿来，在小丘上或者湖岸上堆起一个大堆，有些村庄不止堆一个堆。大大小小的孩子们一个个口袋里装着火柴，在篝火堆周围转来转去，眼巴巴地等待着夜幕降临。

大家盼望的时刻终于来到了。那些大孩子点燃一把干草，塞

① 欧洲传统节日之一，时间在4月30日，也可以称为迎春节。

到木柴堆底下。篝火立即熊熊燃烧起来，枯枝发出噼啪的爆裂声，细枝条烧得通红，一团团浓烟冉冉升起，烟雾黑沉沉的颇有咄咄逼人之势。过了一会儿，火苗从柴堆顶上蹿了出来，火光十分明亮，火头可达几米高，整个地区都能够看见。

篝火烧了一会儿以后，成年人都出来看热闹了。熊熊篝火映亮了四周，还散发出一股温馨暖意，吸引着人们在石头和草丛上坐下来。他们围在篝火旁边，双眼盯住明亮的火焰。有人想到火势这么旺盛，他们应该煮点咖啡喝才不辜负这良宵美景。

在咖啡壶咕嘟咕嘟熬着的时候，有人开始讲故事了。一个故事刚讲完，另一个就马上接下去。

大雁们露宿在锡利延湖的冰层上。北面吹过来一阵阵凛冽的寒风，冻得男孩子只好钻到白雄鹅的翅膀底下去睡。但是他没有睡多久就被砰砰声惊醒了。他从翅膀底下溜出来，想看个究竟。

大雁们听到噼啪声响，也惊醒过来。阿卡朝岸上瞅了一眼，说道："哦，那是人类的孩子们在玩游戏哪。"她和其他的大雁马上又把脑袋缩到翅膀底下睡起觉来。

可是男孩子却站在那里痴呆呆地看着那些火堆，那些明亮的篝火实在迷人。他就像一只飞蛾一样被那巨大的光和热强烈地吸引过去。他满心想走近一些去瞧瞧，但是又不敢离开大雁们。

一阵阵歌声随风飘来，传进了他的耳朵里。他身不由己地飞奔起来，说什么也要去听听人们唱的歌。

在雷特维克湾最里边有一个供蒸汽船停泊用的码头，有几个歌手站在码头的最边沿，他们悠扬的歌声传到了深夜宁静的湖面上。他们大概以为春之神也像大雁们那样在锡利延湖的寒冰上呼呼大睡，所以他们引吭高歌，想用歌声把她唤醒。他们乡土气息浓郁的歌声把本省的湖光山色一一展现在所有听见他们歌声的听众眼前，比白天的景色更加明媚、更加可爱。他们似乎要以真诚来打动春之神的心："你看，这么广阔的土地都在盼望你早点来到！难道你不想快点来帮帮我们？难道你忍心让冬天在这样美丽

的土地上肆虐吗？”

他们高声唱歌的时候，尼尔斯·豪格尔森便停住脚步，屏息凝神地站在那儿侧耳细听。歌声一停下来，他就赶紧往湖岸边走。他蹑手蹑脚地走到近处，连坐在篝火旁边的人都能够看清楚，还能听清楚他们的讲话。

他从来没有见到过有人是这样打扮的：女人们头上戴着黑色尖顶帽，身穿白色皮夹克，脖子上系着绣有玫瑰花的围巾，腰间系着绿色绸腰带，黑色长裙前襟打褶，还镶有白色、红色、绿色和黑色的绲边。男人们头戴扁平的圆形帽，蓝色的上衣镶有红色的绲边，下身是齐膝的黄色皮裤，裤腿塞在系着红色小绒球的袜带里。他不知道是因为穿着打扮还是什么别的缘故，反正他觉得这里的人的模样同其他地方不一样，看上去要鲜艳整齐得多。

他忽然想起了妈妈在箱子里收藏着的那几身古色古香的、如今谁也不穿的衣服。说不定他碰巧见到了某个古老的种族。他有这种想法也不奇怪，在锡利延湖居住的人无论在语言、服装和气质上都比别的地方更多地保留了古老的传统。

男孩子很快就注意到，他们是在追忆往昔。他们谈到自己在年轻时不得不走很远的路，到别的市镇上去干活，才能挣回全家吃的面包。男孩子听了好几个人的亲身经历，其中深深印在他脑海里的是一个老年妇女的回忆。

米尔·谢斯婷的回忆

我父母在东毕尔卡有个小农庄，但是我们家兄弟姐妹太多，那一年又逢荒年，粮食歉收。我十六岁就不得不离开家到外面去闯荡了。

1845年4月14日我第一次启程去斯德哥尔摩，随身路费总共只有二十四先令，行李袋里还放着些食物和一身干活穿的衣服。

当时我非常急于出去干活挣钱，后来总算找到了一家农庄，我留在那里剪羊毛，每天挣八个先令，到了天气再转暖一点，我就又去干照料花园的活计，一直干到七月末。

姑娘们，如今你们都安安逸逸坐在这里，你们真要感谢上苍才对。当初可是饥荒连年，达拉那省的年轻人们只得出门逃荒。

我一直东跑西颠，到处找活计干，直到我结婚的那一年，也就是1856年。我和一个名叫莱恩的小伙子交上了朋友，我们俩是在斯德哥尔摩认识的，我每年回家去的时候，总担心别的姑娘会把他从我的身边抢走。她们总是爱跟他打情骂俏，把他称为“英俊的米尔·荣恩”和“达拉那美男子”，这些我都很清楚。可是这个小伙子十分真诚专一，他攒够了钱之后，我们俩就结婚了。

后来几年里，家里融洽欢乐，没有什么犯愁的事。但是好景不长，1863年荣恩去世了，我一个妇道人家带着五个半大不小的孩子，日子很难熬。不过，光景也还不算太坏，因为达拉那收成不错，家家户户都有足够的粮食吃。我独自一人耕种着继承的那几小块土地，住的是自己的房子。

冬去春来，孩子们一个个长大了。他们生活都很富足，怎么也想不到他们的母亲年轻的时候，达拉那人连饭都吃不上。

那个老妇人收住了话头。在她讲自己的故事的时候，篝火已经熄灭了。等到老妇人话音一落，大家就都站起来回家了。男孩子就跑回冰层上去寻找他的旅伴。当他一个人在黑暗中奔跑的时候，他的耳边又响起了刚才在码头上听到的那一支歌：“达拉那人，达拉那人，虽然贫穷，但是忠贞不渝，珍惜荣誉……”后来唱的什么他记不清楚了。但是他还记得歌词的最后一句是：“他们的面包里常常掺进了树皮，可是有权势的贵族却总要到达拉那来，寻求穷苦人的帮助。”

男孩子过去一直弄不明白那些贵族为什么偏偏要到达拉那省来招兵买马。现在他明白了，因为在这个地方有像坐在篝火旁边的老妇人那样百折不挠的女人，那么这里的男子汉一定也是剽悍勇武、桀骜不驯的。

水灾

一连几天，梅拉伦湖以北一带地方的天气十分吓人。天色铅灰，狂风怒号，大雨不停地落下。尽管人们都知道春天已经来到，但他们还是觉得这样的天气无法忍受。

大雨下了整整一天，云杉树林里的积雪全被泡得融化掉了。春潮来到了，各个农庄庭院里的大小水潭，田野里所有的渠沟，一齐咕嘟咕嘟冒着泡涨满了水。

眼看大雨就要泛滥成灾，人们纷纷把冬天拉到岸上停放的大小船只修补上油，以便能尽快下水。平日妇女们洗濯衣服时在湖边站立的木踏脚板也被抽到了岸上。公路桥梁也做了加固。沿湖岸绕行的铁路上，养路工一刻不停地来回走动，认真检查路基，日日夜夜都不敢懈怠。

农民们把存放在地势低矮的小岛上的干草和干树叶赶紧运到岸上。渔民们收拾起了围鱼用的大网，免得它们被洪水卷走。各个渡口都挤满了面色焦急的乘客，所有要赶着回家或者急着出门的人都想赶在洪水还没有来到之前赶路。

梅拉伦湖水溢堤的坏消息不仅使人类恐慌，也使得湖边的动物惶惶不可终日。在湖岸树丛里生了蛋的野鸭，还有靠湖岸居住，窝里有崽的田鼠都忧心忡忡。甚至那傲慢的天鹅也担心他们的窝和鹅蛋被冲掉。他们的担心绝非多余，因为梅拉伦湖的湖水每时每刻都在上涨。

湖水漫溢出来，淹没了湖岸上的槲树和花楸树的下半部树干。菜园也浸泡在水里，栽种着的姜蒜都掺混在一起成了一汪味道特别的泥浆浓汤。黑麦地的地势很低，受到的损失也最惨重。

岛上的那座大宫殿同陆地的联系被切断了，它同陆地之间被宽阔的水面隔开了。在斯特伦耐斯，美丽的湖滨大道已经成了一条水势湍急的河流。在韦斯特罗斯市，人们不得不用舟楫代步。无数的木材、数不清的盆盆罐罐都漂浮在水面上，人们撑着船四处打捞。

在那灾难的日子里，狐狸斯密尔有一天穿过梅拉伦湖北边的一个桦树林悄悄地追过来了。像往常一样，他一边走，一边咬牙切齿地想着大雁和大拇指儿，不知道怎样才能找到他们，因为他如今失掉了他们的一切线索。

他心情万分懊恼时，忽然看见信鸽阿卡尔降落在一根桦树枝上。“阿卡尔，碰到你真是太巧了。”斯密尔喜出望外地说道，“你或许可以告诉我，大雪山来的阿卡和她的雁群现在在什么地方。”

“我当然知道他们在什么地方，”阿卡尔冷冷地说道，“可惜我才不想告诉你哩。”

“告不告诉我那倒无所谓，”斯密尔佯装说道，“只要你肯捎句话给他们就行啦。你一定知道这些天来梅拉伦湖的情况十分糟糕，正在发大水。在叶尔斯塔湾还住着许多天鹅，他们的窝和鹅蛋也都岌岌可危啦。天鹅之王达克拉听说和大雁在一起的那个小人儿是无所不能的，他就派我来问问阿卡，是不是愿意把大拇指儿带到叶尔斯塔湾去。”

“我可以转告这个口信，”阿卡尔说道，“但是我不知道那个小人儿怎样才能搭救天鹅。”

“我也不知道，”斯密尔说道，“不过没有他办不到的事情。”

“天鹅王达克拉竟然会差遣一只狐狸去送信给大雁，真是不可思议，我对这件事有点怀疑。”阿卡尔心存疑虑地说道。

“喔唷，你说得真对，我们通常都是冤家对头。”斯密尔和颜悦色地分辩道，“不过如今大难当头，我们就不得不尽弃前嫌，互相帮忙啦。你千万不要对阿卡讲，这件事是一只狐狸告诉你的，否则她会多心的。”

叶尔斯塔湾的天鹅

整个梅拉伦湖地区最安全的水鸟栖息场所是叶尔斯塔湾，叶尔斯塔湾湖岸平坦，湖水很浅，芦苇丛生，就像陶根湖一样。虽然它不像陶根湖那样以水鸟之湖闻名遐迩，但它也是个环境优美的水鸟乐园，多年来一直被列为国家保护对象。那里有大批天鹅栖聚，而且古老的王室领地埃考尔松德湾就在附近。王室禁止在此地的一切狩猎活动，免得天鹅受到打扰和惊吓。

阿卡一接到那个口信，便义不容辞地飞速赶到叶尔斯塔湾。

灾难委实不轻。天鹅筑起的窝被大风连根拔起，在狂风中滴溜溜地卷过岬湾。产在窝里的鹅蛋沉到了湖底。

阿卡在岬湾停下的时候，所有天鹅都聚集在最适合躲风的东岸。

尽管天鹅在大水泛滥中横遭折磨，可是他们那股傲世之气一点也没有减少，而且他们也没有流露出丝毫悲伤和颓唐的情绪。他们自嘲道：“反正湖岸上草根和草秆有的是，我们很快就可以筑起新的窝巢。”他们当中谁也不曾有过要陌生人来相救的念头。他们对狐狸斯密尔把大雁们叫来的事情茫然不知。

那里聚集着几百只天鹅，他们按照辈分高低和年龄长幼依次排列，年轻而毫无经验的排在最外面，年老睿智的排在最里面。

最中心处是天鹅王达克拉和天鹅王后斯奴弗里，他们俩的年纪比其他天鹅都大，而且大多数天鹅都可以算作他们的子女。

天鹅王达克拉和天鹅王后斯奴弗里肚里揣着天鹅的家族史，能够从头细数他们这一族天鹅的历史。早先天鹅是作为贡品进献给国王，豢养在王宫的池塘里的。但是有一对天鹅侥幸从那种腻味的宫廷中逃脱到自由的天地里来，现在住在这个岬湾里的天鹅都是由他们生育繁衍而来的。如今在这一带有不少野天鹅，他们分布在梅拉伦湖的大小岬湾里，还有陶根湖、胡思堡湖等湖泊里。所有这些天鹅都是叶尔斯塔湾那些天鹅的后代。

快要靠近天鹅的时候，阿卡停下来看看跟在后面的大雁们是不是排成了笔直的队伍，行距相隔是否匀称。“赶快游过来排列整齐，”她吩咐说，“不要盯着天鹅呆看，好像你们从来都没有见过美丽的动物，不管他们对你们说些什么难听的话都不要在意。”阿卡不是第一次来拜访那对年迈的天鹅王夫妇了，所以很了解天鹅高傲的脾气。

天鹅们对阿卡这样一只有着渊博知识和威望的鸟倒是以礼相待的。他们一声不吭地闪开在两旁，为了向这些陌生来客表示亲热，还扑扑扇动像风帆一样的翅膀，场面十分壮观。

可是正当天鹅们努力保持礼貌的时候，他们忽然瞅见了大雁队列末尾的白雄鹅，这一下天鹅当中一片哗然，惊叫和怒斥声使得这个整齐的队伍顿时骚乱起来。

“那是个什么家伙？”有一只天鹅喊叫道，“大雁难道打算弄点白羽毛披在身上来遮丑？”

“他们难道真的痴心妄想要变成天鹅啦？”四周的天鹅齐声叫喊道。

他们开始用铿锵嘹亮的嗓音互相唱和起来，因为谁也不明白，大雁的队伍里怎么会跟着一只家养的雄鹅。

“那一定是家鹅之王喽！”他们嘲笑道。

“他们太放肆了。”

“那不是一只鹅，而是一只鸭子。”

大白鹅把阿卡的吩咐牢牢记在心里。他默不作声，尽快向前游去。但是这也无济于事，天鹅们更加肆无忌惮地进逼过来。

“他背上驮的是一只什么样的青蛙？”有只天鹅问道，“嘿，他们一定以为，他穿得像个人，我们就看不出来他是一只青蛙啦。”

刚才还排列得整整齐齐的天鹅这时全部乱了套，争先恐后地挤过去要见识见识那只雄鹅。

“那只白雄鹅居然敢到我们天鹅当中来亮相，真不知世上还有‘羞耻’二字！”

“说不定他的羽毛也和大雁一样是灰颜色的，只不过他在农庄上的面缸里滚过一下。”

阿卡刚刚游到达克拉面前，正要张口问他需要什么帮助，天鹅王此时注意到了天鹅群里的一阵阵骚乱。“何事喧哗呀？我难道没有下过命令，不准你们在客人面前放肆无礼吗？”他面带愠色地喝道。

天鹅王后斯奴弗里游过去劝阻她手下的天鹅，达克拉这才转过身来同阿卡交谈。

不料斯奴弗里又游了回来，她满脸怒容。

“喂，你能不能叫他们住嘴！”天鹅王朝她喊道。

“那边来了一只白色的大雁，”斯奴弗里没好气地说道，“他们生气我一点也不奇怪。”

“一只白色的大雁？”达克拉说道，“莫非疯了不成，这种怪事怎么会发生？你们一定看花了眼。”

雄鹅莫顿身边的包围圈越来越小了，阿卡和其他大雁想游到他的身边去，但是他们被推来挤去，根本挤不到雄鹅面前。

那只老天鹅王的力气要比别的天鹅大得多。他赶紧游过去，闯开了一条通向白鹅的路。但是当他亲眼看见水面上确实有一只白色的大雁时，他也像别的天鹅一样勃然大怒。他径直朝着雄鹅莫顿扑了过去，从他身上啄下几根羽毛。“我要教训教训你这只大雁，你怎么敢打扮成这副怪模样跑到天鹅群里来出丑。”他高声叫嚷道。

“快飞，雄鹅莫顿！快飞！”阿卡喊道，要不然天鹅会把大雄鹅的每一根羽毛都拔光。“快飞吧，快飞吧！”大拇指儿也喊起来。但是雄鹅被天鹅围困得死死的，张不开翅膀。天鹅们从四面八方伸过嘴来啄他的羽毛。

雄鹅莫顿奋力反抗，他使出最大力气来咬他们。别的大雁也开始和天鹅对阵打架，不过他们数量不敌天鹅，要是没有意外的帮助的话，后果恐怕不堪设想。

有只红尾鸡发现大雁们陷入了天鹅的重围，便立即发出鸣叫。他刚叫了三次，这一带所有的小鸟都急匆匆朝向叶尔斯塔湾飞过来，他们啁啁啾啾，铺天盖地，仿佛无数离弦的利箭。

这些鸟儿虽然身体瘦小，但众志成城朝着天鹅直扑下来。他们围在天鹅耳边尖叫，用翅膀挡住天鹅的视线，使得天鹅头晕眼花。

他们齐声呼喊：“天鹅真不害臊！天鹅真不害臊！”

这些小鸟的袭击仅仅持续了片刻，当小鸟扬长而去后，天鹅回过头来一看，大雁们早已飞向岬湾的对岸去了。

新来的看门狗

天鹅们一看到大雁逃跑了，便不屑于再追，这样大雁们可以放心地站在一堆芦苇上睡觉了。

可是尼尔斯·豪格尔森却饿得肚子咕咕叫，怎么也睡不着。“哎呀，我得到哪个农庄上去找点东西来填饱肚子才行。”他跳到一块漂浮在芦苇丛中的小木板上，捡了一根小木棍当船桨，慢慢地划过浅水靠到岸边。

他刚上岸还没有站稳脚步，猛听得身后扑通一声响。他定神细瞧，先看见在离他几米开外的一个大窝里有只天鹅正在睡觉，又看到一只狐狸蹑手蹑脚地朝天鹅窝靠近过去。

“喂，喂，喂，快起来！快起来！”

男孩子急得连声狂叫，一面用手里的木棍拍打着水面。天鹅终于站立起来，但是动作十分缓慢，要是狐狸真想朝她扑过去的话，也还来得及抓住她。可是那只狐狸偏偏没有那样做，而是掉转头来，径直朝男孩子奔了过来。

大拇指儿见势不妙，就赶紧朝陆地上逃去。他面前是一大片开阔而平坦的草地，看不到有什么树可以爬上去，也找不到有什么洞可以藏身。他只好拼命逃跑。男孩子虽然擅长奔跑，但却无法和脚步灵巧的狐狸相比。

离湖水一箭之遥的地方，有几幢农民住的小房子，窗户上映出了明亮的灯光。男孩子朝那边跑过去。

狐狸已经追到男孩子身后，完全有把握逮住他了。突然男孩子往旁边一闪，扭头就朝岬湾奔过去。狐狸冲势很猛，来不及收住脚步，待到转过身来，又和男孩子差开了几步。男孩子不等他追赶上来，便赶紧奔跑到两个打鱼到很晚才回家的男人身边。

那两个男人十分疲倦，尽管男孩子和狐狸就在他们眼皮子底下跑来跑去，可是他们却什么都没有注意到。男孩子也并不打算开口寻求帮助，只是想跟在他们身边。

“狐狸想必不敢蹿到人面前来吧。”他想道。

但是过了不久，他就听到狐狸的前爪刨地皮的响声，那只狐狸还是追过来了。唔，狐狸大概以为那两个人会不留神把他错看成狗，因为狗才敢大摇大摆跑到人的面前。

“喂，你瞧，偷偷地跟在我们身后的是一只什么样的狗？”有一个男人这样发问，“它跟得这样近，像是要咬人呢。”

“滚开！你跟在我们后面干什么！”另外那个男人大喝一声，一脚把狐狸踢到了路对面。狐狸爬起来之后，仍旧紧随不舍地跟在那两个男人身后，但是不敢凑近。

男人们很快就走进了一幢农舍里。男孩子打算跟进去，但是他在屋前的门廊上看到了一只身披长毛、样子威武的大狗。他一下子改变了主意。“喂，看门狗，”当两个男人把门关上以后，男孩子低声对狗说道，“不知道你肯不肯帮我忙，今晚一起逮一只狐狸？”

当那只狗看清楚了男孩子的时候，他惊奇得愣住了。

“我就是那个名叫大拇指儿、和大雁一起到处跑的小人儿，”男孩子说道，“难道你没有听说过我吗？”

“麻雀早就叽叽喳喳地称赞过你，”那只狗说道，“想不到你人虽小却干出了不少惊天动地的大事情。”

“到目前为止，一切都很顺利，”男孩子说道，“但现在要是你不肯帮我忙的话，我马上就要完蛋了。因为有一只狐狸在后面紧紧地追赶我，他这会儿正埋伏在房子背后。”

“唔，那倒不假，我闻到了狐狸的味道，”看门狗说道，“我们务必把他干掉！”他说着一下子蹿了出去，可是脖子上的链子害得他不能跑远，他只好汪汪狂吠了一会儿。

“唉，光是高声叫一阵子，让狐狸受受惊吓，是无济于事的。”男孩子说道，“快跟我一起到你的窝里去，千万不能让狐狸听见我们商量的计策。

男孩子和看门狗一起钻到狗窝里，躺在那里悄声商量起来。

过了没多久，狐狸从房子拐角处探出了脑袋。他悄悄地溜进了院子里，用鼻子嗅了嗅，一直找到狗窝这里。他在离狗窝不远的地方蹲了下来，盘算着怎样才能把男孩子引出来。这时候看门狗突然把脑袋伸出来，对他吠叫道：“滚开，要不然我就来抓你啦。”

“哼，我想在这里待多久就待多久，你管得着吗？”狐狸冷笑一声。

“滚开！”看门狗再次用威胁的腔调吼叫，“否则今天晚上就是你最后一次猎食啦。”

然而狐狸照样冷笑一声，在原地一动不动。“我知道你脖子上锁着的铁链究竟有多长。”他悠闲地说道。

“我可是已经警告过你两次了，”看门狗从狗窝里钻了出来，“现在只能怨你自己了。”

就在他说话的时候，他纵身往前一个长蹿，猛扑过去，毫不费力地就把狐狸扑倒在地。看门狗并没有被拴住，因为男孩子已经把铁锁链解开了。

他们撕咬了一会儿，很快就决出了胜负。看门狗以胜利者的姿势耀武扬威地站着，而狐狸却趴在地上一动不动。“哼，你敢动一动，”看门狗大吼一声，“我就一口咬死你。”

他叼起狐狸的后脖颈，把他拖到了狗窝里。男孩子拿着拴狗的链子走过来，在狐狸脖子上绕了两圈，把他牢牢地拴在那里。狐狸不得不规规矩矩地趴着，一动也不敢动。

“现在，狐狸斯密尔，你要做一只出色的看门狗了。”男孩子做完这一切以后说道。

乌普兰的故事

第二天大雨总算停了，到了下午天气一下子放晴了。男孩子悠然自得地躺在一大丛怒放的金盏花里仰望着天空。这时有两个小学生一手捧着书本，一手提着饭篮，沿着湖岸蜿蜒的小径走了过来。他们步履蹒跚，似乎有一肚子心事。当他们走到尼尔斯·豪格尔森面前时，两个人在石头上一屁股坐了下来，相互诉苦。

“唉，妈妈要是知道我今天又没有把功课背下来，她一定会生气的。”有个孩子叹气说道。

“是呀，爸爸也会发火的。”另一个说道。

他们两个是那么伤心，不禁一起大哭起来。

男孩子躺在那里寻思，要不要想个办法来安慰他们，这时从小径上走过来一个驼背老奶奶，她慈眉善目，在他们面前停住了脚步。

“哎呀，孩子们，你们为什么哭呀？”老奶奶问道。于是那两个小孩就告诉她，他们功课没有学会，所以惭愧得不敢回家。

“是哪一门功课，竟然这么难？”老奶奶问道。

孩子们告诉她，是关于乌普兰省概况的功课。

“哦，那门功课靠死啃书本是不行的，”老奶奶想了想说道，“这样吧，我不妨给你们讲讲我母亲有一次是怎样对我讲这个省的。我没有上过学，没有什么真正的学问，不过母亲给我讲的故事我这一辈子都难以忘记。”

“我母亲是这样说的，”老奶奶坐到孩子们坐着的石头旁边，侃侃而谈起来：“在很久很久以前，乌普兰省是全瑞典最穷困、最不体面的地方。这个省份只有贫瘠的黏土地和低矮的小石坡，尽管我们住在梅拉伦湖边上的人不大看得见这类土地，但这里的许多地方至今还是这样。

“不管这块地方是怎样形成的，毫无疑问的是这地方又穷又苦。乌普兰省觉得自己在别的省份眼里简直成了一个废物，便暗暗生气。终于有一天他不堪忍受这清贫的处境，背起口袋，拄着棍子出门到那些日子过得比他富裕的省份去乞讨了。

“乌普兰先朝南走，一直到了斯康耐省。他一见面就诉说自己如何如何困苦，并且张口乞讨土地。‘唉，倘若所有的省份都跑来讨东西的话，我真想不出有什么可给的。’斯康耐叹息道，‘不过让我看看！我刚刚挖出了两三个泥炭坑。如果你觉得有点用处的话，不妨就拣几块我扔掉的泥炭地吧。’

“乌普兰道谢过后就去拣了几块泥炭地，然后又动身来到了西耶特兰省。他在那里也一样哭穷。‘土地我是舍不得给你的，’西耶特兰省说，‘我不愿意把任何一块肥沃的耕地施舍给乞丐。但是，如果你觉得派得上用场的话，不妨把平原上那几条毁坏农田的小河拿走。’乌普兰道谢后，就拿走了那几条小河。

“他又到了哈兰省，还是一味诉苦和乞求土地。‘哎呀，我并不比你富多少，’哈兰省说道，‘不过你可以从地里刨出几个石丘带走。’

“乌普兰省道谢过后，去把石丘刨出来了。然后又动身到布胡斯兰省。在那里他往口袋里装多少寸草不长的小岩石岛屿都可以。‘那些玩意儿看上去一点也不起眼，可是用来挡挡海风却未

尝不可，’布胡斯兰省说道，‘因为你和我一样都靠着大海，那些玩意儿肯定对你有用。’

“乌普兰省由衷地感谢大家，虽然他在各地得到的都是别人想扔掉的东西。韦姆兰省扔给他一块高原，西孟兰省给了他一截山脉，东耶特兰省把考尔莫顿荒原割了一块给他，斯莫兰省几乎用沼泽地、石冢和荒漠塞满了他的口袋。瑟姆兰省什么也不肯多给，只施舍了梅拉伦湖的几个岬湾。达拉那省也是这样，只问乌普兰省愿不愿意拿一截达尔河走。奈尔盖省轮在最后面，硬着头皮把耶尔玛湖岸边的几块潮湿草地送给了他。这样他的口袋装得满满的。

“乌普兰省一回到家里，就把乞讨来的东西统统倒出来。一年又一年过去了，乌普兰省在家里精心布置，最后总算把一切都收拾好了。那时候瑞典正在议论国王应该住在哪里，首都应该设立在什么地方，各个省份聚集到一起来商量。大家都自告奋勇要叫国王住到他那里去。他们商议良久，争执不下。‘我认为，国王应该居住在一个最精明、最能干的省份里。’乌普兰省说道。大家觉得他言之有理，于是他们决定，哪个省能够证明自己是最精明能干的，那么就可以得到国王和首都。

“所有的省份刚回到家里不久，就收到乌普兰省的信，邀请他们去参加一次盛宴。‘这个穷光蛋拿得出什么来款待客人？’各个省份都不由得嗤笑，但他们仍然乐意接受邀请。

“他们来到了乌普兰省，被自己看到的一切惊呆了。原来乌普兰省的腹地到处是气派非凡的大庄园，沿海一带有许多繁华的城市，四周的水面上停泊了大小船只。‘你生活得这样好，还要出来到处乞讨，真是不知羞耻。’其他省份愤愤不平地说。‘我请诸位光临，是为了感谢你们送给我的礼物，’乌普兰诚心诚意地说道，‘我现在能够过上像样的日子全靠诸位仗义接济。’

“‘我回到家里着手做的第一件事情，’他接着说道，‘就是把达尔河引入我的地区里来，按照我的安排那条河形成了两个瀑布，一个是南福熙瀑布，一个是埃夫卡勒比瀑布。我把韦姆兰给我的那块高地放在河南岸的达拉莫拉附近，那时我才发现，那块高地里蕴藏着最好的铁矿石。我把东耶特兰送给我的森林栽种到高地周围，如今那个地方既有矿石，又有烧木炭用的森林，还有瀑布的水力，那地方自然成了一个富饶的矿区。’

“‘我把北面安排好了以后，就把西孟兰省送给我的那些山脉取出来，把它们拉长，让它们迤逦到梅拉伦湖，让那里有了绿树成荫的岬角和小岛，现在那个地方苍翠碧绿，引人入胜，就像是个大花园一样。不过瑟姆兰送给我的那些港湾，我把它们放在靠近腹地这边，让它们开辟航线，同世界各地交往。’

“‘我把南北两面都收拾妥帖之后，就来到东部海岸上，我把你们送给我的那些光秃秃的小岩石岛、石冢、荒漠等不毛之地一股脑儿扔进了大海里。这样就在近海形成了一圈大大小小的岩石岛屿，对捕鱼业和航运都很有益。这些岛屿成了我最珍贵的财产。’

“‘这样下来，诸位送给我的礼物就没有剩下多少了，只有斯康耐送给我的那几块泥炭土地。我把它捏碎，撒到瓦克萨拉平原的中央，使得那块平原变成了肥沃富饶的田地。我又让西耶特兰给我的那条淤堵滞流的小河横贯平原，使它同梅拉伦湖的各个港湾沟通起来。’

“这时候各个省份才明白了事情的究竟，尽管他们都不大开心，但是却不得不承认乌普兰把一切都安排得很周到。‘你真是精打细算，白手起家呀！’各个省份异口同声地赞美说，‘你是我们当中最精明、最能干的。’‘多谢你们的夸奖，’乌普兰笑吟吟地说道，‘既然如此，我只好当仁不让，把国王和首都统统接到我这里来了。’

“于是首都设在乌普兰，国王也居住在这里。世间的事情再公道不过啦，聪明能干可以使乞丐变成王侯，这个道理直到现在还是如此。”

在乌普萨拉

大学生

在尼尔斯·豪格尔森跟着大雁周游全国的那个年头，乌普萨拉有个英俊的大学生。

他住在阁楼上的一个小房间里，自认非常节俭，人们常常取笑说他不吃不喝就能够活下去。他把全部精力都放在学习上，因此领悟得比别人快，学习成绩非常出色。但是他却并未因此成了个书呆子，相反，他也不时会和三五好友玩乐一番。

倘若他身上没有那一点瑕疵的话，他本应是一个大学生的典范。可惜顺利把他宠坏了，出类拔萃的人往往容易不可一世。

有一天早晨，他刚刚醒来，就躺在那里思考自己是多么才华出众。“所有的人都喜欢我，”他自言自语道，“我的学习又出色又顺利。今天我还要参加最后一场结业考试，我很快就会毕业的。等到大学毕业后，我马上就会获得一个薪水丰厚的职位。眼看前途似锦，不过我还是要认真对待。”

乌普萨拉的大学生并不像小学生那样许多人挤在教室里一起念书，而是各自在家里自修。他们自修完一个科目以后就到教授那里去，对这个科目来一次总的答问。这样的口试叫作结业考试。那个大学生那天就是要去进行这样一次最后的最难的口试。

他穿好衣服，吃完早饭，就在书桌旁边坐定，准备把他复习过的书籍最后再浏览一遍。“我觉得我再看一遍也是多此一举，我复习得够充分了，”他想道，“不过我还是尽量多看一点，免得有疏漏就后悔莫及了。”

他刚看了一会儿书，就听到有人敲门，一个大学生胳膊下面夹着厚厚的一卷稿纸走了进来。他同坐在书桌前面的那个大学生完全不是同一个类型。他木讷腼腆，胆小懦弱，衣着褴褛，一副寒酸相。他只知道埋头读书，没有其他爱好。人人都知道他学识渊博，但他却从来不敢去参加结业考试。大家觉得他有可能年复一年地待在乌普萨拉，不断地念呀、念呀，成为一事无成的那种老留级生。

他这次来是恳请他的同学帮忙校对一遍他写的一本书。那本书还没有付印，只是他的手稿。“要是你肯过目，就是帮了我一个大忙，”他畏畏缩缩地说，“看完之后告诉我写得行不行。”

那位事事都运气亨通的大学生心想：“我说人人都喜欢我，难道有什么不对吗？这个从不敢把自己的著作昭示于人的隐居者，竟也来请教我啦。”

他答应尽快把手稿看完，那个来请教的大学生把手稿放到他的书桌上。“务必请您妥善保管，”那个大学生央求他说，“我呕心沥血写这本书，花了五年的时间，倘若丢失的话，我可再也写不出来啦。”

“你放心好啦，放在我这里是丢不了的。”他满口答应，然后那位客人就告辞了。

那个事事如意的学生把那叠厚厚的稿纸拉到自己面前。“我真猜不到他能七拼八凑出什么东西，”他说道，“哦，原来是乌普萨拉的历史！这题目倒还不赖。”

这位大学生非常热爱家乡，觉得乌普萨拉这个城市要比别的城市好得多，因此他对老留级生怎样描写这个城市感到十分好奇，想先读为快。“唔，与其要我牵肠挂肚，倒不如把他的历史书马上看一遍。”他喃喃地说道。

这位大学生头也不抬，一口气把那部手稿通读了一遍。看完之后拍案叫绝。“真是不错，”他说道，“真是不鸣则已，一鸣惊人啊。这本书出版了，他也就要走运啦。我要去告诉他这本书写得非常出色，这真是一桩令人愉快的事。”

他把凌乱的稿纸收集起来，堆叠得整整齐齐放在桌上。就在他整理手稿的时候，他听见了挂钟报时的响声。

“喔唷，快来不及到教授那里去了。”他叫了一声，立即跑到阁楼上的一间更衣室里去取他的衣服。就像通常会发生的那样，他越是手忙脚乱，锁和钥匙就越拧不动，他耽误了大半晌才回来。

等到他走到门口，往房间里一看，他大叫起来。原来他刚才慌慌张张走出去没有把门关上，窗户也是开着的，一阵强大的穿堂风吹过来，手稿就在大学生眼前一页一页地飘出窗外。他一个箭步跨过去，用手紧紧按住，但只有十张左右还留在桌上。别的稿纸已经悠悠荡荡飘落到院子里或者屋顶上去了。

大学生将身体探出窗外去看稿纸的下落。正好有只黑色的鸟儿站在阁楼外面的房顶上。“那不是一只乌鸦吗？”大学生愣了一下，“常言说得好，乌鸦带来晦气。”

如果他不是还有考试，起码还能把遗失掉的稿纸找回一部分来。可是当务之急是先办好自己的事情。“要知道这可关系到我的整个锦绣前程。”他想道。

他匆忙披上衣服，奔向教授那里。一路上，他心里翻腾的全是丢失那手稿的事情。

“唉，这真是一件叫人窝火的事情，”他想道，“弄得我这样慌里慌张，真是倒霉。”

教授开始对他进行口试，但是他的思路却无法从那部手稿的事里摆脱出来。“唉，那个可怜的家伙是怎么对你说来着？”他

想道，“他为了写这本书花费了整整五年的心血，而且再也重写不出来了。我真不知道自己有没有勇气去告诉他手稿丢失了。”他的思想无法集中，他学到的所有知识仿佛被风刮跑了一样。他听不明白教授提出的问题，也根本不知道自己在回答什么。教授对他的无知非常恼火，只好给他个不及格。

大学生走到街上，心头像油煎火烧一样难过。“这一下完了，我即将到手的职位也吹啦，”他怏怏不快地想道，“这都是那个老留级生的罪过。为什么偏偏今天送来了这么一叠手稿。弄得我好心办事反而没有好报。”

就在这时候，他看见那个萦绕在他脑际的老留级生迎面朝他走来。他不愿意在没有寻找之前就告诉那个人手稿已经丢失，所以打算一声不吭地从老留级生的身边走过。但是对方看到他冷淡的模样，不免感到疑心和不安，担心他究竟如何评价他的手稿。他拉住大学生的胳膊，问他手稿看完了没有。“唔，我去结业考试了。”大学生支支吾吾地说道。但是对方以为他不太满意，心都要碎了。他对大学生说道：“请记住我对你说的话，如果那本书实在不行，你干脆把它付之一炬。我不想再见到它了。”

他说完就匆忙走开了。大学生一直盯着他的背影，似乎想把他叫回来，但是他又改变了主意，回家去了。回到家里他立即换上日常衣衫，跑出去寻找那些失落的手稿。他在马路上、广场上和树丛里到处寻找。甚至闯进了人家的庭院，还跑到了郊外，可是连一页都没能找到。

找了几个小时后，他肚子饿极了，不得不去吃晚饭，但是在餐馆里又碰到了那个老留级生。“唔，我今天晚上登门拜访，再谈谈这本书。”他搪塞道。对方一听脸变得刷白。“记住，要是写得不行，你就干脆把手稿烧掉好了。”他说完转身就走。这个可怜的人儿现在完全肯定了，大学生对他写的那部书很不满意。

大学生又重新跑到市区去找，一直到天黑下来，仍是一无所获。他在回家的路上碰到几个同学。“你到哪儿去了，为什么连迎春节都没有来呀？”“喔唷，已经是迎春节啦，”大学生说道，“我完全忘记掉了。”

“你知道吗？那个老留级生境况真够呛，他今天晚上病倒了。”一个朋友突然说道。

“他不会有什么危险吧？”大学生着急地问道。

“心脏出了毛病，他早先发作过一次，这次又重犯了。医生说，他一定是受到某种刺激，伤心过度才犯的。至于能不能复原，那要看他的悲伤能不能够消除。”

过了不久，大学生就来到那个老留级生的病榻前。老留级生面色苍白，十分羸弱地躺在床上，看样子还没有恢复过来。“我特意登门来告诉你那本书的事，”大学生说道，“那本书真是一部杰作，我还很少念到过那样的好书。”

老留级生从床上抬起身来，逼视着他说道：“那你今天下午为什么行动古怪？”

“哦，我心里很难过，因为结业考试没有及格。我没有想到你会那样留神我的一言一行。我真的对你的书非常满意。”

那个躺在病榻上的人一听这句话，用狐疑的眼神盯住了他，越发觉得大学生有事在瞒着他。“唉，你说这些好话无非是为了安慰我。因为你知道我病倒了。”

“完全不是，那部书的确是上乘佳作。你可以相信这句话。”

“你没有把它付之一炬吗？”

“我还不至于那样糊涂。”

“那请你把书拿来！让我看到你真的没有把它烧掉，我才能信得过你。”病人刚说完话就又一头栽在枕头上。他是那样的虚弱，大学生真担心他的心脏病随时会再发作。

他内疚不已，羞愧得难以自容，于是双手紧握病人的手，如实地告诉他那部手稿被风刮跑的事，并且承认由于自己给他造成了这么大的损失而难过得不得了。

他说完之后，那个躺在床上的病人轻轻地拍着他的手说道：

“你真好，很会体贴人。可是用不着说谎来给我安慰！我知道，你已经照我的嘱咐把那部手稿烧掉了，因为我写得实在太糟糕了，但是你不敢告诉我真话，你怕我经不住这样的打击。”

大学生发誓他所讲的都是真话，可是对方不愿意相信他。

“倘若你能将手稿还给我，我就相信你。”老留级生说道。

老留级生越来越病恹恹，大学生为了不增添病人的心事，只好起身告辞。

他回到家里，心情沉重而疲惫，几乎连坐都坐不住了。他煮了点茶喝就上床睡觉。当他蒙起被子盖住脑袋的时候，不禁埋怨起自己来，想到今天早上还是那么运气高照，而现在自己却把美好的前途葬送了大半。“最糟糕的是我会因为给别人造成的不幸而懊恼终生。”他痛心疾首地反思。

迎春节

当大学生呼呼沉睡时，一个身穿黄色皮裤、绿色背心，头戴白色尖帽的小人儿，站在靠近大学生住的阁楼的屋顶上。他暗想，要是他成了那个在床上睡觉的大学生的话，该多么幸福啊。

两三个小时之前，还逍遥自在地躺在埃考尔松德附近的一丛金盏莲上憩息的尼尔斯·豪格尔森，现在却来到了乌普萨拉，这完全是由于渡鸦巴塔基蛊惑他出来冒险的缘故。

男孩子本来并没有到这里来的想法。他正躺在草丛里仰望晴空的时候，看到渡鸦巴塔基从随风飘曳的云彩里钻了出来，转眼间就落在了金盏莲丛中，同大拇指儿攀谈起来，就好像他是大拇指儿最贴心的朋友一样。

巴塔基虽然神情肃穆，显得一本正经，但是男孩子还是一眼就看出他的眼波里闪动着狡黠的光芒。渡鸦说，他知道已经变成了小人儿的人怎样才能变回到原来的人形。只要男孩子精心照料好白鹅，让他完好无恙地先到拉普兰，然后再返回斯康耐，男孩子就可以再变成人。

“你要知道带领一只雄鹅安全地周游全国并不是一件轻而易举的事情，”巴塔基故弄玄虚地说道，“为了防范不测，你不妨再找一条出路。骑到我的背上来，跟着我出去一趟吧，我们去看看有没有合适的机会！”男孩子一听又犹豫起来，他弄不清楚巴塔基的真正用意何在。

“哎呀，你一定对我不大放心。”渡鸦说道。

男孩子无法容忍别人说他胆小怕事，所以立马就骑到渡鸦背上了。

巴塔基把男孩子带到了乌普萨拉。他把男孩子放在一个屋顶上，叫他朝四周看看，再询问他这座城市里住的是些什么样的人，还有这座城市是由哪些人管辖的。

男孩子仔细观看着那座城市。那是一座很大的城市，宏伟、壮观地屹立在一大片开阔的田野中央。城市里气派十足，装潢美观的高楼林立。在一个低矮的山坡上有一座磨砖砌成的坚实的宫殿，宫殿里的两座大尖塔直插云霄。

“这里大概是国王和他手下人住的地方吧？”他说道。

“猜得倒不大离谱，”渡鸦回答说，“这座城市早先是国王居住的王城，但是昔日辉煌的时代已经一去不复返了。”

男孩子又朝四周看了看，看见一座大教堂在晚霞中熠熠生辉。那座教堂有三个高耸入云的尖塔，大门庄严肃穆，墙壁上浮雕众多。

“这里也许住着一位主教和他手下的牧师吧？”他说道。

“猜得差不离，”渡鸦回答说，“早先这里曾经住过一个同国王一样威势显赫的大主教。时至今日虽然还有个大主教住在里面，但是掌管国家大事的却再也不是他喽。”

“那我就猜不出来啦。”男孩子说道。

“让我来告诉你，现在居住和管辖这座城市的是知识，”渡鸦说道，“你所看到的大片大片的建筑物都是为了知识和有知识

的人兴建的。”

男孩子几乎难以相信。

“来呀，你不妨亲眼看看，”渡鸦说道。随后他们就各处漫游，参观了这些大楼房。楼房的不少窗户是打开着的，男孩子可以朝里面看到许多地方。他不得不承认渡鸦说得对。

巴塔基带他参观了那个从地下室到屋顶都放满了书籍的大图书馆。他把男孩子带到那座引以为傲的大学主楼，带他看了那些美轮美奂的报告大厅。还驮着男孩子飞过被命名为古斯塔夫大楼的旧校舍，男孩子透过窗子看到里面陈列的许多动物标本。他们飞过培育着各种奇异花卉、珍稀植物的大温室，还特意到那个长长的望远镜筒指向天空的天文观察台上去游览了一番。

他们还从许多窗户旁边盘旋而过，看到许多鼻梁上架着眼镜的老学者正端坐在房间里潜心看书写文章，房间四面架子上摆满书籍。他们还飞过阁楼上大学生们住的房间，他们直着身子躺在沙发上手捧厚书在认真阅读。

渡鸦最后落在一个屋顶上。“你看看，我说得没有错吧！知识就是这座城市的主宰。”他说道。男孩子也不得不承认渡鸦说的确实在理。

“倘若我不是一只渡鸦，”巴塔基继续说道，“而是生来就像你一样的人，那么我就要在这里住下来。我要从早到晚天天都坐在一间装满书本的房间里，把书籍里的一切知识统统都学到手。难道你就没有这样的兴趣吗？”

“没有，我相信我宁可跟着大雁到处游荡。”

“难道你不愿意成为一个能够给别人治愈疾病的人吗？”渡鸦问道。

“唔，我愿意的。”

“难道你不想变成一个能够知道天下发生的大小事情，能够讲好几种外国的语言，能够讲得出太阳、月亮、星星在什么轨道上运行的人？”

“唔，那倒真有意思。”

“难道你不想学会明辨是非吗？”

“那倒是千万不可缺少的，”男孩子回答说，“我这一路上已经有许多次亲身体会啦。”

“难道你不想学业出色，当一个老师，传播知识吗？”

“喔唷，要是我那么有出息的话，我爸爸妈妈一定会笑得嘴巴都合不拢。”男孩子答道。

渡鸦就这样启发男孩子懂得了，在乌普萨拉大学读书做学问是何等幸福。不过大拇指儿那时候还没有热切地想成为他们当中的一个。

说也凑巧，乌普萨拉大学城一年一度迎接春天的盛大集会正好在那天傍晚举行。

大学生们络绎不绝地到植物园来参加集会。他们头上戴着白色的大学生帽，排成很宽很长的队列在街上行走，整个街道仿佛变成了一条黑色的湍流，一朵朵白色的睡莲在摇曳晃动。队伍最前面是一面白色绣金边的锦旗开路，大学生们唱着赞美春天的歌曲在行进。尼尔斯·豪格尔森无法相信，人的歌声竟会那么嘹亮，就像松柏树林里刮过的松涛声，就像钢铁锤击那样的铿锵声，也像野天鹅在海岸边发出的鸣叫声。

植物园里的大草坪嫩绿青翠，树木的枝条都已经泛出了绿色，绽出了嫩芽。大学生们走进去了以后，集合在一个讲台前，一个英俊洒脱的年轻人踏上讲台，对他们讲起话来。

渡鸦把男孩子放在温室的棚顶上，他就安安静静地坐在那里，听着一个接一个的演讲。最后一位上了年纪的长者走上讲台。

他说，人生之中最美好的岁月就是在乌普萨拉度过的青春时光。他讲到了宁静优美的读书生活和只有在同学的交往之中才能享受得到的轻松活泼的青春欢乐。他一次又一次讲到生活在无忧无虑、品格高尚的同学们中间是人生最大的幸福。正是因为如此，艰辛的学习才变得如此令人欣慰，悲哀也变得如此容易忘记。

男孩子坐在棚顶上朝下看着在讲台周围排成半圆形的大学生。他渐渐明白过来，能够跻身到这个圈子里是最最体面不过的事情，那是一种崇高的荣誉和幸福。每个站在这个圈子里的人都显得比他们单独一人的时候要高大得多。每一次演讲完毕之后歌声立即响彻云霄。每当歌声一落就又开始演讲。男孩子从来没有领略过，把那些言词连到一起竟会产生那么大的力量，可以使人深深感动，也可以使人大为鼓舞，还可以使人欢欣雀跃。

尼尔斯·豪格尔森也注意到植物园里并不是只有大学生。那里还有不少穿着艳丽，头戴漂亮春帽的年轻姑娘，以及许多别的人。不过他们好像也同他一样，到那里是为了看看大学生们。

有时候演讲和歌唱之间有段间歇，那时大学生的行列就会解散开来，三五成群地分布在整个花园里。待到新的演讲者登上讲台，听众们又都围聚到他的周围。一直持续到天色昏暗下来。

迎春集会结束了，男孩子深深地吸了一口气，揉了揉眼睛，仿佛刚刚从梦中惊醒过来。他到了一个他从来没有踏进过的陌生国度。从那些青春年少而又对未来信心十足的大学生们身上散发出来的欢乐和幸福，也传染给了男孩子，他也像大学生们那样沉浸在喜悦之中。

在最后的歌声完全消失之后，男孩子有了一种茫然若失的惆怅，他突然发现自己的生活是那么一团糟，越想心里越懊恼，甚至都不愿意回到自己的旅伴身边去了。

一直站在他身边的渡鸦这时候开始在他耳朵边聒噪起来。“大拇指儿，我现在可以告诉你，怎样才能重新变成人了。你要一直等到遇见一个人，他对你说他愿意穿上你的衣服，跟随大雁们去游荡。你就抓紧机会对他说……”巴塔基这时传授给男孩子一句咒语，那咒语非常厉害，不到万不得已不能高声讲出来。

“行啦，你要重新变成人，就凭这句咒语就足够了。”巴塔基最后说道。

“行呀，就算是足够了，”男孩子快快不乐地说道，“可是看样子我永远也不会碰到那个愿意穿上我的衣服的人。”

“也不是说绝对碰不上。”渡鸦说道。随后他把男孩子带到城里，放在一个阁楼外面的屋顶上。房间里亮着灯，窗户半开半掩，男孩子在那里站了很久，心想那个躺在屋里睡觉的大学生是多么幸福。

考验

大学生突然从睡梦中惊醒，看见床头柜上的灯还亮着。“喔唷，我怎么连灯都忘记关了。”他想道，便用胳膊支起身子来。但是他还没有来得及把灯关掉，就看到书桌上有个什么东西在爬动。那是一个很小的小人儿，匍匐在黄油盒子上正在往他拿着的面包上抹黄油。

大学生在白天里经历的坏事太多，所以对眼前的怪事反而见怪不怪了。他既不害怕，也不惊惶，反而无动于衷。

他没有伸手去关灯就又躺下了，他眯起眼睛躺在那儿偷偷地觑着那个小人儿的一举一动。小人儿非常惬意地坐在一块镇纸上，津津有味地嚼着大学生的剩饭。他坐在那里，双眼半开半闭，舌头吧嗒吧嗒地舔着嘴巴，吃得非常香。那些干面包和剩奶酪渣对他来说似乎都是最好的美味。

小人儿在吃饭的时候，大学生一直没有打扰他。等到小人儿打着饱嗝再也吃不下去的时候，大学生便开口和他攀谈起来了。

“喂，”大学生说道，“你是什么人？”

男孩子大吃一惊，不由拔腿就朝窗口跑去。但是他看那个大学生仍旧一动不动地躺在床上，没有起身来追赶他，就停下了。

“我是西威曼豪格教区的尼尔斯·豪格尔森，”男孩子如实告诉说，“早先我也是一个同你一样的人，后来被妖法变成了一个小精灵，从此以后我就跟着一群大雁到处游荡。”

“哎唷，天下事真是无奇不有。”大学生惊叹道，并且开始问起男孩子的近况，直到他对男孩子离家出走以后的状况有了大致的了解。

“你倒真过得不错，”大学生赞美说，“谁要能够穿上你的衣服到处去遨游，那岂不可以摆脱人生的一切烦恼！”

渡鸦巴塔基这时正好来到窗台上，当大学生信口说出那些话的时候，他就赶紧用嘴啄窗玻璃。男孩子心里明白，渡鸦是在提醒自己注意，千万不要疏忽大学生说出咒语中的那几个字眼，免得坐失良机。“哦，你不肯同我换衣服的，”男孩子说道，“当上了大学生的人怎么肯再变成别的人！”

“唉，今天早晨我刚醒来的时候，也还是这么想来着，”大学生长吁一声说道，“但是你知道我今天出了什么样的事情吗？我算是完蛋啦。倘若我能够跟着大雁一走了之，那对我来说最好不过啦。”

男孩子又听见巴塔基在啄玻璃，而他自己也开始晕眩，心怦怦跳个不停，因为那个大学生快要说出那句话来了。

“我已经告诉你我的事情了，”男孩子对大学生说道，“那么你也讲给我听听你的事情吧！”

大学生大概是因为找到了一个可以一吐衷肠的知己而心头松快，便原原本本地把发生的事情讲了出来。“别的事情倒无所谓，过去也就算了，”大学生最后说道，“我最伤心的是，我给一个同学带来了不幸。倘若我穿上你的衣服，跟着大雁一起去漫游，对我来说会更好一些。”

巴塔基拼命啄打着玻璃，但是男孩子却稳坐不动，一声不吭地坐了很久，看着大学生看出了神。

“请你稍等一下！我马上就给你回话。”男孩子压低了声音对大学生说道，然后他步履蹒跚地走过桌面，从窗户里跨了出去。他来到窗户外的那个房顶上时，看到朝阳正在冉冉升起，橘红色的朝霞映亮了整个乌普萨拉城，每一座尖塔和钟楼都沐浴在晨曦的光芒之中。男孩子又一次情不自禁地赞美说，这真是个充满欢乐的城市。

“你是怎么回事啊？”渡鸦埋怨说，“你白白地把重新变成人的机会错过了。”

“我一点也不想让那个大学生当我的替身，”男孩子理直气壮地说道，“我只觉得那部手稿丢失得太可惜啦。”

“你用不着为这件事犯愁，”渡鸦说道，“我有办法把那些手稿弄回来。”

“我相信你有本事把那些手稿找回来，”男孩子说道，“可是我不确定你究竟愿不愿意这样做。”

巴塔基一句话都没有再说，张开翅膀飞入云霄。不久之后就衔回来两三张稿纸。他飞来又飞去，整整飞了一个多小时，就像燕子衔泥筑窝那样勤奋，把一张张手稿交到男孩子手里。“行啦，我相信我已经差不多把所有的手稿都找回来啦。”渡鸦巴塔基最后站在窗台上大口大口地喘着气说道。

“多谢你啦，”男孩子说道，“现在我进屋去同那个大学生说几句话。”这时候，渡鸦巴塔基乘机朝屋里瞅了一眼，只见那个大学生正在一页一页地将那份手稿展平叠齐。

“唉，你真是我碰到过的天字第一号大傻瓜！”他忍不住心头怒火，朝着男孩子发作起来，“你竟然把手稿交还给了那个大学生？那他绝对再也不会说他愿意变成你现在这副模样啦。”

男孩子站在那里，凝视着小房间里那个身上只穿了一件衬衫，高兴得手舞足蹈的大学生。然后，他回过头来对巴塔基说道：“巴塔基，我完全明白你的一番好心，你是想让我经受一下考验。”男孩子说道，“你大概在想，如果有机会，我一定会撇下雄鹅莫顿，让他孤零零地去应付这段艰难旅程。可是当那个大学生讲起他的不幸时，我意识到背弃一个朋友是何等的不义和丑恶，所以我不能做出那样的事情来。”

渡鸦巴塔基用一只爪子搔着后脑勺，脸色显得非常尴尬。他一句话都没有多说，驮起男孩子就朝着大雁们栖息的地方飞去。

小灰雁邓芬

漂浮在水面上的城市

全世界再也找不到比小灰雁邓芬更加温柔体贴，更善解人意的鸟儿了。所有的大雁都非常喜爱她。白雄鹅更是愿意为她献出生命。邓芬开口要求点什么，领头雁阿卡是从来不会拒绝的。

小灰雁邓芬来到梅拉伦湖之后，就立即认出了这里。离这里不远就是大海，海岸附近有一大群岩石礁，她的父母和姐妹就住在一个岩石小岛上。于是她去央求大雁们，在朝北赶路之前，不妨先拐个弯到她家里去拜访一趟，让自己的亲人们知道她还活在世上，她们一定会喜出望外的。

阿卡直截了当地拒绝了，因为她觉得邓芬的父母亲和姐妹把她活生生地遗弃在厄兰岛上，根本就不疼爱她。可是邓芬却不以为然。“他们眼巴巴地看着我无法飞行，他们有什么办法呢？”她说道，“总不能因为我固守在厄兰岛上呀。”

邓芬为了说服大雁们飞到那里去，便对他们讲起了自己在岩石岛上的家。那是一个很小的石头岛。要是从远处看去，几乎叫人以为除了石头之外没有别的东西。可是走近一看，就会发现，在峡谷和低地里都有水草肥美的牧场。在山沟或槲树丛里都可以找到相当好的筑巢地方。但是最大的好处是那里住着一个老渔夫。小灰雁邓芬曾经听人说起过，他在年轻的时候是一个好猎手，常常埋伏在海岛上打猎。可是到了垂暮之年，妻子去世，孩子离开家门，只剩下他一个人形影相吊。于是他就开始保护岛上的鸟儿，自己绝对不放一枪，也不允许别人那么做。他常常在鸟巢之间走来走去，当雌鸟孵蛋的时候，他就给她们送来食物。岛上没有一只鸟害怕他。小灰雁邓芬曾经到他的茅屋里去过好几次，他还用面包屑喂她。可是恰恰因为渔夫对鸟儿实在太好了，以至于大批鸟儿迁移到这个岛上，住的地方骤然拥挤起来。要是哪只鸟儿春天回来迟了，可能连筑巢的地方都找不着。就是因为这个缘故，邓芬的父母姐妹才不得不匆匆离开她赶回岛上。

小灰雁邓芬再三恳求，终于如愿以偿，虽然大雁们觉得已经太迟了，应该一直朝北飞去，不过最后还是照顾了她，答应到小海岛上看看她的全家。

那天清早天光刚亮，大雁们饱餐了一顿，就朝东飞过梅拉伦湖。男孩子不大明白他们飞行的路线，不过他感觉得出来，越是朝东飞，湖面上的船只往来就越繁忙，湖岸上的建筑物就越密。

满载货物的大平底船和驳船，还有帆船和渔船，竞相朝东进发，许多漂亮的白色小汽艇朝它们迎面驶来，从它们身边穿掠而过。湖岸上公路和铁路一齐奔向一个目标。

看起来东面有个什么地方，所有这些车辆船只大清早必须赶到那里。

他在一个岛上看到一座白色的大宫殿，而在这个岛朝东的湖岸上林立着许许多多消夏别墅。起初别墅之间相距甚远，后来距离越来越近，不久后整个湖岸都鳞次栉比地布满了大大小小的别墅。那些别墅风格各异，建筑奇特。有的是一幢大宅邸，有的是一间平房，有的是一长排、一长排的条形房屋，也有的别墅屋顶上修建了许多小尖塔。

有一些别墅周围有花园，不过大多数别墅坐落在湖岸两旁的阔叶树林里，屋外没有另外栽种花草。尽管这些别墅千姿百态，格局迥然不同，但它们都有一个共同之处，那就是它们都不像其他建筑物那样死板凝重，而是像儿童玩具屋那样油漆成鲜艳的浅蓝色、嫩绿色、乳白色和粉红色，都显得很活泼明快，赏心悦目。

男孩子正俯视着湖岸上的那些可爱的别墅，小灰雁邓芬突然大声尖叫起来："我认出来啦，一点没错，那边就是那座漂浮在水面上的城市。"

男孩子坐直身体，朝前看去。起先入目所见的仅仅是水面上翻滚着的薄雾。可是渐渐地他就辨认出了那些高入云际的尖塔和窗户成行成排的高楼大厦。它们时隐时现，仿佛被薄雾轻烟东追西逐。可是男孩子却看不到一丁点湖滨堤岸，似乎那边所有的建筑物都是漂浮在水面上一样。

快要接近那座城市的时候，他再也见不到刚才沿湖岸看到的那些鲜艳活泼的、有如玩具一般的房屋了。湖岸上密密麻麻的都是黑黢黢的工厂厂房。高大的栅栏背后存放着大堆大堆的煤和木板。乌黑肮脏的码头前面停靠着笨重的货轮。不过那层薄得透明的轻雾笼罩住了这一切，使得所有的东西都看上去硕大无朋、光怪陆离。

大雁们飞过那些工厂和货轮，越来越接近那些轻雾缭绕的尖塔。所有的雾团蓦地沉向水面，只有几缕轻盈渺茫的烟云在他们的头顶上飘忽不定，被晨曦染成了美丽的淡红色和淡蓝色。房屋的下半部都看不清楚，只有最上面的几层，屋顶、尖塔、山墙和正面的墙体露在外面，仿佛真正的巴比伦空中楼阁一般，像无根之木一样在云雾里飘来荡去。

男孩子知道，他们正飞过一个大城市的上空，因为他看到四面八方都有刺破云雾的屋顶和尖塔。围绕的云雾不时露出一些空隙，透过这些空隙他看到一条奔腾咆哮的急流，但是却见不到一

星半点的陆地。

大雁们笔直朝东飞去。起初那里的景物几乎同梅拉伦湖差不多，接着是辽阔浩渺的水面和大得多的岛屿。大片的内陆土地朝两旁闪开去，只有无数小岩石岛星罗棋布地散落在水面上，最后他们的面前展现出一片大海，辽阔无际。

大雁们降落在一个岩石岛上。落地以后，男孩子转过头来问小灰雁邓芬："我们刚才飞过的是哪个大城市？"

"我不知道人类怎么称呼它，"邓芬说道，"我们灰雁都把它叫作漂浮在水面上的城市。"

姐妹们

小灰雁邓芬有两个姐姐，一个叫文珍妮，一个叫吉安娜。她们都是体格矫健、头脑慧黠的鸟儿，可惜身上既没有长着邓芬那样金光灿烂的柔软绒毛，也没有她那样温顺体贴、善解人意的性格。从她们还是黄毛小雁那时候起，她们的父母和亲戚，甚至那个老渔夫，都让她们觉得只有邓芬才是他们的掌上明珠。他们越是宠爱邓芬，两个姐姐就越嫉妒她。

大雁们在岩石岛上降落下来的时候，文珍妮和吉安娜正在离岸边不远的小草地上觅食，她们马上看见了那些不速之客。

"你看，吉安娜妹妹，飞落在岛上的这些大雁是多么英俊雄伟！"文珍妮说道，"我很少看到过仪态这样落落大方的鸟儿。你瞧见了没有，他们当中有一只白雄鹅！你难道见到过比他更潇洒的鸟儿？大家都真的会把他当作一只天鹅哪！"

吉安娜觉得姐姐的赞美句句在理，这些客人竟然纡尊降贵来到孤岛上，真是了不起。她刚要张嘴说话，马上就停住了，旋即又冲口而出："文珍妮姐姐，文珍妮姐姐，你看他们把谁带来了！"

文珍妮这时也瞅见了邓芬，她惊得目瞪口呆，嘴里嘶嘶吐气。“这绝不可能，怎么会是她呢？她怎么会混到这些贵客中呢？我们略施小计，把她撇在厄兰岛上是要让她活活饿死的。”

“哼，这下倒好，她一来就会在父母亲面前哭诉，说穿我们故意在飞的时候挤撞她，使得她的翅膀脱臼，”吉安娜惶惶不安地说道，“你等着瞧吧，到头来我们俩都会被从岛上撵走的。”

“这个被溺爱得叫人讨厌的小东西一回来，我们受苦受气的日子就少不了啦，”文珍妮恨恨地说道，“不过我觉得，刚一见面我们要显得格外亲热，欢迎她回到家来，这是最聪明的办法。她天性很笨，说不定根本没有发觉那时我们是存心挤撞她的。”

文珍妮和吉安娜在小声商量的时候，大雁们站在海滩上，把经过长途飞行而凌乱纷扬的羽翎收拾整齐，然后排成一列长队爬上顽石遍地的堤岸，朝一条山沟走去，小灰雁邓芬知道父母亲通常都在那里。

小灰雁邓芬的父母品德都非常优良。他们在那个岛上居住的时间比其他任何鸟都久，他们对所有的新来者都想方设法地给予帮助，雁群飞落下来时他们也看到了，不过他们都没有认出邓芬也在其中。“真是怪事，竟会有雁群降落到这么一个荒僻的孤岛上来。”那只老雄灰雁沉思道，“这是一个很出色的雁群，只需看看他们的飞行就可以知道他们身手不凡。可是要一下子为那么多客人寻找觅食的地方，可不是件容易的事情。”

“哦，我们还不至于拥挤到无法接待他们。”他的妻子回答说，她也同小女儿邓芬一样温柔善良。

阿卡一行走过来了，邓芬的父母亲赶紧迎上前去，他们刚要张口对阿卡的雁群表示欢迎，走在队伍最末尾的小灰雁邓芬就飞过来落在父母亲中间。“爸爸，妈妈，我回来啦！你们没有认出女儿来吗？”她急不可耐地叫喊道。起初两只老灰雁有点茫然，弄不清楚这是怎么回事，等到他们看到了自己的亲生女儿，不禁大喜过望，潸然泪下。

大雁们、雄鹅莫顿和邓芬七嘴八舌地讲起了邓芬获救的经过。这时，文珍妮和吉安娜也匆匆奔跑过来，她们俩从老远就呼喊着妹妹，对邓芬平安归来显得那么欣喜雀跃，邓芬心里非常感动。

大雁们觉得这个荒岛倒挺惬意的，于是决定在这里过夜，到第二天早上再继续飞行。

过了一会儿，邓芬的两个姐姐跑过来问她，愿不愿意跟她们去看看她们选中的筑巢的地方。她马上跟着她们去了，她看到她们选的都是非常荒凉孤僻、安全非常有保障的地方。

“邓芬，你打算住在哪里呢？”她们问道。

“我吗？”邓芬摸不着头脑，“我没打算留在这个岛上，我要跟随大雁们一起去拉普兰。”

“哦，你那么快离开我们真是太可惜啦。”两个姐姐异口同声地说道。

“是呀，我本来也想在你们和爸爸妈妈身边多待一些日子，”邓芬不胜惋惜地说道，“可是我已经答应了大白鹅……”

“什么？”文珍妮气急败坏地惊呼起来，“你要嫁给那只雄鹅？那么……”刚说到这里，吉安娜用力捅了捅她，于是她就连忙住了口。

那两个用心险恶的姐姐背后说了邓芬一上午的坏话，她们为邓芬有那样一个追求者而气疯了。她们自己也都有追求者，可是都只是普普通通的灰雁，根本不像雄鹅莫顿那样英俊伟岸。自从她们见到雄鹅莫顿以后，她们就觉得自己的追求者丑陋难看，庸庸碌碌，简直不值得正眼瞅一下。

“这非要把我气死不可，”吉安娜愤愤地叫嚷，“起码，能配得上他的是你，文珍妮姐姐。”

“我真宁可他死了的好，这样省得我整个夏天都想着邓芬嫁给白鹅有多么快活。”文珍妮恨恨地说道。

然而两位姐姐仍旧装得对邓芬非常亲热。到了下午，吉安娜带了邓芬去拜访她自己准备嫁的那只雄灰雁。“你看，他可长得远不如你的那位漂亮，”吉安娜说道，“不过反过来说也有个好处，那就是可以拿得稳，他的外表同内心一个样，可以叫人放心。”

“你这是什么意思，吉安娜姐姐？”邓芬嗔怪地问道。吉安娜起初并不想一语道破，可是她和文珍妮都有点疑心。“我们从来没有看到过有哪一只白鹅跟大雁混在一起的，”姐姐说道，“我们疑心他是受了妖术变来的。”

“哈，你们真傻，他不过是一只家鹅。”邓芬不以为然地说道。

“再说那只雄鹅身边还带了一个受妖术蛊惑的小人儿，”吉安娜说道，“说不定他自己就是妖术变来的。你难道不害怕吗，万一他的原形是一只浑身墨黑的水老鸦呢？”

她说得振振有词，把可怜的邓芬吓着了。“你大概是随便说说的吧，”那只小灰雁说道，“你只不过是想吓吓我吧。”

“我都是为了你好，邓芬，”吉安娜装作关心地说道，“我再也想不出来还有什么比眼睁睁看着你跟一只黑色水老鸦飞走更叫我伤心的事啦。不过我有一个办法，我这里采了一些草根，你想办法让他吃下去几块，倘若他是妖怪变来的，他吃了之后就一定会显出原形的。倘若他不是妖怪，那么他仍旧会是现在这副模样。”

男孩子正坐在大雁中间，聆听着阿卡和那两只老灰雁互相交谈。这时小灰雁邓芬匆匆飞了过来。“大拇指儿，大拇指儿，”她喊道，“雄鹅莫顿要死了！我害得他快送掉性命啦！”

“让我骑在你背上，邓芬，把我带到他那儿去！”男孩子吩咐道。他们先走一步，阿卡和别的大雁也随之而来。他们来到那里一看，只见雄鹅奄奄一息地躺在地上，大口大口喘着粗气，连一句话也说不出来。“捋一捋他的喉咙底下，再捶一捶他的背脊！”阿卡说道。

男孩子照这样做了，大白鹅立刻咳出了一大段卡在他喉咙里的草根。“天哪，你吞下的是这种草根吗？”阿卡指指还放在地上的几段草根。

“是呀。”雄鹅回答说。

“那一定是草根在你喉咙里卡住了，”阿卡说道，“这种草根是有毒的，幸亏你没有咽下去，要是咽下去几段，那你早就送掉性命啦。”

“是邓芬求我，一定要我吃下去的。”雄鹅说道。

“那是我姐姐给我的。”邓芬原原本本地把事情讲了出来。

“你要对你的两个姐姐多加提防呀，”阿卡一针见血地提醒说，“她们肯定对你不怀好意。”

可是邓芬生性善良，品德高贵，从不把别人往坏处想。过了一会儿，文珍妮过来要领她去看看自己的意中人时，她也欣然跟去了。“你看，他的长相不如你的那位英俊潇洒，”姐姐说道，“但是他却相当勇敢和无畏。”

“哦，你是怎么知道的呢？”邓芬问道。

“事情是这样的，最近一段时间以来，这个岛上的海鸥和野鸭没法过宁静安定的日子，因为每天清晨，天刚一亮就会有一只凶残的陌生大鸟飞到这里来，从他们当中叼走一只。”

“那是一只什么鸟呀？”邓芬问道。

“我们也不认识，”姐姐吞吞吐吐地说道，“在这个岛上从来没有见过那只鸟，可奇怪的是那只鸟从来不侵袭我们灰雁。现在我的意中人下了决心要在明天早晨同那只鸟决一胜负，把他从岛上撵走。”

“但愿他胜利归来。”邓芬说道。

“唉，我想把握不大，”姐姐愁眉苦脸地说道，“如果我的意中人有你那位的高大魁梧的身材，那么我就有希望啦。”

“你的意思是要我叫雄鹅莫顿去同那只陌生的坏家伙打一架，把他轰走，是不是？”邓芬问道。

“正是这样，我是有这层心思。”文珍妮求之不得地说道，

“你真是帮了我一个最大的忙。”

第二天清早，雄鹅在太阳出来之前就醒过来了。他站在岩石岛屿的最高处四下警戒。

过不了多大工夫，他就看见一只黑色大鸟从西面飞了过来。那只鸟的翅膀巨大无比，一眼就可以看得出这是一只苍鹰。雄鹅一下傻了眼，他原先以为最危险的对手也只不过是一只猫头鹰罢了。他这时候才明白自己今天性命难保。但是即使面对不知比自己强大多少倍的凶鸟，他也毫不畏惧。

苍鹰俯冲而下，用利爪抓住一只海鸥，还没有等他张开翅膀飞走，雄鹅莫顿就抢上前去。“喂，把海鸥放开，”雄鹅厉声道，“再也不许到这里为非作歹，否则我就让你尝尝我的厉害！”

“这是哪里冒出来的一个疯子，”苍鹰惊愕地说道，“也算是你走运，我从来不伤害鹅和大雁，否则你就没命啦。”

雄鹅莫顿以为苍鹰是在取笑他，不屑同他交手较量。于是他怒火中烧，一头朝苍鹰冲了过去，咬他的喉咙，用翅膀扑打他。苍鹰哪受得了这样的挑战，自然也还手交战，不过苍鹰仍是半真半假地调侃着雄鹅，只使出了几分气力来对付他。

男孩子躺在阿卡和大雁的身边，还在呼呼大睡。这时小灰雁邓芬气急败坏地奔跑过来尖声呼喊道：“大拇指儿，大拇指儿，不好啦，雄鹅莫顿快被一只苍鹰撕得粉身碎骨啦！”

“让我骑在你背上，快把我带到那里去！”男孩子吩咐道。

当男孩子来到那里的时候，雄鹅莫顿已经被抓得浑身血渍斑斑，翎羽零乱，样子狼狈不堪。男孩子对付不了苍鹰，只好去搬救兵。“邓芬，快去！把阿卡和大雁统统叫来！”他高声喊叫。男孩子这么一喊，苍鹰停下来不再扑打雄鹅了。“唔，谁在那里提到阿卡的名字？”他问道。这时，苍鹰看到了大拇指儿，也听见了大雁们咴咴的呼喊声，他便展开翅膀打算飞离。“请告诉阿卡，这是一场误会，我万万没有料到，在这深海孤岛上竟会碰到她和她手下的大雁。”说罢，他亮开双翅，矫健悠然地飞走了。

大雁们打算清早起来就动身，不过在这之前他们还要花一点时间觅食吃饱肚子。

“我是来给你的姐姐们捎口信的，”潜鸭说道，“她们自己都不敢在大雁面前露面，所以托我提醒你，在你离开这个岛之前，应该去探望一下那个老渔夫。”

“说得真对。”邓芬回答道，可是如今她被吓得胆子很小，不敢单独出去，于是就央求雄鹅和大拇指儿陪她一起去。

那幢棚屋的门是开着的，邓芬走了进去。雄鹅和大拇指儿两个待在外面，不久之后他们就听到阿卡在呼唤大家启程。他们俩便连连催促邓芬赶快出来。有一只灰雁仓皇走出了棚屋，他们便紧随在大雁们背后离开了那个岩石岛。

在他们朝着靠近陆地的岩石岛群飞了很长一段时间以后，男孩子发觉跟在后面的那只灰雁有点奇怪。小灰雁邓芬往常飞行起来轻盈自如，而眼前这只灰雁却动作笨拙，扇动翅膀显得十分吃力。“阿卡，快转过头来！阿卡，快转过头来！”男孩子失声惊呼道，“我们搞错人啦！跟着我们后面飞的是文珍妮！”

他的话音还没有落，那只灰雁便恼怒得发出一阵聒耳的尖叫，声音非常难听。大雁们一听这声音就知道她是谁了。阿卡和其他大雁马上转过身来，朝她围了上去。那只灰雁却并没有夺路而逃，相反地她一个冲刺窜到大白鹅身边，用嘴叼起了大拇指儿，这才匆匆逃走。

于是岩石岛群和陆地之间的海面上空展开了一场追逐战，文珍妮在前面拼命逃跑，大雁们在后面紧追不舍。过不多久大雁们就要追上她了，忽然间，他们看到海面上无端升起一股很细的白色烟尘，并且还听到了一声枪响。原来他们刚才只顾追赶文珍妮，却没有留神他们笔直地朝着一只小船飞过去，那只小船上孤零零地坐着一个渔夫。

没有一只鸟被子弹击中，但是在小船的正上方，文珍妮张开嘴巴，让大拇指儿摔了下去，栽进了那无际的碧波之中。

斯德哥尔摩

斯德哥尔摩郊区有一个很大的公园，叫斯康森[①]，那里收集了许多稀奇古怪的东西。

几年以前，斯康森公园有一个名叫克莱门特·拉尔森的小老头，他是海尔星兰省人，到斯康森来是为了用他的小提琴演奏民间舞曲。他下午出来为游人演奏乐曲，上午就坐在那里照看从全国各地运到斯康森来的各具特色的农舍。

起初，克莱门特觉得他晚年的日子过得很好，是他以前连做梦都不敢想的。但过了一段时间，他开始感到有点焦虑不安。有时候克莱门特独自一坐就是几个小时，这时他就会十分想念家乡，甚至担心自己会不得不辞去目前的职务回家去。他非常穷，他也知道，他回家后，就会成为教区济贫院的累赘。因此，尽管日子一天比一天难熬，但是他仍然努力坚持着。

五月初的一个风和日丽的下午，克莱门特有几个小时的空闲时间，于是他就沿着斯康森下面的一个陡坡往下散步。这时，他遇见了一个在群岛上打鱼的人，他正背着鱼篓迎面走来。这是个

① 斯康森公园位于斯德哥尔摩的尤尔高登岛上，建于1891年，1963年起成为北欧博物馆的一部分。它包括一个由125座建筑组成的露天博物馆和一个北欧最大的动物园。

年轻力壮、动作敏捷的小伙子，他经常到斯康森来出售他捕到的活海鸟。克莱门特曾经见过他好几次。

打鱼的人叫住克莱门特，问他斯康森的总管是不是在家。克莱门特回答了他的问话，然后就问他鱼篓里装的是什么珍品。“你可以看看我抓到了什么，克莱门特，”打鱼人回答说，“但希望你能给我提个建议，看看我应该开个什么价。”

他递过鱼篓给克莱门特看。克莱门特朝鱼篓里看了一眼，然后又看了一眼，他突然缩回身子，倒退了几步。“我的天哪，奥斯比约恩！”他说。“你到底是怎么弄到他的？”

他记得，当他还是个小孩子的时候，母亲常常给他讲那些住在地板底下的小人儿的事。为了不惹小人儿生气，他不能喊叫，也不能淘气。长大以后，他以为，小人儿之类的事只不过是骗人的把戏，为的是不让他淘气。但是，母亲也许不是凭空说说的，因为眼前奥斯比约恩的鱼篓里就躺着一个活生生的小人儿。

孩童时代的恐惧感还没有完全从克莱门特的记忆中消失，只要他看一眼那个鱼篓子，他就感到脊梁骨直冒凉气。奥斯比约恩察觉到他害怕了，便大笑起来，但是克莱门特却对此十分认真，丝毫不觉得有什么可笑的。“告诉我，奥斯比约恩，你到底是从哪儿弄到他的！”

“我不是特地守候着把他抓来的，这一点请你放心，”奥斯比约恩说，“是他自己到我身边来的。今天早晨一大早我就带着猎枪划船出海了。还没等我离岸多远，就发现一大群大雁叫喊着从东边飞过来。我朝他们开了一枪，但是一只也没有打中。倒是这个小家伙从上面落下来，掉在离我的船很近的水中。我一伸手就把他抓了过来。”

“你没有打中他吧，奥斯比约恩？”

“噢，没有，他安然无恙。但是他刚刚掉下来的时候，惊恐不安，不知所措，我就乘机用一段帆绳把他的手脚给捆了起来，这样他就跑不了啦。你知道吗，我当时立刻想到，把他放在斯康森肯定非常合适。”

渔民在讲述他捕获小人儿的经过时，克莱门特变得极其局促不安。他小时候听说过的关于小人儿的事，他们对敌人的报复之心以及他们对朋友的感激之情，都一一浮现在他的眼前。那些试图抓获他们，把他们当作俘虏的人最终绝不会有好下场。“你当时应该把他放了，奥斯比约恩。”

“我当时的确差一点被迫把他放了，”奥斯比约恩说。“那些大雁一直跟到我家里。他们围着小岛飞来飞去，一边还大声叫喊着，似乎他们想要回小人儿。这还不算，我们家乡附近那些不值得我打一枪的海鸥以及其他小鸟都落在小岛上，唧唧喳喳叫个不停。只要我一出门，他们就围着我乱飞，害得我不得不又回屋去。我的妻子也请求我把他放了，但是我决心已定，一定要把他送到斯康森来。于是我把我孩子的一个洋娃娃放在窗前，把这个小家伙深深地藏在鱼篓里，然后才上路。那些鸟大概以为放在窗前的洋娃娃就是他，我出来的时候，他们也不追我了。”

“他没有说什么吗？”克莱门特问道。

“说了，开始他就想对着大雁们呼救，但是我没有让他这样做，而是用东西把他的嘴给堵住了。”

“可是，奥斯比约恩，你怎么能这样对待他呢？”克莱门特说，“难道你不知道，他是一种超自然的东西吗？”

“他是什么东西我不知道，”奥斯比约恩平静地说，“这个问题还是让其他人去考虑吧。我抓到了他，只要我能用他换到一笔丰厚的报酬，我就满足了。现在你告诉我，克莱门特，你估计斯康森公园的总管会给我多少钱？”

克莱门特迟迟不作回答。但他越来越为小人儿感到不安了。他似乎真的感觉到，母亲就站在他身边对他说，要他永远好好对待这些小人儿。“我不知道斯康森公园的总管会给你多少钱，奥斯比约恩，”他说，“但是，如果你愿意把他交给我，我会付给你二十克朗。”

奥斯比约恩听到这么大的一笔钱，惊讶地看着小老头。他想，克莱门特也许以为，小人儿有某种神奇的力量，会给他带来好处。但是他确实不能肯定，总管是否也会这样看重小人儿而愿意出这么高的价钱。于是，他接受了克莱门特提出的价钱。

拉小提琴的人把刚买来的小家伙放进他那宽大的衣袋里，转身回到斯康森公园，进了一间既没有游人也没有看守的小木屋。他随手关上门，掏出小人儿，小心翼翼地把他放在一张小凳上。小人儿这时手脚还被绑着，嘴里仍然塞着东西说不出话来。

“现在你好好听我说！”克莱门特说，“我知道像你这样的人不愿意被人看见，只想独自做自己的事。因此，我会还你自由，但是你必须答应我的一个条件，就是留在公园内，直到我答应你离开这里为止。你要是同意这个条件，就点三下头！”

克莱门特满怀期望地望着小人儿，可小人儿一动也没有动。

“你在这里不会遇到什么困难，”克莱门特说，“我会每天来给你送饭。你在这里有许多事可做，不会觉得度日如年的。但是，在没有得到我的同意之前，你不能到其他地方去。我们来商定一个暗号吧。只要我把你的饭放在一个白色的盘里，你就继续留在这里；要是我把饭放在一个蓝色的盘里，你就可以走了。”

克莱门特又一次停住话头，等待着小家伙做出表示，可他还是一动不动。

“好吧，”克莱门特说，“既然这样，我就没有更多要说的了，只好把你交给这里的总管。你会被放在一个玻璃柜子里，斯德哥尔摩这个大城市里所有的人都会来这里看你。”

这番话把小人儿吓坏了，他没有等克莱门特把话说完就迫不及待地点头表示同意。

“这就对了。”克莱门特边说边掏出小刀，把绑着小人儿双手的绳子割断，然后急忙朝门口走去。

男孩子急忙解开绑在脚上的绳子，取出嘴里塞的东西。当他转过身来想对克莱门特·拉尔森表示感谢时，克莱门特已经走了。

克莱门特刚迈出门槛，就遇见一位仪表堂堂、眉清目秀的老先生，他好像正朝附近一处风景区走去。克莱门特记不清他是不是见过这位老先生，但是看来老先生一定在他以前某个时候演奏小提琴时注意过他，因为他停下脚步和他说起话来了。“你好，克莱门特！”他说，“最近怎么样？你没生病吧？我想，你最近一段时间消瘦了。”

老先生如此关爱他，克莱门特鼓起勇气向他叙述了他焦虑不安的情绪和思乡之情。

“什么？”这位仪表堂堂的老先生说，“你身处斯德哥尔摩，还会想念家乡？这绝对不可能。”

这位仪表堂堂的老先生看上去好像有点被惹恼了，但是他也许又想着自己只是在同一个老朽无知的海尔星兰老头儿说话，因此又恢复了当初友好的态度。

“你肯定没有听说过斯德哥尔摩的来历，克莱门特。你要是听说过的话，你就会知道，你想离开这里，回到家乡，只不过是你的一种幻觉。你跟我来，到那边的凳子上去坐一会儿，我给你讲讲关于斯德哥尔摩的情况！”

这位老先生极目远眺，将整个斯德哥尔摩的秀丽景色尽收眼底。然后他深深地吸了一口气，似乎要把这美丽的景色全都吸进他的心肺。然后他转向拉小提琴的老头。

“你看见了吗，克莱门特！”他边说边在跟前的沙土上画了一幅小地图，“这里是乌普兰，向南伸出了一个被许多港湾切割得支离破碎的岬角。在这里，瑟姆兰和另一个同样支离破碎、一直向北伸展的岬角接壤。这里，西边是一个布满小岛的湖，叫梅拉伦湖。东边是另一片水域，满是岛和礁石，这就是波罗的海。这里，克莱门特，乌普兰和瑟姆兰、梅拉伦湖和波罗的海交界的地方，有一条小河，河的正中有四个小岛，把河分成几条支流，其中的一条现在叫作诺尔斯特罗姆，以前叫斯德克松德。

“这些小岛开始只是一些长着阔叶树的普通小岛，就像现在梅拉伦湖中的许多岛屿一样，长期没有人居住。你可以这么说，它们位于两片水域、两个省份之间，所处的位置很好，但是过去从来没有人注意过。时间一年又一年地过去了。梅拉伦湖中的岛屿和外面的群岛上都有人居住了，然而小河中的四个小岛上依然没有人居住。偶然有航海的人在某个小岛上登陆，支起帐篷过夜。但是没有人在那里正式定居。

“有一天，一位住在盐湖里梨亭岛上的渔民驾船驶进了梅拉伦湖。那天，他运气特别好，打了好多好多的鱼，一时竟忘了及时回家。他刚驶到那四个小岛附近，天就黑了。这时他只好先到其中的一个岛上去待一会儿，等晚些时候有了月光再走。

“时值夏末，尽管夜晚开始变黑了，但是天气仍然很温暖很晴朗。渔民将他的小船拖上岸，头下枕着一块石头，在小船旁躺下睡着了。当他醒来的时候，月亮早就升起来了。月光皎皎，照得大地如同白昼一样。

“渔民迅速站了起来，刚要把船放下水，突然看见河中有许多小黑点在移动。那是一大群海豹，正全速向他所在的小岛游来。当他发现海豹游近小岛，要爬上岸时，就弯下腰去找他一直放在船上的鱼叉。但是，当他直起身来时，海豹却都不见了。岸上只有一群美丽无比的年轻姑娘，她们身穿拖地的绿色绸裙，头戴镶着珍珠的圆帽。渔民立刻明白了，那是居住在遥远荒芜的海岛上的一群海上仙女，她们披着海豹皮是为了能够到陆地上来，在翠绿的岛上趁着月光尽情欢乐。

“渔民悄悄地放下鱼叉，等仙女们爬上岛来玩耍的时候，他偷偷地跟在后面，观察她们。他以前听人说过，仙女们都长得娇媚俏丽，楚楚动人，凡是见过她们的人无不为她们的美貌所倾倒。他现在不得不承认，那种说法一点也不夸张。

“他看着她们在树下跳了一会儿舞之后，便蹑手蹑脚地走到岸边，拿走了一张仙女放在那里的海豹皮，把它藏在一块石头底下，然后，他又回到小船边躺下，假装睡觉。

“过了不多久，他看见仙女们来到岸边开始穿海豹皮了。起初还是一片嬉笑声和打闹声，转而却传来了哀叹和埋怨声，因为其中的一位仙女找不到她的海豹皮。她们在河边东奔西跑，帮助她寻找，但什么也没有找到。在寻找过程中，她们发现，东方已泛出鱼肚白，白天就要来临了。当时，她们觉得不能再在岸上待下去了，于是，她们就一起游走了，留下那位丢了海豹皮的仙女坐在岸上哭泣。

“渔民显然觉得她非常可怜，但是仍然强迫自己静静地躺着等待天亮。天一亮，他就站起来，把小船放到水里，假装是在提桨划船时偶然发现了她。‘你是什么人？’他喊道，‘你是不是乘船遇难的乘客？’她急忙朝他跑过来，问他有没有看见她的海豹皮，但是渔民却装作根本听不明白她的问题。于是她又坐下去哭了起来。而这时他却建议她跟他一起上船。‘跟我回家去吧，’他说，‘我母亲会照顾你的！这里既没有睡觉的床铺，也没有吃的食物，你总不能老是坐在这个岛上吧。’他说得那样委婉动听，终于说服她跟他一起上了船。

“渔民和他的母亲对那个可怜的仙女特别好，她和他们在一起也觉得很愉快。她一天比一天高兴起来了，帮助老妇人料理家务，就像岛上土生土长的姑娘一样。所不同的是，她比其他任何姑娘要漂亮得多。一天，渔民问她愿意不愿意做他的妻子，她没有反对，立即同意了。

“于是，他们开始为婚礼做准备了。当海上仙女梳妆打扮要做新娘时，她穿上了渔民第一次见到她时穿的那件拖地绿色绸裙，戴上了那顶闪闪发光的珍珠帽。但是，当时他们住的那个小岛上没有牧师也没有教堂，新郎、新娘和参加婚礼的人都坐上船，往梅拉伦湖里驶去，到他们遇到的第一座教堂里去举行婚礼。

“渔民和他的新娘以及母亲坐在一条船上，他的划船技术出众，很快就超出了其他所有船只。当他划了很远，看见斯特罗门

河中的那个小岛时，他禁不住洋洋得意，微笑起来。他就是在那个小岛上得到了这个现在打扮得漂漂亮亮、骄傲地坐在他身边的新娘的。‘你在笑什么呀？’她问道。

“‘喔，我在想我把你的海豹皮藏起来的那天晚上。’渔民回答，他现在觉得自己已有十分的把握，没必要再隐瞒什么了。

“‘你在说什么呀？’新娘说，‘我根本就没有什么海豹皮。’她好像把过去的事情全忘光了。

“‘你不记得你是怎样和海上仙女们在岸边跳舞的吗？’他又问道。

“‘我不知道你在说些什么，’新娘说，‘我想你昨天夜里一定做了一个奇怪的梦。’

“‘要是我把你的海豹皮拿出来给你看的话，你就会相信我了吧？’渔民说着立即掉转船头驶向小岛。他们登上岸后，他在藏海豹皮的石头底下找出了海豹皮。

“但是，新娘一看见海豹皮就猛地抢了过来，迅速戴在了头上。那张海豹皮好像有生命似的一下子把她裹了起来，而她则立即跳进了斯特罗门。

“新郎见她逃跑，便跟着纵身跳进了水里，但是没有抓着她。当他看到没有办法能够留住她的时候，他绝望地抓起鱼叉向她掷了过去。他投得比他预料的还要准，因为那可怜的仙女发出一声惨叫，消失在深水中。

“渔民仍然站在岸边，期待着她会再次露面。但是这时他却发现，他周围的水开始放射出一种柔和的光彩，呈现出一片他以前从未见过的美丽景色。水面上闪现出粉红色和白色的光芒，就像是颜色在贝壳的内壁做游戏一样，鲜艳夺目，美不胜收。

“当那闪闪发光的水涌向湖岸时，渔民觉得湖岸也发生变化了。湖岸上鲜花盛开，浓香四溢，给人一种从未有过的美妙芳香的感觉。

“现在他知道其中的奥秘了。凡是看见过仙女们的人必然会发现她们比其他任何人都要美丽漂亮，而现在当那位仙女的血与水混在一起，沐浴着湖岸时，她的美丽也就转嫁给了湖岸，成了仙女留给湖岸的一份遗产，使得见到这湖岸的人都会热爱它们。”

那位仪表堂堂的老先生讲到这里停了下来，转向克莱门特并望着他，克莱门特严肃地向他点点头，但是一句话也没有说，为的是不打断他讲故事。

“现在你该看到了吧，克莱门特，”老先生继续说，眼睛里闪现出一道狡黠的光芒，“从那时候起，人们就开始向这些岛上迁移了。起初只是渔民和农夫在那里定居，后来其他人也被吸引到那里去了。在一个晴朗的日子，国王和他的总管乘船穿过斯特罗门到了那里，他们立刻开始谈论起这些小岛来。他们一致认为，这些岛的布局很特别，每一艘要进入梅拉伦湖的船必须经过这些小岛。总管提议在这条航道上建造一座船闸，可以随意开启或关闭，放行商船，而将强盗船拒于门外。”

“结果他们真的那样做了，”那位老先生说着，又站起身来开始用他的手杖在沙地上画起来了，“在其中最大的一个岛上，你看，就是这儿，总管修建了一个城堡，上面还有一个非常坚固的主塔，叫作协尔那。人们就这样在岛的四周筑起了围墙，围墙的南北两面各有一座城门，上面有一座坚固的城楼。他们在岛与岛之间修起了桥梁，把岛屿连接起来，在桥头也修起了高高的塔楼。在所有岛屿周围的水域里，他们埋下了装有栅门的木桩，能开能关，这样，任何船只未经许可都无法通过。

“因此，你看，克莱门特，这四个长期无人注意的小岛很快就成了强大的防御工事。不仅如此，这些湖岸和海峡也吸引着人们，从四面八方来到这里，在岛上定居下来。他们开始为自己建造一座教堂，它后来被称为大教堂。大教堂就在这里，紧挨着城堡。在围墙里面，是新搬迁来的居民为自己盖起的小茅屋。这里的建筑并不太多，但是在当时已经完全可以算作一座城市了。城市的名字就叫斯德哥尔摩，这个名字一直沿用到今天。

“终于有一天，克莱门特，那位发起这项工程并将它付诸实施的总管去世了，但是斯德哥尔摩并没有因为失去了这样一位总管而缺少建筑师。一些僧人来到这个国家，他们是芳济各会[①]的修道士。斯德哥尔摩把他们吸引到这里，于是他们也提出要在市内建造一座修道院。他们从国王那里得到了一个岛，比较小的一个岛，就是这个面对梅拉伦湖的岛。他们在这个岛上修建了修道院，因此这个岛被称为灰衣修士岛。但是，其他一些叫黑衣兄弟[②]的修士也来到了斯德哥尔摩，他们也要求得到在这里建造修道院的权利，他们的修道院就建在斯塔德岛上，离南门不远。在这里，在市区北部最大的一个岛上建起了医院；在另外一个岛上，勤劳的人们修建了一座磨坊。

“现在，克莱门特，原来长满了阔叶树林的小岛早已盖满了房子，但人们还是源源不断地涌向这里，你知道，是这里的湖岸和水把人们吸引到这里来的。但是你千万不要以为，移居到斯德哥尔摩的只是些修道院的修士和修女们。还有其他好多人呢，其中最多的是德国商人和手艺人。他们比瑞典人手艺精、技术好，更善于做生意，因此很受欢迎。他们在城内住下来，拆掉了原来的矮小简陋的房屋，用石头建起了高大华丽的房子。但是，城内空地很有限，他们不得不一幢紧挨着一幢盖房子。你看到了吧，克莱门特，斯德哥尔摩是很有吸引力的。”

这时，另外一位先生快步从小道上朝他们走了过来。但是，和克莱门特说话的老先生一摆手，那个人便在远处停了下来。那位充满自豪感的老先生又在克莱门特身旁的长凳上坐了下来。

“现在我要你为我做一件事，克莱门特，”他说，“我没有

① 芳济各会，也称“小兄弟会”，在瑞典，根据他们的衣服，又称为“灰衣修士”或“灰衣兄弟”，是十三世纪初意大利人芳济各所创建的天主教主要派别之一。

② 系西班牙教士多明我于1216年创建的“多明我会”的派别之一，在瑞典，根据他们的衣服又称“黑衣修士”。

更多的机会跟你交谈了，但是我会让人送给你一本关于斯德哥尔摩的书，你要从头至尾仔细把它阅读一遍。可以说，我已经为你了解斯德哥尔摩打下了一个基础，下一步就要看你自己的了。你要继续读书，以便了解这座城市的变迁。读一读这座建造在群岛上的、街道狭窄、四周有围墙的小城市，是如何扩展成为一座展现在我们面前的由房子的海洋组成的城市。读一读人们是怎样在那个幽暗的地方建起了我们那座金碧辉煌的壮丽宫殿，以及灰衣修士教堂是怎样成为瑞典皇家墓地的吧！读一读一座又一座的小岛又是怎样造满了房子！读一读南城和北城的菜园如何变成了漂亮的公园和居住区！读一读一座座高坡地是怎样降低的，一个个海峡是怎样被填平的！读一读历代国王的御苑是怎样成为人民最喜爱的游览区的！你应该把这里当作你的家乡，克莱门特。这座城市不仅仅属于斯德哥尔摩人，它也是属于你和全瑞典的。

“你知道，克莱门特，每一个教区都召开自己的议事会，但是在斯德哥尔摩却召开全国人民的议会；全国各地每个司法管辖区都有一名法官，但是在斯德哥尔摩却有一个统辖他们的法院；全国各地都有兵营和部队，但是统辖他们的指挥官却在斯德哥尔摩；铁路四通八达，伸向全国的每个角落，但是管理庞大的铁路系统的机构却设在斯德哥尔摩。这里还设有牧师、教师、医生、地方行政司法机构人员等的委员会。这里是我们这个国家的中心，克莱门特。你衣袋里的钱是从这里发行的，我们贴在信封上的邮票也是在这里印的。这里可以向所有的瑞典人提供他们需要的东西，在这里，谁也不会感到陌生，这里是所有瑞典人的家。

“还有斯康森那些古老的农舍，那些古老的舞蹈、服装和家庭用品，那些拉提琴的人和讲故事的人。斯德哥尔摩把所有美好的东西都吸引到了斯康森，以便纪念它们，使它们在世人面前绽放新的光彩。

“但是，你要记住，克莱门特，当你阅读有关斯德哥尔摩的那本书的时候，你必须坐在这个地方！你将看到波浪是如何闪射出令人欢悦的光彩，湖岸是如何放射出美丽的光芒。你要设想你已经进入梦幻之境，克莱门特。”

那位洒脱的老先生提高了嗓门，使得他的话听起来像一道坚决而有力的命令，他的眼睛也闪现出炯炯神光。他站起身来，轻轻地挥了一下手，便离开了。克莱门特此时也明白，和他说话的人肯定是一位高贵的先生，他在他身后深深地鞠了一躬。

第二天，一位宫廷侍臣给克莱门特送来了一本大红皮书和一封信，信中说，书是国王送给他的。

在这以后的几天里，小老头克莱门特·拉尔森整天神不守舍，从他的嘴里说不出一个明智的字眼。一个星期后，他就到总管那里去辞职，他认为他不得不回家乡去。“你为什么要回家？难道你不能设法使自己适应这里的生活吗？”总管问道。

“哦，是的，我在这里过得很好，”克莱门特说，“现在这个问题已不再成为问题了。但是不管怎么样，我必须回家。”

克莱门特处于进退两难的境地，因为国王对他说过，要他设法去了解斯德哥尔摩，适应这里的生活。但是克莱门特必须先回家去，把国王对他说过的话告诉家乡的父老乡亲们，否则他无论如何也平静不下来。他要站在家乡的教堂门口，向高贵的和卑贱的人们叙述国王待他是如何的善良友好，曾同他肩并肩坐在一条凳子上，并且送给他一本书，还在百忙中抽出时间来同一个老朽、贫困的拉提琴的人谈话，用了整整一个小时的时间来消除他的思乡之苦。在斯康森向拉普族老头和达拉那妇女讲述这些会是件了不起的大事，但是同家乡的人们讲述这些又会怎么样呢？

即使克莱门特进了济贫院，因为有了这次同国王谈话的经历，他今后的处境也不会困难了。他现在已经是一个和以前截然不同的人了，人们会对他另眼相待，会尊敬他的。

克莱门特已经无法克制这种新的思乡之情。他必须去找总管，向他说明他不得不辞职回家乡去。

老鹰高尔果

在峡谷里

在拉普兰北部的崇山峻岭中，有一个年代悠久的老鹰巢，筑在从陡峭的山壁上伸出的一块岩石上，巢是用树枝一层一层叠起来的。许多年来，那个巢一直在扩大和加固，如今已有两三米宽，几乎和拉普人[①]住的帐篷一样高了。

老鹰巢的峭壁底下是一个很大的峡谷，每年夏天，都有一群大雁住在那里。这个峡谷对大雁来说是一个极好的栖身之处。它深藏在崇山之中，没有多少人知道这个地方，甚至连拉普人也不知道。峡谷中央有一个圆形小湖，那里有供小雁吃的大量食物，在高低不平的湖岸上，长满了槲树丛和矮小的桦树，大雁们可以在那里找到最理想的筑巢地点。

自古以来都是鹰住在上面的悬崖上，大雁住在下面的峡谷里。每年，老鹰总要叼走几只大雁，但是他们不会叼走太多大雁，免得大雁不敢在峡谷里住下去。而对大雁来说，他们也从鹰

① 拉普人，又称萨米人，是瑞典的少数民族，居住在瑞典北部的拉普兰省，以游牧为主，主要饲养驯鹿，部分从事渔业。除瑞典外，挪威、芬兰、苏联也有拉普族人。

那儿得到不少好处。老鹰固然是强盗，但是他们却使得其他强盗不敢接近这个地方。

在尼尔斯·豪格尔森跟随大雁们周游全国的两三年前，从大雪山来的领头老雁阿卡一天早晨站在谷底，向上朝老鹰巢望去。鹰通常是在太阳升起后不久便外出寻猎。在阿卡住在峡谷的那些夏天里，她每天早晨都是这样等着他们出来，看着他们是留在峡谷狩猎呢还是飞到其他猎场去追寻猎物。

用不了多久，那两只高傲的老鹰就会离开悬崖，他们在空中盘旋着，尽管样子长得很漂亮，但是却十分可怕。当他们朝下面的平原地带飞去时，阿卡才松了一口气。

这只领头雁年岁已大，不再产蛋和抚育幼鸟了。她常常从一个雁窝飞到另一个雁窝，向其他雁传授产蛋和哺育小鸟的经验，以此来消磨时间。此外，她还为其他雁担任警戒，不但监视老鹰的行动，还要警惕诸如北极狐、林鸮和其他所有威胁大雁和雏雁生命的敌人。

中午时分，阿卡又开始监视老鹰的行踪。在她住在峡谷的那些夏天，天天如此。

从老鹰的飞行上阿卡也能看出他们外出狩猎是否有好的收获，如果有好的收获，她就会替她率领的一群大雁感到放心。但是这一天，她却没有看到老鹰归来。“我大概是年老不中用了吧，”她等了一会儿后想，“这时候老鹰们肯定早就回来了。”

到了下午，她又抬头向悬崖看去，期望能在老鹰经常午休的岩石上见到他们，傍晚她又希望能在他们洗澡的高山湖里见到他们，但是仍然没有看见他们。她再次埋怨自己年老不中用了。她已经习惯了老鹰们待在她上面的山崖上，她怎么也想象不到他们还没有回来。

第二天早晨，阿卡又早早地醒来监视老鹰。但她还是没有看见他们。

相反，在清晨的寂静中，她却听见一声悲愤而凄惨的叫声，好像是从上面的鹰巢里传来的。“会不会真是上面的老鹰出了什么事？”她想。她迅速张开翅膀，向上飞去，她飞得很高，以便能看清底下的情况。

她居高临下地往下看，既没有看到公鹰也没有看到母鹰，鹰巢里只剩一只羽毛未长全的小鹰，躺在那里喊叫着要吃食。

阿卡慢慢地降低高度，迟疑地飞向鹰巢。这是一个令人作呕的地方，一眼就能看出，这是一个十足的强盗住的地方。窝里和悬崖上到处散落着发白的骨头，带血的羽毛和烂皮，兔子的头，鸟的嘴巴，带毛的雷鸟脚。就是那只躺在那堆乌七八糟的东西当中的雏鹰看了也叫人恶心，他的那张大嘴，披着绒毛的笨拙的身子，羽毛还没长全的翅膀像刺一样竖着。

阿卡克服了厌恶心理，落在了老鹰窝边，同时又不安地环顾四周，随时提防那两只老鹰回到家里。

“太好了，终于有人来了，”小鹰叫唤道，“快给我弄点吃的来！”

“慢，慢，不要着急！”阿卡说，“先告诉我，你的父母亲在哪里？”

“唉，谁知道啊！他们昨天早晨就出去了，只给我留下了一只旅鼠，我早就把它吃光了。”

阿卡开始意识到，那两只老鹰真的已经被人打死了。她想，如果她让这只雏鹰饿死的话，她就可以永远摆脱那帮强盗。但同时她又觉得，此时此刻她有能力而不去帮助一只被遗弃的小鸟，良心上总有点说不过去。

“你还站着看什么？”雏鹰说，“你没听见，我要吃东西吗？”

阿卡张开翅膀，急速飞向峡谷里的小湖。过了不多一会儿，她又飞回了鹰窝，嘴里叼着一条小鲑鱼。

当她把小鱼放在雏鹰面前时，雏鹰却恼怒至极。“你以为我会吃这样的东西吗？”他把鱼往旁边一推，并试图用嘴去啄阿卡，“去给我搞一只雷鸟或者旅鼠来，听见没有！”

这时，阿卡伸出头去，在雏鹰的脖子上狠狠地拧了一下。

“我要告诉你，”老阿卡说，“如果要我给你弄吃的，那么我弄到什么你就得吃什么，不要挑三拣四。你的父亲和母亲都死了，你再也得不到他们的帮助了。如果你一定要吃雷鸟和旅鼠，就躺在这里等着饿死吧，我是不会阻止你的。”

阿卡说完便立刻飞走了，过了很久才飞回来。雏鹰已经把鱼吃掉了，当阿卡又把一条鱼放在他面前时，他又很快把它吞下去了，尽管看上去很勉强。

阿卡承担了一项繁重的劳动。那对老鹰再也没有露面，她不得不独自为雏鹰寻找他所需要的食物。她给他鱼和青蛙吃，但雏鹰也并没有因为吃这种食物而发育不良，相反，他长得又大又壮。他很快就忘了自己的父母亲，以为阿卡是他的亲生母亲。从阿卡这方面来讲，她也很疼爱他，就好像他是自己的亲生孩子。她尽力给他以良好的教养，帮助他克服野性和傲慢。

几个星期过去了，阿卡意识到，她脱毛不能飞的时候快到了。她将有整整一个月不能送食物给雏鹰吃，雏鹰肯定会饿死。

“高尔果，”阿卡有一天对雏鹰说，“我现在不能给你送鱼吃了。你有两种选择，要么在上面等着饿死，要么跳进底下的峡谷，当然后者也可能丧失性命。”

雏鹰二话没说便走到窝的边缘，看也不看底下的峡谷究竟有多深，就张开他的小翅膀，飞向空中。他在空中翻滚了几下，但还是安全地飞到了地面。

高尔果在底下的峡谷里和那些小雁一起度过了夏天，并且成了他们的好伙伴。他把自己也当作小雁看待，尽力按照他们的方式生活，当小雁到湖里去游泳时，他也跟着去，差点儿给淹死。他因为始终学不会游泳而感到很耻辱，常常到阿卡那里去埋怨自己。

“我为什么不能像其他人一样学会游泳呢？”他问道。

"因为你躺在上面的悬崖上时，爪子长得太弯，趾也太大了，"阿卡说，"但不要为此而感到伤心！不管怎样，你还是会成为一只好鸟的。"

不久，雏鹰的翅膀长大了，可以承受得住他身体的重量在空中飞行了，但是直到秋天小雁学飞的时候，他才想起要使用翅膀去飞行。现在他值得骄傲的时刻来到了，因为在这项运动中他很快就成了冠军。他的伙伴们只能在空中勉强停留一会儿，而他却几乎能整天在空中飞行，练习各种飞翔技巧。直到此时，他还不知道自己和大雁不属于同一类，但是他也不可避免地注意到了一些使他非常吃惊的事情，因此不断地向阿卡提问。"为什么我的影子一落到山上，雷鸟和旅鼠就躲藏起来呢？"他问道，"他们对其他小雁却并不这样害怕呀。"

"你躺在悬崖上的时候，你的翅膀已经长得很丰满了，"阿卡说，"是你的翅膀吓坏了那些可怜的小东西。但是不要为此而感到伤心！不管怎样，你还是会成为一只好鸟的。"

雏鹰已经很好地掌握了飞翔技巧，于是他就学习自己抓鱼和青蛙吃。但是不久他又开始思考起这件事来。"为什么我是靠吃鱼和青蛙生活的呢？"他问，"其他的小雁都不是这样的呀。"

"事情是这样的，你躺在悬崖上的时候，我除了鱼和青蛙外弄不到其他食物给你吃，"阿卡说，"但不要为此而感到难过！不管怎样，你还是会成为一只好鸟的。"

秋天，大雁们要迁徙的时候，高尔果也跟随雁群去了。他仍然把自己当成他们中的一员。但是，空中飞满了要到南方去的各种鸟类，当阿卡率领的雁群中出现一只老鹰时，立即在他们之中引起了很大的轰动。大雁群四周总是围着一群一群好奇的鸟，并且大声表示惊讶。阿卡请求他们保持安静，但是要把那么多尖舌头都拴起来是不可能的。"他们为什么把我叫作老鹰？"高尔果不断地问，并且越来越生气。"难道他们看不见我也是一只大雁吗？我根本不是吞食我的伙伴的猛禽。他们怎么能给我起这么一个讨厌的名字呢？”

一天，他们飞过一个农庄，那里有一群鸡正围着一堆垃圾在刨食。“一只老鹰！一只老鹰！”鸡们惊叫道，并且四处奔跑，寻找藏身之地。高尔果一直听说老鹰是野蛮的歹徒，这时听到鸡们也叫他是老鹰，便再也无法抑制自己的怒火。他夹紧翅膀，嗖地冲向地面，用爪子抓住了一只母鸡。“我要教训教训你，我，我不是一只老鹰！”他一边愤愤地喊叫着，一边用嘴去啄她。

与此同时，他听见阿卡在空中呼叫他，他于是飞回空中。阿卡朝他飞过来。“你干什么去了？”她吼叫道，同时用嘴去啄他。“你是不是想把那只可怜的母鸡抓死？你真不知羞耻！”老鹰没有反抗，任凭阿卡训斥，这时他们周围的群鸟发出了一阵嘲笑声。老鹰听到了那些鸟的讽刺声，便回过头来用恶狠狠的目光盯着阿卡，似乎要向她发起进攻。但是他立即改变主意，用力扇动着翅膀向更高的天空飞去。他飞得很高很高，连其他鸟的喊声都听不见了。

三天之后，他又返回了雁群。“我现在知道我是谁了，”他对阿卡说，“因为我是一只鹰，所以我一定要像鹰那样生活。但我们还是可以继续做朋友的。你或你们当中的任何一只雁，我是绝对不会袭击的。”

阿卡以前为自己把一只鹰教养成一只温顺无害的鸟而感到极为骄傲。但是现在她听到鹰要按照自己的意愿去生活，她再也不能容忍了。“你以为，我会愿意做一只猛禽的朋友吗？”她说，“如果你照我教导的那样去生活，你还可以跟以前一样留在我的雁群里！”

双方都很高傲固执，谁也不肯让步。结果，阿卡不准鹰在她的周围出现，谁也不敢在她的面前再提鹰的名字。

从此以后，高尔果像所有的江洋大盗一样，在全国各地四处游荡，独来独往。他经常情绪低落，不时地怀念起那一段与小雁亲昵玩耍的时光。

在动物中他以勇敢而闻名。他们常常说，他除了他的养母阿卡外谁也不怕。他们还常说，他从来没有袭击过一只大雁。

被擒

有一天，当高尔果被猎人捕获，卖到斯康森的时候，他才刚满三岁，还没有考虑娶妻成家。在他到斯康森之前，那里已经有几只鹰了，他们被关在一个用钢丝做成的笼子里。笼子在室外，而且很大，人们移进几棵树，堆起一个很大的石堆，使老鹰感觉跟生活在家里一样。尽管如此，老鹰们还是不喜欢那里的生活。他们几乎整天站在同一个地方，一动也不动。他们那美丽、黑色的羽毛变得蓬松而毫无光泽。他们的眼睛绝望地凝视着远方，渴望去到外面的自由世界。

高尔果被关在笼中的第一个星期，他还是很清醒，很活跃的，但是很快一种昏昏欲睡的感觉开始紧紧地缠着他。他也像其他的老鹰一样，站在同一个地方一动也不动，双眼直勾勾地盯着远方，但是什么也没有看见，也不知道这一天一天的日子是怎么度过的。

一天早晨，当高尔果像往常那样呆呆地站着的时候，他听见底下有人在喊他的名字。他是那样的无精打采，连眼皮也懒得抬一下。“叫我的是谁呀？”他问道。

“怎么，高尔果，你不认识我了？我是经常和大雁们在一起四处飞行的大拇指儿呀。”

“是不是阿卡也被人关起来啦？”高尔果用一种听起来像是长眠之后刚刚醒来的语调问道。

“没有，阿卡、白雄鹅和整个雁群这时肯定在北方的拉普兰了，”男孩子说，“只有我被囚禁在这里。”

男孩子说这番话时，他看到高尔果又把目光移开，开始像以前那样凝视着外面的天空。“金鹰！”男孩子喊叫起来，“告诉我，有什么办法可以帮助你！”高尔果连头都没有抬一下。

“不要打搅我，大拇指儿！”他说，“我正站在这里，梦见我在高高的空中自由地飞翔。我不想醒来。”

“你必须活动活动你的身子，看看你周围发生的事情。”男孩子劝说道，“不然的话，你很快就会像别的鹰一样可怜悲惨。”

“我情愿和他们一样。他们沉醉在迷梦之中，无论什么事情都不可能打搅他们。”高尔果说。

当夜幕降临，所有的老鹰都已经熟睡的时候，罩着他们的笼子顶部发出轻微的挫东西的声音。那两只麻木不仁的老鹰对此无动于衷，但是高尔果却醒来了。

“是谁在那里？是谁在顶上走动？”他问道。

“是大拇指儿，高尔果。”男孩子回答说，“我坐在这里挫钢丝，好让你飞走。”

老鹰抬起头来，在明亮的夜色中看见男孩子在那里挫紧绷在笼子顶部的钢丝。他感到了一丝希望，但是马上又心灰意冷了。

“我是一只大鸟啊，大拇指儿，”他说，“你要挫断多少根钢丝我才能飞出去呀？你还是不要挫了，让我安静一会儿吧。”

“你睡你的觉，不要管我的事！”男孩子回答道，“即使我今天夜里干不完，明天夜里也干不完，但是我无论如何要设法把你解救出来，要不你在这里会被毁掉的。”

高尔果又昏睡过去了，但是当他第二天早晨醒来的时候，看见许多根钢丝已经被挫断了。这一天他再也不像前些日子那样无精打采了，他张开翅膀，在树枝上跳来跳去，舒展着僵硬的关节。

一天清晨，天刚拂晓，大拇指儿就把老鹰叫醒了。“高尔果，现在试试看！”他说。

鹰抬起头来看了看，果然发现男孩子已经挫断了很多根钢丝，钢丝网上出现了一个大洞。高尔果活动了几下翅膀，就朝洞口飞去，几次遭到失败，跌回笼底，但是最后他终于成功地飞了出去。

他张开矫健的翅膀，高傲地飞上了天空。而那个小小的大拇指儿则坐在那里，满脸愁容地望着他离去，他多么希望会有人来把他解救出去。

男孩子对斯康森已经很熟悉了。他认识了那里所有的动物，并且同其中的许多动物交了朋友。他必须承认，斯康森确实有许多可看可学的东西，他也不愁难以打发时光。

但是他内心里却天天盼望着能回到雄鹅莫顿和其他旅伴的身边。“如果我不受诺言的约束，”他想，“我早就可以找一只能把我驮到他们那里去的鸟了。”

人们也许会觉得奇怪，克莱门特·拉尔森怎么没有把自由归还给男孩子。但是请不要忘记，那个矮小的提琴手离开斯康森的时候，头脑是多么的昏沉。他要走的那天早晨，总算想到了要用蓝碗给小人儿送饭，但不幸的是，他怎么也找不到一只蓝碗。再说，斯康森所有的人，拉普人、达拉那妇女、建筑工人、园丁，都来向他告别，他根本没有时间去搞个蓝碗。最后快要启程了，他实在没有其他办法，不得不请一个拉普族老头帮忙。“事情是这样的，有一个小人儿住在斯康森，我每天早晨要给他送吃的。”克莱门特说，“你能不能帮我办一件事，把这些钱拿去，买一只蓝碗，明天早晨在碗里装上一点粥和牛奶，然后放在布尔耐斯农舍的台阶下，行不行呀？”那个拉普族老头感到莫名其妙，但是克莱门特没有时间向他做进一步解释了，因为他必须立刻赶到火车站去。

拉普族老头也确实到尤尔高登城里去买过碗，但是他没有看见蓝颜色的碗，于是，他便顺手买了一只白碗，每天早晨，他总是精心地把饭盛在那个白碗里送去。

就这样，男孩子一直没有从诺言中解脱出来。他也知道，克莱门特已经走了，但是他没有得到可以离开那里的允诺。

那天夜里，男孩子比以往任何时候都更加渴望自由，现在已经是真正的春天了。他在旅途中吃尽了恶劣天气的苦头。刚到斯康森的时候，他还这样想，被迫中断旅行也许并不是件坏事，因为如果五月份到拉普兰去的话，他非得冻死不可。但是现在天气已经转暖，地上绿草如茵；白桦树和杨树长出了像绸缎一样光亮的叶子；樱桃树，还有其他所有的果树，都开满了花；浆果灌木的树枝已经结满了小果子；橡树极为谨慎地张开了叶子；斯康森菜地里的豌豆、白菜和菜豆都已经发绿。“现在拉普兰也一定是温暖而美丽的，”男孩子心想，“我真想在这样美丽的早晨骑在雄鹅莫顿的背上。要是能在这样风和日丽的天空中飞翔，沿途欣赏由青草和娇艳的花朵装饰的大地，该是多么的惬意啊！”

正当他坐在那里浮想联翩的时候，那只鹰却从天空中直飞下来，落在男孩子的身边。“我刚才是想试试我的翅膀，看看它们是不是还能飞行。”高尔果说，“你不会以为我会把你留在这儿让你继续被囚禁吧？来吧，骑到我的背上来，我要把你送回到你的旅伴那里去！”

“不，这是不可能的，”男孩子说，“我已经答应留在这里，直到我被释放。”

“你在说什么蠢话呀。”高尔果说，“首先，他们是违背你的意愿强行把你送到这里来的；其次，他们又强迫你做出留在这里的许诺！你应该明白，这样的诺言根本没有必要去遵守。”

“是的，尽管我是被迫的，但我还是要遵守诺言，”男孩子说，“谢谢你的好意，但是你帮不了我的忙。”

“我帮不了你的忙吗？”高尔果说。“那就等着瞧吧。”转眼间他就用他的大爪子抓起尼尔斯·豪格尔森直冲云霄，消失在飞向北方的路途中。

飞越耶斯特雷克兰

贵重的腰带

那只老鹰继续向前翱翔，一直飞到斯德哥尔摩北面很远的地方，才落下来停栖在一个森林繁茂的小土丘上，把爪子里抓得紧紧的男孩子放开来。

男孩子立刻拔开双脚拼命往回狂奔。他想回到斯德哥尔摩去。

老鹰纵身朝前一扑，毫不费力地追上男孩子，用一只爪子把他掀翻在地。“难道你真的打算回到那个监狱里去吗？”

“这关你什么事？我想到哪儿就到哪儿去，用不着你管！”男孩子用力挣扎想脱开身去。可是，老鹰用力举千钧的鹰爪把男孩子牢牢抓起，双翅一展又向北飞去。

老鹰双爪抓着男孩子飞过整个乌普兰，一直飞到埃尔夫卡雷比附近的大瀑布才停下来。他栖落在白练般直泻下来的大瀑布底下的一块石头上，重新把他抓住的俘虏放开来。

男孩子知道，他再也无法从老鹰身边逃走了。在他上方，瀑布像水帘一般倾泻下来，水花像碎玉飞雪一般撞击在岩石上，四周湍急的河水旋出一个个旋涡奔腾向前。他对老鹰使他成了一个不守信用的人，心里是非常恼怒的。于是他把背朝着老鹰，一句话也不跟他说。

老鹰把男孩子放在这样一个无法逃走的地方之后，便张口告诉男孩子说，他是大雪山的阿卡一手抚养长大的，还讲了他怎样同他的养母发生龃龉乃至反目成仇。“你现在大概明白过来了，大拇指儿，我为什么非要把你送回到大雁们那里去不可。”他最后说道，“我听人说，你很受阿卡喜爱，所以打算央求你从中调解，使我们和好如初。”

男孩子终于弄明白了，原来老鹰不是随心所欲地把他抓到这里来，态度便友善了一点。“你求我的这件事情，我当然愿意尽力帮忙，”男孩子说道，“不过我现在仍然受着诺言的约束。”于是他就一五一十把自己如何被人捉住，和那个名叫克莱门特·拉尔森的人并没有释放他，他就离开了斯康森的全部经过都告诉了老鹰。

可是老鹰仍旧不打算放弃自己的计划。“听我说，大拇指儿，”他说道，“我强有力的双翅可以驮载你到天涯海角，锐利的双眼可以发现你想找的任何东西。你把那个人的模样告诉给我听，我自会设法找到他，并且把你送到他那里去！然后你再说服他让你得到解脱，那不就两全其美啦。”

男孩子对老鹰的这个建议十分满意。“我看得出来，高尔果，你那么聪明，真不愧是阿卡那只聪明的鸟亲自培养出来的。”他说道。随后，他把克莱门特·拉尔森的样貌仔细说了一遍。他还补充了一句，他在斯康森听人说起，那个小矮个提琴手是赫尔辛兰人。

“那么我们就从林格布到麦朗湖，从斯杜尔山到洪兰德半岛，把赫尔辛兰统统都找遍，”老鹰说道，“等不到明天天黑，你就可以同那个人见面啦。”

“嘿，那你可是在空口说大话啦。”男孩子似信非信地说。

“要是我连这点小事都办不到，那我就是一只糟糕透了的老鹰。”高尔果回答说。

高尔果和大拇指儿从埃可夫卡雷比动身，他们已经成了好朋友，男孩子从这时候起可以坐在老鹰的背上飞行了。这样，他又可以看见身底下飞过的地方的景色了。

老鹰驮着男孩子风驰电掣地飞过耶斯特雷克兰。南部没有什么引人瞩目的景色，那里是一望无际的田野，到处都有一簇簇杉树林。可是从这里朝北去，沿着达拉那省边界到波的尼亚湾之间却横亘着一条景色秀丽的地带，那里山峦起伏，到处长满了茂密的针叶林，更有水面如镜的湖泊和汹涌湍急的河流间杂其中，湖光山色相映成趣。白颜色的教堂四周聚集着人口稠密的村落。公路和铁路交叉纵横。树木葱茏，草坪如茵，幢幢农舍掩映其中，花园里各色鲜花争妍斗艳，散发出阵阵幽香，这真是一个令人流连忘返的美丽地方。

河流两岸有好多座大钢铁厂，就像他曾经在大矿山区见到过的那样。它们之间相隔的距离差不多，一长串延伸到海边。海边有一座大城市，城里满是白颜色的建筑物。在这片建筑物群的北面又是一大片黑黝黝的森林。不过森林底下覆盖的不再是平地，而是崇山峻岭和深峡大谷，就像波涛起伏的大海一样。

“哈，这块地方别看它穿的只是杉树枝织成的裙子和花岗岩做成的衬衫，”男孩子暗自比喻着，“可是腰里却围着一条贵重的腰带。那些碧波荡漾的湖泊和鲜花盛开的草地是腰带上刺绣出来的花纹，那些大钢铁厂就是腰带上缀着的一串宝石，而那座有成排成行的房屋，还有宫殿和教堂的城市就是腰带上的扣环。”

他们在北面的森林地带飞行了一段之后，老鹰高尔果降落在一个光秃秃的山顶上。男孩子跳到地上站定，老鹰便说道：“在森林里有野味可以猎取。我只有去追逐捕猎一阵子，才能忘却自己曾经被擒住的滋味，真正享受一番自由。我离开你一会儿，你不会害怕吧？”

“说哪儿的话，我还不至于那样胆小。”男孩子一口答应。

“你可以到各处走走，只需要在太阳落山之前回到这里就行啦。”老鹰说完之后就冲入云霄。

男孩子坐在一块石头上，呆呆地环视着四周光秃秃的岩石和大片的森林，一种孤单寂寞和被抛弃的感觉袭上了他的心头。他坐了不大一会儿，耳边就传来阵阵歌声。他往下一望，看见树丛之中有什么耀眼的东西在晃动。过了一会儿，他看清楚那是一面蓝底黄十字的国旗。从听到的歌声和嘻嘻哈哈的笑声里断定，那是一支人数不少的队伍，最前面是旗帜开路，后面一大群人排着队行进。那面旗帜沿着山间羊肠小道曲折前进。他坐在那里，急不可耐地想要知道那些打着旗帜的是什么人，他们究竟要到哪里去。他做梦也不会想到那些人径直朝着他坐的那个山头走过来了，因为这里是一片荒山野岭。然而，他们当真来了，那面国旗从森林边上显现出来，后面的人群顺着那面旗帜引领的道路蜂拥过来。山头上立刻人声鼎沸。男孩子也不再觉得烦闷。

植树节

老鹰高尔果把大拇指儿放下的那个开阔山峁上，十年之前曾经发生过一场森林火灾。那些已经烧成木炭的巨大树木早就被砍下来送走了。面积广阔的火场地带的边沿上，和没有遭过火烧的森林相接连的地方又开始长出了灌木萝蔓。但是火场的大部分地方仍旧是一片凄惨荒凉。残存在岩石之间的焦黑的树桩证明了以前这里有过数不清的树冠参天的大树，然而现在却连一棵小树都没有从地里钻出来。

一场森林大火过后，那里的地面被彻底烘干，连一点点潮气都没有了。那里不单是树木被火烧焦，而且连蔓越橘和苔藓等地面上的常青灌木也统统被烧死了，甚至于覆盖在岩石层上的土壤也烘得像灰粒一般干燥松散。只需要有阵风吹来，那些土粒就会像龙卷风似的旋转着飞入空中。而这一带地势高峻，常常有大风，所以一个山头又一个山头土壤都被风刮跑了。雨水也推波助澜，把土壤冲刷掉不少。这样风吹雨淋，整整十年下来，这一带岩石裸露，寸草不长，人们几乎相信，哪怕到了世界末日，这里也照样是光秃秃的一片。

可是这一年初夏的一天，发生过森林大火的那个地区的所有孩子们都集合在学校校舍前面，人人肩上扛着一把铁镐或者铁锹，手里拎着食品袋子。他们全都到齐了之后，就排成一列长队朝森林走去。前面是一面国旗开路，男女教师走在队伍的两边，队伍后面跟随着几个森林看守人和一匹拉着松树苗和杉树籽的马匹。

这支队伍并没有在靠近居民区的桦树林里停下脚步，而是径直朝向荒山野岭进发。他们顺着通向夏季放牧场地的山路朝前走。有几只狐狸惊奇地从洞穴里探出脑袋来，想瞅瞅这一大群究竟是什么样的人。这支队伍走过从前一到秋天就炭窑林立的旧烧炭场，那些交嘴雀不禁扭动它们如钩一般的弯嘴，相互打听这些钻向深山老林的人究竟是什么人。

那支队伍最后来到了那一大片被大火烧得精光的山地。遍地的岩石都光秃秃地裸露着，过去密密麻麻攀缘在石头上面的藤蔓都荡然无存了。大块岩石上的美丽的银针苔藓和白颜色地衣都踪迹杳然了。石头罅隙里和低洼处储着的一汪汪黑色积水四周也见不到酢浆草和马蹄莲。地面裂缝和石块之间尚存的零星泥土上也见不到蕨类植物，什么七瓣莲啦，什么鹿蹄草啦，凡是能够点缀森林地面的绿色的、红色的、轻盈娇嫩的植物统统都见不到啦。

教区里的孩子们来到这里，那大片灰沉沉的山地似乎被一道光所照亮，顿时又充满了生气。

也许这些孩子真能使这块被遗弃的可怜地方重新焕发出蓬勃的生机来。

孩子们吃了点东西以后，就拿起铁镐和铁锹开始动手干活。

森林看守人教他们怎样挖坑栽种。于是他们就在凡是能找得到点泥土的地方都种上了树苗。

孩子们一边把一株又一株树苗栽种下去，一边自以为十分内行地高谈阔论起来。他们说那些被种下去的小树将会把土壤固定住，不会再因刮风而流失。不仅如此，树底下还会积聚起更多的泥土，而树林结籽又会落在土里生根发芽。如此周而复始，繁衍生长，用不了多少年他们就可以到这里来采撷覆盆子和蔓越橘。他们现在种下的小树苗会渐渐长成大树，人们可以用这些木材来建造大楼或者造大船。

“亏得我们来植树啦，”孩子们都自豪地说道，“要是再晚那就不行啦。”他们都觉得自己举足轻重。

孩子们在山上种树，他们的父母亲都在家里忙碌着各自的活计。过了一段时间，他们就心神不宁起来，惦念着那些孩子们究竟干得怎么样了。虽说孩子们去种树多半是去野外散散心，不过大人们去看看他们干活倒也不失为一件有趣的事情。就这样，各家的父母亲都不约而同地朝着荒山野岭走了过来。在通往夏季放牧场的山间小路上，这些孩子们的家长不期而遇，他们大多是左邻右舍，碰见了自然十分高兴。

“哦，你们也是到森林大火的火场去？”

“是呀，我们正是朝那里去。”

“是去看看孩子们吗？”

“不错，去看看他们干得怎么样啦。”

“嘿呀，他们不过是到野地来玩玩罢了。”

“唔，种不了多少树的。”

“我们带了咖啡壶，这样他们能喝上点热的，否则他们一整天都只好啃干粮啦。”

就这样，孩子们的父母也都纷纷走上山来。后来他们才发觉孩子们真是在生龙活虎地干活。有些孩子栽种树苗，有些孩子挖坑埋籽，有些孩子忙着把萝蔓拔掉，免得日后把小树缠死。他们看到，孩子们干得非常认真，一个个忙得不可开交，甚至连头都不抬一下。

那些当父亲的站着看了一会儿也手痒痒起来，于是他们也动手拔萝蔓。可是他们反倒有点手拙，好像在做游戏一般。倒是孩子们已经精通了门道，上来教他们的爸爸、妈妈该怎样做，这样孩子们反而成了传授技艺的师傅。

这些大人原来是打算去看看孩子们的，结果也动手一起干活了。这块地方更加热闹起来，孩子们的情绪也更加高昂欢快。过了一会儿，来帮孩子们干活的人越来越多了。

干活的人一多，山上的工具就不够用了，几个腿长善跑的男孩就被指派跑到村子里去取铁镐和铁锹。他们跑过各幢农舍的时候，那些还待在家里的人就走出来，打听说："怎么啦，出了什么事？"

"噢，没有，全教区的人都到森林火场去种树啦。"

"全区的老老少少都去了，我们也别在家里待着了。"

于是又有不少人成群结队地来到了森林火灾区。他们起先是一声不吭地站在旁边看热闹，可是过了不久自己也忍不住动手干起活来。在这春天的美好日子里，来撒种栽树是极妙的享受。想到种子会发芽成长，破土而出，那真是非常有趣。而且活动一下筋骨，干点体力活更令人感到十分舒畅。

那些栽种下去的树苗渐渐会长出一些细枝嫩叶来，不仅仅如此，有朝一日它们会长成树干高大的参天大树。他们流汗干活，不单是为了这个夏天这里能重新披上绿色新装，而且是为了今后多少个年头这里都能绿树繁茂。正是由于他们今天的辛勤栽种，日后这里就可以听得见昆虫的鸣叫、鸫鸟的歌唱和松鸡的嬉戏，乃至看得到这大片荒野重新复苏，获得生命。这样，他们也就通过自己的劳动给子孙后代树立起了一座丰碑，子孙们将会得到一座浓荫连绵的大森林。

在赫尔辛兰的一天

次日凌晨，男孩子和老鹰飞到赫尔辛兰的上空，在他身下展开来的是大片针叶林，已经绽出了嫩绿色的幼芽，桦树的树梢上也刚刚披上了片片新叶，农田里破土而出的新芽煞是喜人。这里是一片连绵不断的高原，然而在它的中央却有一条宽阔而颜色鲜明的峡谷，从这条峡谷又分出许多条小一点的峡谷，形成了分明的脉络。

“喔，我可以把这块地方比作一片大的叶子，”男孩子遐思翩翩，“它绿莹莹的就像树叶一样，还有这些大小峡谷就像一片叶子上的叶脉一样。”

从空中俯视下去，这地方山清水秀，风光旖旎。男孩子大饱了眼福，因为老鹰在努力寻找老艺人克莱门特·拉尔森，所以必须从一个山谷飞到另一个山谷，低空盘旋，仔仔细细寻找那个人的踪迹。

也许是约定成俗，也许是出于巧合，赫尔辛兰一带所有的农民都在这一天把牲畜赶进森林里去。人和牲畜的洪流欢腾地从山谷和农庄中走了出来，朝着深山老林进发，使得那里热闹起来。男孩子整整一天都听得见那黑黢黢的密林深处传出来的放牧姑娘的歌声和牛脖子上挂的铃铛发出的叮当声。他们大多数人都要长途跋涉，而且路很难走。男孩子亲眼看到，他们是如何费了九牛二虎之力才挣扎着走过潮湿的沼泽地。他们遇到被风刮倒的大树时，不得不绕个大弯改道前进。还有好多次，马车撞在石头上掀翻了，车上的东西撒了一地。可是，大家却并不生气，只是扬声大笑一阵，仍旧高高兴兴地前进。

到了薄暮时分，这些赶路的人和牲畜终于来到森林里事先砍伐开辟出来的居住营地，那里早已修建了一个低矮的牲畜棚和两三幢灰色的小棚屋。不久后，烟囱里就升起了袅袅炊烟。放牧的姑娘和男孩子们也都靠在大人们身边，围坐在一块扁平的大石头周围，开始在露天吃起晚饭来。

老鹰高尔果自信他一定能够在夏季来到森林里放牧的那些人中间找到克莱门特·拉尔森。于是，他一见到朝向森林里来的队伍就急忙低飞下去，用他那双锐不可当的眼睛去细细察看。可是一小时又一小时过去了，老鹰却没有能够找到那个老艺人。

经过很长时间的盘旋，老鹰在黄昏时分来到了大山谷东面的一片顽石嶙峋的荒凉山地上空。他低头往下看去，那里又有一个夏季放牧的营地。人和牲畜都已经安顿就绪。男人们正站着劈柴，放牧姑娘们在挤牛奶。

“瞧那儿，”老鹰高尔果嗥叫一声，“我想他一定会在那儿。”

老鹰一个高空俯冲便飞速降落下去。男孩子大吃一惊，那老鹰居然从那么远的高空看得分毫不差。站在场院里劈木柴的那个男人果然是矮小的克莱门特·拉尔森。

老鹰高尔果降落在离开棚屋不远的密林里。“现在我把对你许下的承诺给兑现了，我可是说到做到的。”他得意扬扬地摇头晃脑，“你赶快想办法和他谈谈。我就留在这片稠密的松树林里等你。”

夏季牧场一切安排停当。晚饭过后，姑娘们当中年龄最大的一个搁下了手上的活计，兴致勃勃地说道：“其实我们今天晚上大可不必这样一声不响地在夏季牧场上坐着，如果哪个人讲的故事最让我们开心，我就把我正在编织的这条围巾送给他。”

她的这个主意受到大家的一致欢迎。克莱门特于是开口讲了起来。

“我说说我在斯德哥尔摩郊区斯康森公园工作的时候亲身经历的一件事情。有一天我非常想家……”他讲到为了不让小人儿关在笼子里，让人们咧着大嘴看稀罕，他便买下了那个小人儿。他接着又说，他刚刚发善心做了那件好事，便得了好报。他讲呀、讲呀，那些听故事的人越听越入神。后来，他讲到国王、侍臣和那本漂亮的书的时候，那些姑娘们个个把手里的活计搁在膝盖上，坐在那里屏息凝神，双眼直盯着克莱门特，想不到他竟然亲身经历过那么多怪事。

那个年纪最大的放牧姑娘宣布他应该得到那条围巾。大家都赞成她的话。他们听说克莱门特竟有幸同国王交谈过，不禁都肃然起敬。然而，大家听得兴高采烈的时刻，竟然有人细心地问他后来把那个小人儿弄到哪里去了。

“我自己来不及给他去放个蓝碗，”他支支吾吾地说道，“不过我央求了一个拉普老头去那样做。至于他后来究竟办没有办成，我就不知道啦。”

克莱门特话音还没有落，就有一个小松果落下来，砸在他的鼻子上。非常离奇的是，他们当中并没有人扔过松果，而松果又不是从树上掉下来的。那么，松果是从哪里来的呢，这真叫人不可思议。

“啊呀，啊呀，克莱门特呀，”那个放牧姑娘说道，“看样子那个小人儿还是个顺风耳，能够把我们在这里的讲话都听到。您真不应该叫别的人去放那个蓝碗啊！”

重逢

当男孩子从又一段长途飞行之后的休息中醒来时，他朝四周望去，立刻摘下头上的小帽子，挥动着欢呼起来。他知道高尔果把他带到了什么地方，这就是老鹰住在悬崖上、大雁住在谷底的那条峡谷。他到达目的地了！他马上就会见到雄鹅莫顿和阿卡，还有其他旅伴了。

男孩缓缓地向前走着去寻找朋友们。整个山谷里一片宁静。太阳还没有照到悬崖上，尼尔斯·豪格尔森明白这还是大清早，大雁们还没有醒来。他走不多远就站住了，微笑着，因为他看到了非常动人的情景。一只大雁躺着，睡在地上一个小窝里，身旁站着公雁，他也在睡觉，他站得那么靠近雌雁显然是为了一有危险立即起来保卫。

男孩没有去打扰他们，而是继续往前走，在覆盖住地面的小槲树丛之间察看。不久，他又看到一对大雁，他们不属于尼尔斯这个雁群，而是外来的客人，然而单是看到大雁就使他十分高兴，他开始哼起歌来。

男孩向一个灌木丛里看去，终于看到了一对他熟悉的大雁。在孵蛋的那一个肯定是奈利亚，站在她身旁的公雁是科尔美。是的，一定是他们，不会看错的。

男孩真想叫醒他们，但是他还是让他们继续睡觉，自己又向前走去。

在下一个灌木丛里，他看见了维茜和库西，在离他们不远的地方，他发现了亚克西和卡克西。四只大雁都在睡觉，男孩从他们身旁走过而没有叫醒他们。

他走到下一个灌木丛的附近，好像看到灌木丛中一样东西在闪白光，他兴奋得心怦怦直跳。不错，果然像他所意料的，邓芬美美地躺着在孵卵，身旁站着白雄鹅。

男孩觉得雄鹅尽管还在睡觉，看上去却十分自傲，因为他能在遥远的北方、在拉普兰的大山里为他妻子站岗放哨。

男孩也没有把白雄鹅从睡梦中叫醒，而是继续向前走去。

他又寻找了很长时间，才又看到几只大雁。他在一个小山丘上发现了一样类似灰色草丛的东西。等他走到山丘脚下，他看到这簇灰色草丛原来是大雪山来的阿卡，她精神抖擞地站着向四周望了望，好像在为全峡谷担任警戒似的。

“您好，阿卡大婶！”男孩叫道，“您没有睡着真是太好了。请您暂且别叫醒其他大雁，我想同您单独谈谈。”

这只年老的领头雁从山丘上跑下来，走到男孩那里，她先是抱住他摇晃，接着用嘴在他身上从上到下地亲啄，然后又一次摇晃他。但是她一句话也没有说，因为他要求她不要叫醒别的大雁。

大拇指儿亲吻了年老的阿卡大婶的双颊，然后开始向她叙述他是怎样被带到斯康森公园并在那里被幽禁的。

“现在我可以告诉您，被咬掉一只耳朵的狐狸斯密尔被关在斯康森公园的狐狸笼里，”男孩说，“尽管他给我们带来过极大的麻烦，但我还是禁不住要为他感到可惜。那个大狐狸笼里关着其他许多狐狸，他们一定生活得很愉快，而斯密尔却总是蹲着，垂头丧气，渴望着自由。我在那里有许多好朋友。一天，一只拉普兰狗告诉我，有一个人到斯康森来要买狐狸，那个人是从海洋中一个遥远的岛上来的，岛上的人灭绝了狐狸，而老鼠却成了灾，他们希望狐狸再回去。我一得到这个信息，马上跑到斯密尔的笼子那里对他说：‘明天，斯密尔，人类要到这里来取走几只狐狸，到时候你不要躲藏，而是要站到前面，想办法使自己被抓住，这样你就能重新得到自由！’他听从了我的劝告，现在，他自由自在地在岛上四处奔跑。您觉得我这件事做得怎么样，阿卡大婶？是按您的心意办的吧？”

“是的，我自己也会这样做的。”领头雁说。

“您对这件事满意就好，”男孩说，“现在还有一件事我一定要问问您，听听您的意见。有一天，我看到高尔果，那个老鹰，就是同雄鹅莫顿打架的那个老鹰，被抓到斯康森并被关进了鹰笼里。他看上去神情沮丧、垂头丧气，我想把钢丝网锯断，放他出来，但是我又想他是个危险的强盗，食鸟的坏家伙。我不知道我放掉这样一个恶人是不是正确的，我想，最好也许还是让他关在那个笼子里算了。您说呢，阿卡大婶？我这样想对不对呀？”

“这样想可不对，”阿卡说，“人家想对老鹰怎么说就让他们说去，老鹰比其他动物更傲气，更热爱自由，把他们关起来是不行的。你知道我现在建议你去做一件什么事吗？就是等你休息过来以后，我们两个人一起做一次旅行，飞到鸟的大监狱去，把高尔果救出来。”

“我想您是会这么说的，阿卡大婶。”男孩说，“有人说，当您花了很大心血抚养起来的老鹰决定像鹰一样生活的时候，您就不再疼爱它了。可是您刚才的话证明这种说法是根本不符合事实的。现在我要去看看雄鹅莫顿是不是已经醒了，在此期间，如果您愿意向把我驮到您这儿来的人说句感谢的话，我想您会在曾经发现过一只绝望的雏鹰的那个悬崖上见到他。”

放鹅姑娘奥萨和小马茨

疾病

在尼尔斯·豪格尔森跟随大雁们四处漫游的那一年，人们到处在谈论两个孩子，一个男孩和一个女孩，谈论他们在全国各地流浪的事。他们是斯莫兰省索耐尔布县人。本来，他们同父母和其他四个兄弟姐妹住在一片大荒漠上的一间小茅屋里。在那两个孩子还很小的时候，一天晚上有一个穷苦的流浪女人来敲门要求借宿。尽管小茅屋小得连自己家里人也难以挤下，他们还是让她进来了，妈妈在地上搭上个床铺让她睡。夜里，她躺在地铺上不断咳嗽，她咳得非常厉害，整个小茅屋都给咳得在摇晃。到了早晨，她病得根本没法起床。

爸爸和妈妈竭尽全力去帮助和照顾她，他们把自己的床铺让给她，而自己却睡到地上去，爸爸还去请医生，给她买药。开头几天，那个病人像野蛮人一样，一个劲儿地要这个要那个，从来不说一句感谢的话，可是她后来慢慢地温柔起来，变得很客气，一个劲儿地讲感谢的话，到最后，她只是乞求他们把她从茅屋里背到荒漠上去，让她死在那里。当主人不肯这样做的时候，她才告诉他们说：最近几年来她一直跟着一群游民到处流浪。她本人倒不是游民出身，而是一个自耕农的女儿，但是她却偷偷地离开了家。现在她相信是一个对她怀恨在心的女游民使她得了这个病，不仅如此，那个女游民还曾经威胁她说，凡是留她住宿并且对她发善心的人都要遭到同她一样坏的下场，对此她深信不疑，所以她恳求他们将她赶出茅屋，永远不要再见到她，她不愿意给像他们这样好心肠的人带来灾难。但是这家的父母亲没有按照她的要求去做，他们可能感到害怕，但他们绝不是那种把生命垂危的穷苦人赶出家门的人。

不久病人就死了，灾难也就开始降临了。过去小茅屋里除了欢乐外不知道还有别的，他们的确很穷，但是还没有穷到最糟糕的地步，父亲是个做织布机上杼扣[1]的工匠，母亲和孩子们帮着他一起干活。父亲亲手做杼扣的框子，母亲和大姐姐们负责捆蔑子，小一点的孩子们帮着刮蔑子，他们虽然从早忙到晚，生活倒也过得愉快惬意，尤其是父亲讲起他远走他乡，一边流浪一边兜售杼扣的那些日子时更为有意思，他的神情特别滑稽，常常把妈妈和孩子们逗得哈哈大笑。

可怜的女流浪者死后的那一段时间对孩子们来说真像是一场恐怖的噩梦，他们不知道那段时间是短是长，但是他们只记得家里总是办丧事，他们的兄弟姐妹一个接着一个地死去，一个接着一个地被埋进坟墓，他们总共有四个兄弟姐妹，举行过四次葬礼。最后，小茅屋里变得死气沉沉，似乎每天都在办丧殡酒。

母亲有时还能够强打起精神，可是父亲却整个变了样，他再也不说笑话，也不工作，而是两手抱着头，从早到晚呆怔怔地坐着出神。

有一次，那是在第三次葬礼以后，父亲说了一段孩子们听了十分害怕的胡话。他说，他真弄不明白，为什么这样的灾难要

---

① 老式织布机上的部件，形似梳子，用于确定经纱的密度并固定经纱的位置，也起到把纬纱打紧的作用。

降临到他们的头上，他们帮助那个女病人算是做了一件好事，难道事情已经颠倒啦？在这个世界上邪恶的力量已经超过善良了吗？母亲极力规劝父亲要理智点，但是她没能使他像自己那样镇静。

一两天后，父亲不见了，他离家出走了。因为大姐也病倒了，她一直是父亲最宠爱的孩子，当他看到大姐也要死去的时候，他只能离家出走，逃避一切苦恼。母亲没有多说什么，只是说父亲还是离开家的好，因为她一直担心父亲会发疯。他已经失去了理智，总是在思考上帝怎么能允许一个恶人干那么多坏事。

自从父亲走了以后，他们变得十分穷困。起初，他还给他们寄些钱，但是后来他大概自己日子也不好过，就不再给他们寄什么了。在埋葬大姐的那天，母亲关上茅屋的大门，带上仅剩的两个孩子离开了家。她流落到斯康耐省，在甜菜田里干活儿，在尤德贝里糖厂做工。母亲是一个好工人，她性格开朗，为人忠厚直率，大家都喜欢她。

许多人对她遭受过那么多灾难后仍能保持冷静感到惊讶。但母亲是一个非常坚强的人，当有人和她谈起她带着的两个好孩子时，她只是说："他们会很快死去的，他们也要死去的。"她说这话的时候，声音没有一丝颤抖，眼睛里也没有一滴眼泪，她已经习惯于自己的厄运了，像是除此之外是没有别的可指望了。

但是情况没有像母亲想象的那样。相反，病魔来到了她自己身上。母亲的病情比孩子们恶化得还快。她是在夏天刚开始的时候来到斯康耐的，还没到秋天，她就扔下了两个无依无靠的孩子离开了人间。

母亲曾多次对两个孩子说，他们应该记住，她对让那个病人住在他们家里从来没有后悔过。母亲说，一个人做了好事，死的时候是不会痛苦的。人都是要死的，谁也逃避不了，但是，是问心无愧地死去，还是带着罪恶死去，自己是可以选择的。

母亲在去世之前，想办法为她的两个孩子做了一点小安排。

她请求房东允许孩子们在他们的屋子里继续住下去，只要孩子们有地方住，他们就不会给人造成负担，他们会自己养活自己的。

孩子们答应为房东放鹅作为继续住在这间房子的条件，因为要找到愿意干这种活计的孩子总是很困难的。他们果真像母亲说的那样，自己养活自己。女孩子熬糖，男孩子削制木头玩具，然后走街串巷去叫卖。他们天生有做买卖的才能。不久，他们开始到农民那里买进鸡蛋和黄油，去卖给糖厂的工人。他们办事有条不紊，不管什么事，大家都可以放心托付给他们。女孩子十三岁时，就已经像个大姑娘那样能干可靠。她沉默寡言，神情严肃；而男孩子生性活泼，讲话滔滔不绝，他姐姐常常说他在同田地里的鹅群比赛呱呱大叫。

孩子们在尤德贝里居住了两三年后，一天晚上，学校里举行一次报告会。实际上，那是为成人举行的，而这两个来自斯莫兰的孩子也坐在听众中间。报告人讲的是每年在瑞典造成许多人死亡的严重的肺结核病，他讲得很有条理，孩子们都能听得懂。

当报告会结束之后，他们俩站在校门外等着。当报告人走出来时，他们手拉着手，庄重地迎上前去请求说，他们想同他谈一谈。

报告人看到站在他面前的两个孩子，长着圆而红润的脸蛋，讲话神情严肃而认真，远超他们的年龄。他感到十分奇怪，但还是十分和蔼地听他们讲。

孩子们告诉他家里发生的事，并且问这位报告人，他是不是认为，母亲和他们的兄弟姐妹就是死于他刚才所说的那种病，他回答说：非常可能，看来不会是别的什么病。

如果母亲和父亲当时就知道孩子们今天晚上所听到的话，并且能够注意，如果他们当时把那个女流浪者的衣服烧掉，把小茅屋彻底打扫干净，也不用病人盖过的被褥的话，那么他们，孩子们现在怀念着的所有亲人们，现在是不是可能仍然活着？报告人说，谁也不能对此给予肯定的答复，不过，他表示，如果他们的亲人当时懂得预防传染，那么他们就不会得这种病了。

孩子们没有立刻提出下一个问题，仍旧站在原地没有移动，因为他们现在要问的问题是所有问题中最重要的一个。那个女游民之所以把疾病降临在他们身上，是因为他们帮助了她所怀恨的人吗？不会是某种特殊的东西偏巧使他们丧失了生命吧？

喔，不是的，这位报告人向他们保证情况不是这样的。任何人都没有魔力用这种办法来把疾病传染给另一个人。正像他们已经知道的，这种疾病在全国各地流行，几乎降临到每家每户，虽然病魔没有像在他们家那样夺走那么多人的生命。

孩子们道过谢回家去了。那天晚上，他们两个人一直谈了很久很久。

第二天，他们辞掉了工作。他们不能再在这一年放鹅了，他们得去寻找父亲。他们要去告诉他，母亲和兄弟姐妹们是得了一种常见病去世的，并非是邪恶的人把特殊的诅咒施在他们身上。

他们很高兴能知道这一点。现在，他们有责任去告诉父亲，父亲很可能依旧迷惑不解。

孩子们首先来到索耐尔布县荒漠上他们那个小小的家，让他们大吃一惊的是小茅屋成了一堆灰烬。然后，他们又走到牧师庄园，在那里，他们了解到，一个曾在铁路上当工人的人曾在遥远的北部，拉普兰省的马尔姆贝里矿区见到过他们的父亲，他在矿上干活儿，也许他现在仍然在那里，不过谁也没法肯定。当牧师听到孩子们要去找父亲时，他拿出一张地图，指给他们看，马尔姆贝里矿区有多么遥远，并且劝他们不要去。可是孩子们却说，他们不能不去找父亲，父亲之所以离家出走是因为他相信了某种虚假的东西，他们一定要跑去告诉他，他搞错了。

他们做买卖积攒了一些钱，但是不想用那些钱去买火车票，而决定步行前去。对这一决定，他们没有后悔，他们确实做了一次十分愉快而难以忘怀的漫游。

在他们还没有走出斯莫兰省境内的时候，有一天，他们为了买食物，走进一个农庄。农庄主妇性格开朗而又健谈。她问孩子们是干什么的，从哪儿来的等等，孩子们把自己的经历一五一十地告诉她。在孩子们讲的时候，农庄主妇不断地叹息道："唉，真是可怜！唉，真是可怜！"然后，她高高兴兴地给孩子们准备了又丰盛又好吃的食物，而且压根儿不用他们付钱。当孩子们站起来道谢并且表示要继续往前走的时候，农庄主妇问他们愿不愿意在下一个教区到她兄弟家里去借宿，她告诉他们她兄弟的名字，住在哪里。孩子们当然十分高兴，求之不得。"你们代我向他问好，把你们家发生的事详详细细地告诉他。"农妇叮嘱道。

孩子们根据农妇的指点来到了她兄弟的家，同样受到很好的照顾。他让孩子们搭他的车到下一个教区的某个地方，他们在那里也受到了款待。从此以后，每次他们离开一个农庄，主人总是说：如果你们往这个方向走，就到哪家哪家去，把你们家里发生的事给他们说一说！

在他们指引孩子们去的农庄里，都有一个得肺病的病人，这两个孩子步行走遍全国，不知不觉地教育着人们，偷偷袭击着每家每户的这种病是何种可怕危险的病，怎样才能更有效地同这种疾病作斗争等等。

很久很久以前，当被叫作黑死病的大瘟疫在瑞典全国蔓延的时候，据传说，人们看到有一个男孩子和一个女孩子从一个农庄走到另一个农庄，男孩子手里拿着一把耙子，如果他走到一家人家门前，用耙子耙几下，那就意味着，这户人家将有很多人要死掉，但不是所有的人都会死掉，因为耙齿稀疏，不会把所有东西都耙走。女孩子手里拿着一把扫帚，如果她走到一户人家门前，用扫帚扫几下，那就意味着，住在这个门里的所有人都会死光，因为扫帚是把屋子打扫干净的一种工具。

在我们的时代里，两个孩子为了一种严重而危险的疾病走遍全国真是令人感到意外，这两个孩子不是拿着耙子和扫帚来吓唬人们，相反，他们却说："我们不能满足于仅仅耙耙院子，拖拖地板，我们还要拿起掸子、刷子，用洗涤剂、肥皂，把门里门外打扫得干干净净，而且还要把自己身上洗得干干净净，只要这样，我们最后一定会控制并且战胜这种疾病。"

小马茨的葬礼

小马茨死了。那些在几个小时以前还看见他活蹦乱跳的人对此简直无法相信，但是这毕竟是事实。小马茨死了，正待安葬。

小马茨是在一天清晨死去的，除了他姐姐奥萨在屋里守着之外，没有别人在旁边了。"别去叫其他人。"小马茨在临终前这样说道。姐姐依从了他。"让我感到高兴的是我不是患那种病死的，奥萨，"小马茨说道，"你不是也为此而高兴吗？"

奥萨无言对答，他又继续说道："我认为，死倒没有什么关系，只要不是像母亲和其他兄弟姐妹们那样死去就好了。如果我也是得了他们那样的病而死的话，那么你肯定怎么也不能使父亲相信，夺去他们生命的只不过是一种普通的疾病，但是现在你一定可以使他相信了。”

小马菼咽下最后一口气后，奥萨呆呆地坐了很久很久，回想着她的弟弟小马菼活在世上所经历过的一切。她认为小马菼像个成年人一样经受过种种磨难，她思考着他临终前的最后几句话，他还是像过去那样勇敢坚强。她明白地意识到，当小马菼不得不入土为安时，他的安葬仪式应该像一个大人那样隆重。

她当然懂得，要这么办是非常困难的，不过她一定要这样做，为了小马菼，她一定要竭尽全力去做到。

放鹅姑娘这时已经到了遥远的北方，在拉普兰省一个叫作马尔姆贝里的大矿区。

小马菼和她在来到这里之前，曾穿过大片一望无际的森林地区，一连好几天，他们既看不到耕地，也看不到农庄，看到的尽是些矮小而简陋的客栈，直到后来，他们忽然到了耶里瓦莱大教区村。村里有教堂、火车站、法院、银行、药房和旅馆。教区村坐落在高山脚下，此时虽已至仲夏，但山上仍有积雪残留。

耶里瓦莱村里的所有房屋几乎都是新盖的，整齐而漂亮。如果孩子们没有看到山上的残雪，看见桦树还没有长出茂盛的叶子，他们一定想不到他们已经到了那么北的拉普兰省。但是他们不是要在耶里瓦莱找寻父亲，而是要到更往北的马尔姆贝里矿区去，那里就不如耶里瓦莱整齐了。

情况是这样的，尽管人们很早以前就知道在耶里瓦莱附近有一个大铁矿，但是，直到几年前铁路修筑好以后才开始大规模开采。那时，几千人一下子涌到这里，工作虽然有，但是却没有住房，他们得自己想办法解决。有人用带树皮的树干搭起小窝棚，有人则把木箱和空炸药箱当砖头那样一层一层地垒起来盖成简陋的小屋，现在虽然有许多正经八百的房屋修建了起来，但整个地区看上去仍然是杂七杂八的。

这里有大片大片的居民区，房屋采光好，结构也漂亮，但是其间也夹杂着布满树墩石块和未经整理的林地。这里既有矿主和工程师们居住的漂亮的大别墅，也有初期遗留下来的乱七八糟的低矮小屋。这里有铁路、电灯和大机器房，人们可以乘着有轨电车，穿过用小电灯泡照明的坑道，直到山里的矿井。这里到处是一片繁忙景象，装满矿石的火车一辆接着一辆从车站开出。而矿区周围却是大片荒地，没有人在耕种，没有人在造房子，只有拉普人①，他们赶着鹿群到处游牧为生。

奥萨坐在这里，她在想这里的生活，和这个地方的模样，基本上是正常的、安宁的，但是她也看到了粗野和古怪的现象。她感觉到，也许在这里办不寻常的事比在其他地方要容易得多。

她回想着他们来到马尔姆贝里矿区时，打听一个两道眉毛连在一起、名字叫荣·阿萨尔森的工人时的情景。两道眉毛连在一起是父亲长相中最引人注目的特征，也是他最容易被人记住的地方。孩子们很快得知父亲在马尔姆贝里矿区已经工作了好几年，但是他现在外出游荡去了。有时，他一感到烦恼就外出去游荡，这是常事。谁也不知道他到底去了哪儿，不过大家都肯定，过几个星期他就会回来的。既然他们是荣·阿萨尔森的孩子，就可以住到父亲居住过的小屋里去，等待他回来。一个妇女在门槛底下找到了钥匙，把孩子们放了进去。没有人对他们的来到表示惊奇，似乎也没有人对父亲时常到荒野里去漫游感到惊奇。大约各行其是在这遥远的北方是不足为奇的。

奥萨对她怎样去办丧事不难作出决定。上周日，她看到过矿上一个工头是怎样被安葬的。有人用矿主私人的马把他拉到耶里瓦莱教堂，由矿工组成的长长的送殡队伍跟在灵柩后面，墓地旁，一个乐队奏着乐，一个歌唱队唱着歌。安葬仪式结束以后，所有到教堂去送殡的人都被邀请到学校里去喝咖啡。放鹅姑娘奥萨要为她弟弟小马茨举行的葬礼大致就是这个样子。

她想得那样出神，仿佛送殡队伍就在她的眼前，但是后来她又气馁起来，自言自语道，要按照她的愿望来办恐怕是不可能

① 拉普人是瑞典的少数民族，住在瑞典北部，以放牧鹿群为生。

的，倒不是因为费用太高，小马茨和她已经积攒了很多钱，有能力为他举行一次她所希望的那样隆重的葬礼，问题难就难在，她知道，大人们是绝不会愿意根据一个孩子的想法去办事的。她只不过比躺在她面前看上去又小又弱的小马茨大一岁，她自己也只是一个孩子，成年人很可能会反对她的要求。

关于安葬的事，奥萨找到的第一个人是矿上的护士。当时，赫尔玛护士来到了小屋，她还没有进门就知道小马茨一定是不行了。头一天下午，矿上爆破时，小马茨站得离一个大型露天矿坑太近，几块飞石打中了他。当时他独自一人，昏倒后躺在地上很久很久，没有人知道出了这个事故。后来有几个在露天矿干活的人从某个奇怪的途径知道了这件事。据他们说，有一个还没有竖起的手掌那么高的小人儿跑到矿井边向他们呼喊，让他们快去救躺在矿井上面、流血不止的小马茨。接着，小马茨就被背回了家，进行了包扎。可是已经为时太晚，他失血过多，救不活了。

护士走进小屋时，她想到更多的不是小马茨，而是他的姐姐。“对这个穷苦的小孩子我可以做些什么呢？”她自言自语道，“不知道怎么才能安慰她。”

护士注意到，奥萨没哭也没有抱怨，只是默默地帮着她做该做的事。护士小姐感到十分惊讶，但是，当奥萨同她谈起自己对安葬仪式的考虑时，她就明白了。

“当我不得不考虑为小马茨安排后事的时候，”奥萨说道，她努力使自己显得庄重，更像大人一点，“我首先考虑的是办一种对他表示敬意的葬礼，而我又有这种能力。丧事办好以后我有足够的时间去难过哭泣。”她请求护士小姐帮助她为小马茨安排一次体面的葬礼。没有任何人比他更值得了。

护士小姐认为，这个孤单可怜的孩子如果能从体面的葬礼中得到安慰的话，倒是一件好事。她答应帮奥萨的忙。现在，奥萨认为她的目标差不多达到了，因为赫尔玛护士是非常有权威的。在每天都进行爆破的这个大矿区里，每一个工人都知道，自己随时随地都可能会被四处乱飞的石头打中，或者被松动的岩山压倒，因此，每一个人都愿意同赫尔玛护士保持良好的关系。

当护士和奥萨到矿工那里，请他们下星期日为小马茨送殡的时候，没有多少人拒绝参加。“我们当然是要去的喽，因为是护士小姐邀请我们的。”他们回答说。

护士还非常顺利地安排好了在墓地旁演奏的四重奏铜管乐队和小合唱队。她没有去借用学校的场地，因为夏天天气很暖和，气候变化不大，她决定让送殡的客人们露天喝咖啡。他们可以向禁酒协会礼堂借用桌椅板凳，向商店借用杯子和盘子。几个矿工的妻子看护士的面子，拿出一些好看的桌布，准备铺在咖啡桌上。她还向布登市的面包房订购了松脆的面包片和椒盐饼干，又向律勒欧的一家糖果店订购了黑白糖果。

奥萨要为她的弟弟小马茨办这样一个隆重的葬礼，引起了人们的注意，整个马尔姆贝里矿区的人都在谈论。最后，矿主本人也知道了这件事。

当矿主听到，五十个矿工要为一个十二岁的小男孩送殡，而这个小男孩，就他所知，只不过是一个到处流浪的乞丐的时候，他认为这简直荒唐透顶。而且还要请人喝咖啡，在坟墓上安放杉树枝，甚至还到律勒欧订购糖果！

他派人把护士找来，请她把这一切安排都取消。“让这么一个可怜的小女孩这样浪费金钱实在是太可惜了，”他说道，“一个小孩子心血来潮，大人们跟着去做是不行的。你们会把事情搞得滑稽可笑的。”

矿主没有恶意，也没有发火。他心平气和地要求护士取消唱歌、奏乐和长长的送殡队伍，找十来个人跟着去墓地就足够了。护士没有说一句反对的话，一方面是因为尊敬他，另一方面是因为她内心确实认为他是对的。对一个讨饭的孩子来说，这样铺张实在是太过分了。她出于对这个小姑娘的同情失去了理智。

护士从矿主的别墅里出来，到窝棚区去告诉奥萨，她不能按奥萨的愿望去安排丧事，但是她心里很不好受，因为她十分清楚，这样的葬礼对这个可怜的小孩子意味着什么。

在路上，她碰到了几个矿工的妻子，把自己的烦恼告诉了她们，她们立刻就说，她们认为矿主是正确的。为一个要饭的孩子大办丧事是不合适的。这个小女孩的确很可怜，不过一个小孩子要做这种事实在有些为难，还是不要大张旗鼓地操办为好。

这些工人妻子各自把这件事告诉别人，不一会儿，从窝棚区到矿井，大家都知道不再为小马茨大办丧事了，而且大家都认为，这是正确的做法。

在整个马尔姆贝里矿区只有一个人有不同的意见，那就是放鹅姑娘奥萨。

护士在她那里碰上了困难。奥萨不哭也不抱怨，但就是不愿意改变主意。她说，她没有请求矿主帮什么忙，他与这件事毫无关系。他也不能禁止她按自己的意愿来安葬她的弟弟。

当几个妇女向她解释说，如果矿主不同意，他们谁也不会去送殡时，她这才明白，她必须得到矿主的允许才行。

放鹅姑娘奥萨默默地坐了一会儿，接着又迅速地站了起来。“你到哪儿去！”护士问道。“我要去找矿主，同他谈一谈。”奥萨说。“你可别以为他会听你的。”妇女们劝告道。“我想，小马茨是希望我去的，”奥萨说，“矿主也许根本没有听说过他是一个怎么样的人。”

放鹅姑娘奥萨迅速收拾好就上路了，去找矿主。但是现在她知道了，像她这样一个小孩子，要使马尔姆贝里矿区最有权威的人——矿主，改变他固有的看法似乎是根本不可能的。护士和其他妇女们不由得跟着她走，想看看她到底有没有勇气走到矿主那里。

放鹅姑娘奥萨走在大路中间，吸引了过往行人的注意。她严肃而端庄地走着，头上包着母亲留给她的一块很大的黑色丝绸布，一只手拿着一块叠好的手帕，另一只手提着一只篮子，里面装着小马茨做好的木头玩具。

路上玩耍的孩子看见她这样走过来的时候，一边向前跑一边叫喊着：“你到哪里去，奥萨？你到哪里去？”但是奥萨没有回答。她根本没有听到他们在对她说话。

她只是一直向前走。孩子们一面跑，一面一遍又一遍地问她，快要追上她的时候，跟在后面的妇女们抓住孩子们的胳膊。“让她走！”她们说，“她要去找矿主，请求他允许自己为弟弟小马茨办一次隆重的葬礼。”孩子们也为她要做这样大胆的事吓了一大跳。一帮孩子跟在后头要去看事情进行得怎么样。

当时是下午六点左右，恰好是矿上放工的时候，奥萨走了一段路之后，几百名工人迈着大步急匆匆地走了过来，他们问奥萨出了什么事，奥萨一句话也不回答，可是别的孩子高声喊出了她要到哪里去，于是他们也要跟着去看一看，她究竟会得到什么结果。

奥萨走到办公大楼，矿主通常在这里工作。当她走进门厅的时候，房门打开了，矿主头戴礼帽，拿着手杖站在她面前，他正准备回住宅去吃晚饭。

“你找谁？”当他看到这个小姑娘头包绸布，手里拿着叠好的手帕，一本正经的样子时，这样问道。“我要找矿主先生。”奥萨回答道。“喔，那就请进吧。”矿主说着，走进了屋子。他让房门敞开着，因为他想，一个小女孩子不会有什么值得花时间的事情要谈的。这样，跟着放鹅姑娘来的人站在门厅里听到了办公室里所讲的话。

放鹅姑娘奥萨走进去以后，首先把身子挺直，把头巾往后推，用瞪得圆圆的孩子气的眼睛向矿主望去。她的目光严厉得能刺痛人的心。“事情是这样的，小马茨死了。”她说道，然后声音颤抖得再也说不下去了。

这时候，矿主突然明白了他在和谁说话。“啊，你就是提出要举行盛大葬礼的那个姑娘，”他和气地说，“你不能这样办，孩子，对你来说这件事花钱太多了。如果我早先知道的话，我会立即制止你的。”

女孩子的脸上抽搐了一下，矿主以为她要开始哭了，可是她没有哭，却说：“我想问问您，我能不能给您讲一些小马茨的事情。”

“你们的事情我都已经听说了，”矿主用他平常那种安详而和蔼的语调说道，“你并非不同情你，我只是为你着想。”

放鹅姑娘把身子挺得更直一些，用清脆而响亮的声音说道：“小马茨从九岁起，就没有了父母亲，他不得不像一个成年人那样养活自己，连一顿饭都不愿意去向人乞讨。他总是说，一个男子汉是不会讨饭吃的。他在农村四处奔走，收购鸡蛋和黄油，像一个上了年纪的商人那样善于经营生意。他从不疏忽大意，从不私藏一个小钱。在南方斯康耐走街串巷的时候，农民们常常托他转送大笔的钱，因为他们对他像对自己那样信任。所以，小马茨不仅仅是一个小孩子。”

矿主站在那里，两眼望着地板，脸上毫无表情。放鹅姑娘奥萨不说话了，她以为自己说的那些对矿主没有丝毫作用。她在家的时候觉得关于小马茨她有好多话要说，但是现在，她的话似乎才那么一点点。她怎么样才能使矿主明白，把小马茨像一个成年人那样去安葬是值得的呢？

“而且，我愿意自己支付全部的安葬费……”奥萨说，她又不吭气了。

这时矿主抬起眼皮，盯着放鹅姑娘奥萨的眼睛，他端详着她，思忖着，她遭受过失去家庭、父母和兄弟姐妹的痛苦，可是仍然坚强地站在那里，她一定会成为一个了不起的人物。

她对自己兄弟的热爱显然胜过其他一切，这让人无法拒绝。“那么，你就照你的想法去办吧。”矿主说。

在拉普人中间

葬礼结束了。放鹅姑娘奥萨的所有客人都已经走了，她独自一人留在属于她父亲的小窝棚里。她关上房门，坐下来安安静静地思念自己的弟弟。小马茨说的话、做的事，一句句、一桩桩，她都记得清清楚楚。她想了很多很多，无法入睡。没有了弟弟，她今后的生活多么难过，最后她伏在桌子上痛哭起来。“没有小马茨我以后可怎么办呢？”她呜咽着。

夜已经很深了，放鹅姑娘白天又十分劳累，只要她一低头，睡眠就偷偷向她袭来。在梦中，她看见小马茨活生生地走进屋子，来到她身边。“现在，奥萨，你该走了，去找父亲去。”他说。“我连他在什么地方都不知道，怎么去找他呢？”她好像是这样回答他的。“别为这个担心，”小马茨像平常那样急促而又愉快地说，“我给你派一个能够帮你忙的人来。”

正当放鹅姑娘奥萨在梦中听到小马茨讲这些话的时候，有人敲她房间的门。这是真正的敲门声，而不是她在梦里听到的敲门声。

放鹅姑娘奥萨打开房门的时候，站在门槛上的是一个很小的小人儿，还没有手掌竖起来那么高。奥萨一眼就看出，这个小人儿就是她和小马茨在全国各地流浪时碰到过好几次的小人儿，是同一个人。那时候她很怕他，而现在，如果她不是仍然睡得迷迷糊糊的话，她也要害怕了。但是她以为自己仍在做梦，所以能够镇定地站着。

“小马茨派来帮助我去寻找父亲的那个人就是他。”她想。她这样想倒没有什么错，因为小人儿正是来告诉她关于她父亲的情况的。他几句话就把到哪儿去找她的父亲以及怎样才能到那里去都告诉了她。

当他讲话的时候，放鹅姑娘奥萨渐渐清醒了。这时她才感到害怕，因为她在和一个不属于人间的人说话，她吓得失魂落魄，说不出感谢的话，也说不出别的话，只是转头就往屋里跑，把门紧紧关上。她似乎看到，当她这样做的时候，小人儿的表情十分忧伤，可是她也没有办法。她被吓得魂不附体，赶紧爬到床上，拉过被子蒙上眼睛。

尽管害怕小人儿，但是她心里却明白，他是为她好。因而，第二天她就赶紧按小人儿说的，出发去寻找父亲了。

在马尔姆贝里矿区以北几十公里的地方有一个小湖，叫作鲁萨雅莱，湖西岸有一个拉普人居住的小居民点。

七月的一天下午，鲁萨雅莱一带雨大得令人害怕，夏天一般很少待在帐篷里的拉普人，那天下午都钻进了帐篷，围着火堆坐下，喝着咖啡。

当拉普人谈兴正浓的时候，一只船从基律那方向划来，停靠在拉普人帐篷旁。一个工人和一个十三四岁的小姑娘从船上走下来。几只拉普人的狗狂吼着向他们蹿去，一个拉普人探出头去看看出了什么事。当他看到这个工人时，他感到很高兴，这位工人是拉普人的好朋友，他和蔼、健谈，还会讲拉普语。拉普人喊他到帐篷里来。“舍德贝里，咖啡正热着呢，这种下雨天没有人能干什么事。你来给我们讲讲新闻吧！”

工人钻进帐篷来到拉普人中间，小帐篷里已经挤满了人，大家边说笑边给他和小姑娘腾地方。工人立即用拉普语同主人们攀谈起来。跟着他来的小姑娘一点也听不懂他们的谈话，只是安安静静地坐着，好奇地打量着大锅和咖啡壶、火堆和烟、拉普男人和拉普女人、孩子和狗、墙和地、咖啡杯和烟斗、色彩鲜艳的服装和用鹿角刻出来的工具等。这里的一切对她来说都是新鲜的。

但是她突然垂下眼皮，不再东张西望了，因为她注意到帐篷里所有的人都在看她。舍德贝里肯定说了一些关于她的事，现在拉普族的男男女女们都把短烟斗从唇边拿开，向她这边盯着瞧。坐在她旁边的拉普人拍着她的肩膀，频频点头，并且用瑞典语说道："好，好。"一个拉普女人倒了一大杯咖啡费了不少劲才递给了她。一个跟她差不多大小的拉普男孩从坐着的人中间费劲地爬到了她身边，躺在那里盯着她看。

小姑娘知道舍德贝里在向拉普人讲述她怎样为她的弟弟小马茨办了一次隆重的葬礼。她不希望舍德贝里过多地谈论她，而是问拉普人知道不知道她父亲在什么地方。小人儿说过，他在鲁萨雅莱湖西岸驻扎着营地的拉普人那里。她是搭乘运石子的火车到这里来寻找父亲的，这条铁轨上还没有正规的运送旅客的火车。

所有的人，包括工人和工头，都想方设法帮助她，基律那的一位工程师还派了这位能讲拉普语的舍德贝里带着她坐船过湖来打听父亲。她本来希望，她一到这里就会见到父亲。

她把目光从帐篷里的这一张脸移到另一张脸，但是所有的人都是拉普族人，父亲不在这里。

她看到，拉普人和舍德贝里越说越严肃，拉普人摇着头，用手拍着前额，好像他们在谈论着的是一个神志不十分健全的人。她十分不安，再也不能默默坐着等待，就问舍德贝里，关于她父亲拉普人知道些什么情况。

"他们说，他出去打鱼了，"工人回答说，"不知道今晚会不会回到帐篷里，不过，只要天气稍好一些，他们就会派人去找他的。"接着，他就转过头去，继续同拉普人急切地交谈起来。

这天清晨，天气十分晴朗。拉普人中最卓著的人物乌拉·塞尔卡说要亲自出去寻找奥萨的父亲，但是他却并不急着走，而是蹲在帐篷前想着荣·阿萨尔森，不知道要怎样把他女儿来找他的消息告诉他。现在要做的是不要让荣·阿萨尔森感到害怕而逃走，因为他是一个见到孩子就恐惧的怪人。他常常说，他一见到孩子，脑子里就会出现一些乱七八糟的吓人想法，他承受不了。

在乌拉·塞尔卡考虑问题的时候，放鹅姑娘奥萨和头天晚上盯着她看的拉普族小男孩阿斯拉克一起坐在帐篷前聊天。阿斯拉克上过学，会讲瑞典语。他给奥萨讲萨米人[①]的生活，并且向她保证说，萨米人的生活比其他所有人的生活都要好。奥萨认为，萨米人的生活是可怕的。"你只要在这里住上一个星期，"阿斯

① 即拉普人。

拉克说道，“你就会看到，我们是全世界最幸福的人！”

“如果我在这里住上一个星期的话，我一定会被帐篷里的烟呛死。”奥萨回答说。

“你可别这么说！”拉普男孩说，“你对我们一无所知。你在我们这里待的时间越长，就越会觉得我们这里愉快而舒服。”

接着，他开始对奥萨讲一种叫作黑死病的疾病在全国蔓延时的情况。这种疾病在耶姆特兰十分猖獗，住在那里的大森林和高山上的萨米人，除了一个十五岁的小男孩外，全都死光了。住在河谷地的瑞典人除了一个小女孩外，也没有任何人活下来，她也是十五岁。

“男孩和女孩为了寻找活着的人，在这满目疮痍的土地上各自漫游了整整一个冬天，他们终于在快到春天的时候相逢了。”男孩接着说，“当时这个瑞典族的女孩子请求拉普男孩陪着她到南方去，这样她就可以回到本族人那里。她不愿意再在这除了荒芜凄凉的庄园外什么也没有的耶姆特兰待下去了。‘你想到哪里我都可以陪你去，’男孩说，‘不过要等到冬天才行。现在是春天，我的鹿群要到西边的大山里去，这是我们萨米人的传统。’”

“这个瑞典小女孩是富家子弟，她习惯住在屋子里，睡在床铺上，吃饭时坐在桌子旁。她一贯看不起穷苦的山区人民，认为居住在露天的人是非常不幸的。但是她又怕回到自己的庄园里去，因为那里除了死人就没有别的了。‘那么，至少让我跟着你到大山里去，’她央求男孩说，‘免得我孤零零地待在这里，连人的声音都听不到！’对此，男孩欣然答应。这样，女孩就有机会跟随鹿群向大山进发。鹿群向往着高山上鲜嫩肥美的牧草，每天要走很远的路。他们没有时间搭帐篷，只得在鹿群停下来吃草的时候往地下一躺，在雪地上睡一会儿。南风吹进了动物的皮毛，用不了多少天，山坡上的积雪就会融化干净，而女孩和男孩不得不踩着即将消融的雪，踏着快要破碎的冰，跟在鹿群后面奔跑。

“当他们来到了针叶林已经消失，只有矮小的桦树生长的高山地区时，他们休息了几个星期，等待更高处的积雪融化，然后再往上走。女孩不断抱怨，说她累得要命，一定要回到下面的河谷地区去，但是之后她仍然跟着往上走。当他们来到山顶之后，男孩在一块面朝高山小河的美丽的绿草坡上为女孩搭起了一个帐篷。到了晚上，他用套索套住母鹿，挤了鹿奶让她喝，还把去年夏天萨米人藏在山上的干鹿肉和干奶酪找了出来。女孩一直在发牢骚，她不想吃干鹿肉和干奶酪，也不想喝鹿奶，而且不习惯蹲在帐篷里，也不习惯睡在只铺一张鹿皮和一些树枝当床的地上。但是这位高山族的男孩对她的抱怨只是笑笑，还是很友好地对待她。

“几天之后，男孩正在挤鹿奶，女孩走到他面前来帮他的忙。她还在煲鹿肉的大锅下生火，提水，做奶酪。现在，他们过着美好的日子。天气暖和了，吃的东西很容易就能找到。他们一起放夹子捕鸟，在急流里钓鳟鱼，到沼泽地上采云莓。

“夏天过去以后，他们搬迁到针叶林和阔叶林交界的地方，在那里重新搭起帐篷。那时正是屠宰的季节，他们天天劳动着，但同时也是一段美好的时光。当大雪纷飞，湖面上开始结冰的时候，他们又继续往东迁移，搬进浓密的杉树林。男孩教女孩用鹿筋搓绳子，鞣皮子，用鹿皮缝制衣服和鞋子，用鹿角做梳子和工具，坐着鹿拉的雪橇旅行……

“突然有一天，男孩对女孩说，现在他可以陪着她往南走了，去寻找她本族的人。但是这个时候女孩却惊讶地看着他。‘你为什么要把我送走？’她问，‘难道你喜欢单独和你的鹿群待在一起吗?’‘我以为你是想要离开的。’男孩说。‘我已经过了差不多一年的萨米人生活，’女孩说，‘在大山里和森林中自由自在地游荡了这么长时间，我不能再返回本族的人民那里，在狭窄的房子里生活了。请不要赶我走，让我留下吧！’就这样，女孩在男孩那里住了一辈子，再没有想回到河谷地区去。奥萨，只要你在我们这里待上一个月，你就永远也不想再离开我们了。”

拉普族男孩阿斯拉克用这些话结束了他的故事，与此同时，他的父亲乌拉·塞尔卡从嘴里抽出烟斗，站了起来。老乌拉会很多瑞典语，只是不想让人知道而已。他听懂了儿子说的话。当他在听他们讲话的时候，他突然想出了应该怎样去告诉荣·阿萨尔森他女儿来找他了。

乌拉·塞尔卡走到鲁萨雅莱湖边，沿着湖岸一直向前走，直到遇到一个坐在石头上钓鱼的男人。钓鱼人长着灰白的头发，弓着背，目光倦怠，看上去迟钝而绝望，他像一个背着太沉重的东西而力不从心的人，或者像一个想要解决问题，但因为太困难而解决不了的人，因为不能成功而变得心灰意懒。

“你一定钓了不少鱼吧，荣，你整整一夜都坐在这里垂钓。”这位高山族人边走过去，边用拉普语问道。

对方突然一愣，抬起了头。这位高山族人在他身边的草地上坐了下来。“有一件事，我想同你商量一下，”乌拉说道，“你知道，我有一个女儿去年死了，我们帐篷里的人都一直在思念她。”

“嗯，我知道。”钓鱼人简短地回答道。他的脸蒙上一层乌云，好像不喜欢有人提起一个死去的孩子的事。他的拉普语讲得很好。

“但是，让哀伤打乱了生活是不值得的。”拉普人说。

“是的，是不值得的。”

“现在，我打算收养一个孩子。你认为这样做好吗？”

“那要看这是一个什么样的孩子，乌拉。”

“我想把我所知道的关于这个女孩子的情况给你说一说，荣。”接着，乌拉就向这个钓鱼人讲：仲夏前后，有两个外地孩子，一个男孩和一个女孩徒步来到马尔姆贝里矿区寻找他们的父亲，因为父亲已经外出了，他们就在那里等他。但是，在这期间，这个小男孩被矿上爆破时崩出的石头砸死了，小女孩想为弟弟举行一次隆重的安葬仪式……乌拉绘声绘色地描述了那个穷苦的小女孩怎样说服所有的人去帮助她，以及她亲自去找矿主谈判的事。

“你要收养的姑娘，难道就是这个小姑娘吗，乌拉？”钓鱼人问道。

“是的，”拉普人回答说，“我们听到这件事后，都不禁哭起来了。人人都说这样好的姐姐也肯定会是一个好女儿，我们非常希望她能到我们这里来。”对方沉默了一会儿，继续说：“她，那个小女孩，一定是你们那个民族的人吧？”

“不是，”乌拉说，“她不是萨米族人。”

“那么，她大概是一个新开拓者的女儿，很习惯北方的生活吧？”

“不是，她是从南方很远的地方来的。”乌拉回答说，好像这句话同事情本身毫无关系似的。但是这时，钓鱼人却变得有了点兴趣。“那么我认为你还是不要收养她比较好，”他说，“她不是在这里土生土长的，冬天住在帐篷里会受不了的。”

“她会同好心的父母和兄弟姐妹待在一起，”乌拉·塞尔卡固执地说，“孤独比挨冻更难忍受。”

但是钓鱼人似乎对阻止这件事的兴趣越来越大。“你不是说她有个父亲在马尔姆贝里矿区吗？”

“他死了。”拉普人直截了当地说道。

“你完全了解清楚了吗，乌拉？”

“问清楚这件事有什么必要？”拉普人轻蔑地说，“我认为我是清楚的。如果这个小姑娘和她的弟弟还有一个活着的父亲，他们还需要被迫孤苦伶仃地徒步走遍全国吗？如果他们还有一个父亲的话，这两个孩子还需要自己挣钱来养活自己吗？如果她的父亲还活着的话，这个小姑娘还需要一个人跑去找矿主吗？现在，所有的萨米人都在谈论她是一个多么能干的小姑娘，如果她的父亲不是早就死了的话，她也不会孤身一人，不是吗？虽然小女孩自己相信他还活着，不过，要我说他一定是死了。”

这个两眼倦怠的人转向乌拉。“那个小女孩叫什么名字，乌拉？”他问道。

高山族居民想了想。“我记不得了，我可以问问她。”

“你要问问她？她是不是已经在这里啦？”

“是的，她在岸上的帐篷里。”

“什么，乌拉？你还不知道她父亲是怎么想的，就把她领到你这儿来了？”

“我不管她父亲是怎么想的。如果他没有死，却对自己的孩子不闻不问，那么别人来领养他的孩子，他兴许还很高兴呢。”钓鱼人扔下鱼竿站了起来。他动作迅速，好像换了一个人一样。“我想，她的父亲可能是一个严重悲观厌世的人，以至于工作都不能坚持干下去。”这位高山族居民继续说道，“难道我要让孩子去找这样一个父亲吗？”

乌拉说着这些话的时候，钓鱼人顺着湖堤向上走了。

“你到哪儿去？”拉普人问。

“我去看看你的那个养女，乌拉。”

“好的，”拉普人说，“去看看她吧！你会知道我有了一个好女儿。”

这个瑞典人走得飞快，拉普人几乎跟不上他。过了一会儿，乌拉对他的同伴说：“我现在可以告诉你，奥萨就是我要收养的小女孩。她到我们萨米人这儿来是为了寻找她的父亲，不是为了来做我的养女，不过，倘若她找不到她的父亲，我愿意把她留在帐篷里。”瑞典人加快了脚步急匆匆往回走。

下午，当船把那位基律那人送回去的时候，他还带着两个人。他们紧紧地挨在一起，亲热地手拉着手坐在船板上，好像再也不愿意分开。他们就是荣·阿萨尔森和他的女儿。荣·阿萨尔森看上去不像过去那样驼背疲乏了，他的眼光清澈而愉快，好像长久以来困扰他的问题终于得到了解答。放鹅姑娘奥萨也不像以往那样警惕地打量着周围的一切，因为她有一个大人可以依靠和信赖了，她似乎又重新变成了一个孩子。

到南方去！到南方去！

旅程的第一天

男孩子坐在白雄鹅背上，在高空中向前飞行。三十一只大雁排成整齐的人字形向南快速地飞行着。风在羽毛中呼呼作响，那么多翅膀拍打着空气发出的飕飕声，让他们连自己的叫声也听不见了。大雪山来的大雁阿卡领头飞行，跟在她后面的是亚克西和卡克西、科尔美和奈利亚、维茜和库西、雄鹅莫顿和灰雁邓芬。去年秋天跟随他们一起飞行的六只小雁现在已经离开雁群独立生活了。老雁们带着今年夏天在大峡谷里长大的二十二只小雁在飞行，十一只飞在右边，十一只飞在左边，他们尽力和老雁一样相互之间保持着同等的距离。

这些可怜的小雁过去从来没有做过任何长距离飞行，开始时，他们对这样快速的飞行吃不消。“大雪山来的阿卡！大雪山来的阿卡！”他们可怜巴巴地叫道。

“什么事？”领头雁问道。

“我们的翅膀累得动不了啦，我们的翅膀累得动不了啦。”小雁们叫道。

“你们飞得越远，就越不会累。”领头雁回答，速度一点没有放慢，继续像原先那样向前飞着。

她说的话真是一点不错，因为当小雁们飞了两三个小时后就再也不抱怨累了。但是，他们在大峡谷里习惯了一天到晚嘴巴不停地吃，所以，没过多久，他们又开始想吃东西了。

“阿卡，阿卡，大雪山来的阿卡！”小雁们凄婉地叫道。

“又有什么事？”领头雁问道。

“我们饿得飞不动了，”小雁们叫道，“我们饿得飞不动了。”

“大雁应该学会靠空气和风生活。”领头雁回答道，她没有停下来，而是继续像原先那样向前飞着。

看起来，小雁们似乎已经学会靠空气和风生活了，因为当他们飞了一会儿之后就再也不抱怨肚子饿了。雁群仍然在大山上空飞行。老雁们为了使小雁们学到每座山峰的名字，每飞过一座山峰，他们就喊出它的名字。“这是波苏巧考，这是萨尔耶巧考，这是索里台尔马。”但是，当他们这么喊着飞了一会儿之后，小雁们又不耐烦了。“阿卡，阿卡，阿卡！”他们伤心地叫道。

“什么事？”领头雁问道。

“我们的脑子里装不下更多的名字了。”小雁们叫道。

“脑子里装的东西越多，脑子就越好使。”领头雁回答道，继续像原先那样叫喊着稀奇古怪的名字。

男孩子暗想，该是大雁南飞的时候了，因为已经下了很多场雪。极目望去，大地一片白茫茫。不可否认的是，他们待在峡谷里的最后几天非常不愉快。大雨、风暴和浓雾不停地袭来，偶尔才有那么一个好天气。男孩子在夏天赖以生存的浆果和蘑菇都已经冻坏腐烂了，到最后，他只好吃生鱼，这是他最厌恶的事情。白天十分短促，漫漫长夜和姗姗来迟的早晨让他感到百无聊赖。

现在，小雁们的翅膀终于硬朗了，南飞的旅程也开始了，男孩子是如此高兴，骑在鹅背上又笑又唱。是的，他盼望离开拉普兰，不仅仅是因为那里又黑又冷又缺少食物，还有别的原因。

到拉普兰的头几个星期，他一点没有想离开的意思。他认为，那是他从未到过的美丽而舒适的地方，除了蚊子有些过于烦人外，他没有任何其他烦恼。男孩子和白雄鹅莫顿待在一起的时候也不多，因为这个大白家伙只是守着邓芬，寸步不离。于是，男孩子一直和老阿卡和高尔果老鹰在一起，他们三个度过了许多愉快的时光。

老阿卡和高尔果带着他做过远距离的飞行。男孩子曾经站在冰雪覆盖的克布钠凯塞大雪山之巅，眺望过延伸在这座陡峭的白色锥体下面的条条冰河，拜谒过许多人迹罕至的高山。阿卡还带他看过深山中的幽谷，母狼哺养狼崽的岩洞。当然，他还和成群结队地在美丽的托内湖岸吃草的驯鹿交了朋友，到过大湖瀑布下面，向居住在那里的狗熊转达了他们住在贝里斯拉格那的亲友的问候，他所到之处都气势雄浑。阿卡说，那些瑞典开拓者应该保持这一地区的安宁，把它交还给那些从出生就在这里生活的熊、狼、鹿、大雁、雪鸮、旅鼠和拉普人。他不得不承认，阿卡的这些话是对的。

一天，阿卡把他带到一个大矿都，在那里他发现小马茨遍体鳞伤，躺在矿坑外面，此后的几天里，他就想方设法帮助可怜的放鹅姑娘奥萨。奥萨找到父亲后，他就不需要再为她费心了。从那时候起，他就盼望着有朝一日，他能够和雄鹅莫顿一起回家。

现在，他已经踏上南归的道路，当他看见第一个杉树林的时候，他挥动帽子，高声呼喊："你好哇！"他以同样的方式欢迎着第一幢开拓者的灰色屋子、第一只山羊、第一只猫和第一群鸡。他飞越过汹涌澎湃的大瀑布，它的右面是壮丽的高山，但是这一类高山他看得多了，根本就不屑一顾。当他看到东面克维基约克的宅邸和村落的时候，情形就不一样了，他觉得这里是那么的美丽，以至于兴奋得眼睛里充满了泪水。

他们不断地遇到飞过来的候鸟群，他们比春天时候的鸟群规模大得多。"你们到哪里去，大雁？"候鸟们喊着问道，"你们到哪里去？”

“我们跟你们一样要到外国去。”大雁们回答说。

“你们的小雁翅膀还没有硬朗，”对方喊道，“那么弱小的翅膀是飞不过大海的。”

拉普人和鹿群也在从高山上往下迁移。他们秩序井然地走着：一个拉普人走在队伍最前列，后面跟着由几排大公鹿领队的鹿群，接着是一长溜驮着帐篷和行李的运货鹿，最后是七八个人。大雁看见鹿群的时候就往下飞行并且喊道：“谢谢你们今年夏天对我们的款待！谢谢你们今年夏天对我们的款待！”

“祝你们旅途愉快，欢迎下次再来！”鹿群回答说。

但是，当熊看见雁群时，他们却指着雁群对自己的孩子嗥叫道：“快来看这些大雁呀，他们一点寒冷都经不住，冬天都不敢待在家里！”老雁们不屑回答他们，而是对自己的小雁们叫道：“快来看这些熊呀，他们宁愿躺在家里睡上半年，也不肯麻烦一点到南方去！”

在下面的杉树林里，小松鸡们缩紧身子，竖起羽毛，冻得发抖，看着所有的大鸟喜气洋洋地向南飞去。“什么时候轮到我们飞呢？”他们问母松鸡，“什么时候轮到我们飞呢？”

“你们得和妈妈爸爸一起待在家里。”母松鸡回答说。

在东山上

每一个到过高山地区的人肯定知道，大雾会给人带来什么样的困难。雾气腾腾，遮住视野，即使你的周围全是美丽多姿的高山，你也一点都看不见。倘若是秋天，大雾也几乎是不能避免的。大雁们还没有来得及高喊他们飞到了耶姆特兰省，重重浓雾已经把他围住。男孩子在空中整整飞了一天，却不知道自己到达的地方是山区还是平原。

夜幕降临时，大雁们降落在一块向四面八方倾斜的绿草地上，那时他才知道，他到了一个山丘的顶部。但是，这个山丘是大还是小，他也没法弄清楚。他猜想，他们是在有人居住的地区，因为他好像听到了人类的说话声，也听到了车轮在一条路上滚动向前的轧轧声，但是对此，他自己也不能完全肯定。

他很想摸索着到一个农庄里去，但又怕在大雾中迷路。他哪儿也不敢去，只得待在大雁们身边。一切都是潮乎乎、湿淋淋的。每一根草上都悬挂着小水珠，只要他一动，小水珠就往他身上掉，被迫洗一次不折不扣的雨水淋浴。“这里并不比山上峡谷好多少。”他想。

他隐约看见一幢建筑物就在面前，并不大，但有好几层楼高。他看不到顶部，大门是关着的，整幢房子看来没有人居住。他知道，那只不过是一个瞭望塔，在那里既不可能得到食物，也不可能取暖。即使这样，他仍然以最快的速度返回到大雁们那里。“亲爱的雄鹅莫顿！”他说，“把我放到背上，驮我到那边那座塔的顶上去吧！这里太潮湿了，我没法睡觉，那里一定能找到一块可以躺下的干燥地方。”

雄鹅莫顿马上把他送到瞭望塔的阳台上，男孩子躺在那里美美地睡了一觉，直到晨曦把他唤醒。

他睁开双眼，环视四周，起初他不明白自己看见的是什么，也不知道自己在哪里。有一次赶集时，他曾经走进过一顶大帐篷，看到一幅硕大的全景画。这时他觉得自己又站在那顶大圆帐篷的中间，红色的帐顶十分漂亮，墙壁和地板上画了一幅明媚而辽阔的风景画，上面有大村庄、耕地和道路。不久，他就明白了，他并不是在帐篷里看全景画，而是站在瞭望塔的顶部，头上是朝霞映红的天穹，四周是真实的大地。他已经看惯了荒原，如今，他把有村庄和城市的地方当成一幅画也不足为奇。

男孩子不相信自己看到的东西是真实的，因为所有的东西都好像变了颜色。他所在的瞭望塔屹立在一座山上，山位于一个岛上，岛靠近一个大内湖的东岸。这个湖，不像一般内陆湖那样呈

灰色，它的一大部分湖面同朝霞映红的天空一样呈粉红色，深入陆地的小湾却闪烁着近似黑色的光芒。湖周围的堤岸也不是绿色的，而是闪着淡黄色的光，那是因为庄稼收割完了的田地和叶子发黄了的阔叶树林的缘故。

黄色堤岸的四周是一道很宽的黑色针叶林带。黝黑的针叶林东面是淡青色的小丘，它的颜色如此美丽、柔和。在湖的四周，他看到了一个接着一个的红色村庄和白色教堂。在把小岛和陆地分开的狭窄湖湾对面，他看到了一座城市。城市延伸到湖岸，后面有一座山做它的屏障，周围是一片富庶的地区。

“这座城市真是太美了，”男孩子想道，“但我不知道它叫什么名字。”

就在此时，他吃了一惊，他一直忙于欣赏风景，却没有注意到有游人来瞭望塔了。他们快步走上台阶，他刚找好隐藏的地方钻进去，他们就上来了。

这是一些来远足的年轻人。他们已经游遍了整个耶姆特兰省，昨天晚上正好抵达厄斯特松德，赶上在这晴朗的早晨，在福罗斯岛的东山上观看雄伟壮丽的景色。他们站在这里，可以看到方圆二百公里的景色，他们要在离开这里以前，把他们亲爱的耶姆特兰省全景再看上最后一眼。他们开始谈山，一位年轻的姑娘拿出一张地图，铺在膝盖上，开始研究起来。忽然，她仰起头。“我在地图上看耶姆特兰省的地形时，”她说，“我觉得，它像一座气魄雄壮的大山。我一直期待着能听到一个关于它怎样直立起来、高入云霄的故事。”

“它可能本来就是一座大山。”一个人笑着对她说道。

“是啊，你自己来看一看，它像不像有宽阔山麓和陡直山峰的一座真正的高山！”

“我听过关于耶姆特兰省的一些传说……”一个游客这样说道。

那位年轻姑娘没等他把话说完就迫不及待地说道：“那你马

上给我们讲讲吧。在这个能看到全省的制高点上讲它的传说是再合适不过的了。”

其他人都表示赞同。他们的这位旅伴十分爽快，马上开始讲了起来。

耶姆特兰的传说

在耶姆特兰还住着巨人的时候，有一天，一个巨人站在院子里给马刷毛。

他细心地刷着，突然发现马惊恐得颤抖起来。“你们怎么啦，我的马儿？”巨人一面说一面朝四周看，想弄明白到底是什么把他们吓着了。他在附近没有发现熊，也没有看到狼。他唯一看到的是不远处有一个人，没有自己高大，不过也相当魁梧，正顺着通向他房子的小山路爬上来。

巨人一看见这个走路的人，就和他的马一样从头到脚地开始哆嗦起来。他匆忙走进屋子，走到坐着用纺锤打麻绳的妻子身旁。

“出什么事啦？”妻子问，“你的脸和雪山一样苍白。”

“我怎么能不苍白呢？”巨人说，“小路上走来了一个人，肯定是雷神托尔。”

“这真是一位不受欢迎的客人，”巨人的妻子说，“难道你不能设个障眼法，让他把整个院子看成是一座山，然后从我们门口转过去吗？”

“已经太晚了，”巨人回答道，“我已经听到他在推大门的声音，他走进院子里了。”

“那我劝你还是躲一躲，让我来对付他，”女巨人急忙说，“我要想办法使他以后不能再到我们家来。”

巨人走进里面的小房间，他的妻子仍坐在大屋的长凳上镇静地打绳子，好像一点不知道有什么危险似的。

必须提一下，那个时代的耶姆特兰和今天完全不一样。整个地方只是一块硕大而扁平的山地，光秃秃的一无所有，连杉树林也不能生长。这里没有湖泊，没有河流，没有可以耕种的土地。那时候，这里也没有现在分布于全省的高山，在这片辽阔的土地上，没有一块人类能够生活的地方，而巨人却在这里生活得十分惬意。这个地区那么荒凉，完全是巨人们肆意妄为的结果。巨人看到雷神托尔向他家里走来吓得不知所措是有道理的，他知道雷神不喜欢他们，因为他们向四周散发酷寒、黑暗和荒凉，并且阻止大地变成富裕、丰硕和点缀着人类住房的地方。

女巨人没有等多久就听到院子里响起了坚定的脚步声，不久，便有人推开房门，走进屋里。他不像一般过路人那样在门口停住，而是立即朝屋子最里面靠墙坐着的女人走来。可是这段路对这个人说来不算近，当他以为已经走了好一会儿的时候，他只走到了离门口不远的地方，距屋子中央的炉灶还差很远一截呢。

他加大步子朝前又走了一会儿，炉灶和女巨人好像比他刚进屋的时候更远了。起初，他并不觉得这间屋子特别大，但是当他费了九牛二虎之力终于走到炉灶那里时，他才感到这间屋子巨大无比。他累得要命，只得靠着拐杖休息一会儿。女巨人看到他停下来，便放下纺锤，从长凳上站起来，没走几步就来到了他的面前。“我们巨人喜欢大屋子，”她说，“我丈夫常常抱怨这里太窄小了。但是我能够理解，对一个步子迈得不大的人来说，要穿过巨人居住的房间是很吃力的。现在，请你告诉我，你是谁，到我们巨人这儿来干什么？”

行人似乎本来准备了尖刻的回答，然而由于他不想跟一个女人争吵，所以他心平气和地回答道：“我的名字叫大力士，是位勇士，多次参加过冒险活动。我在家里的院子里整整坐了一年，当我听到人类在谈论你们巨人把这里的土地搞得很糟糕，除了你们外，没有人能够到这里来居住的时候，我就想我该做点儿事了。我现在到这里来就是想找男主人谈一谈，问问他愿不愿意和人类和平相处。”

“我丈夫出去打猎了，”女巨人说，“等他回来的时候让他自己来回答你的问题吧。不过，我要对你说清楚，一个敢向巨人提出问题的人应该是一个比他还高大的人，维持你声誉的最好办法是马上回去，不要同他会面为好。”

“我既然已经到了此地，就一定要等到他回来。”自称大力士的人说。

“我已经尽力规劝你了，”女主人说，“主意由你自己定。请在长凳上坐一下，我去拿接风酒。”

女人拿了一只极大的角状杯走到屋子最靠里、放着蜂蜜酒酒桶的角落。客人也没有把这个酒桶当一回事，但是当女人拔出塞子时，蜂蜜酒流入酒杯发出隆隆的呼啸声，好像有一个大瀑布在屋子里似的。酒杯很快就灌满了，女主人想把塞子塞到酒桶上，但是她没有成功，蜂蜜酒汹涌流出，冲走了她手中的塞子，流到地板上。女巨人再一次试着把塞子塞进去，但是又失败了，这时，她便请客人帮忙。“你看，酒都流走了，大力士，请你过来把塞子塞到酒桶上去好吗？”客人马上跑过去帮忙。他拿了塞子往桶口堵，但是酒又把塞子顶出来，继续往地上漫溢。

大力士一次次地使劲去堵，但是一次也没有成功，最后他气得把塞子扔掉了。地板上溢满了酒。为了缓和蜜酒漫溢的状况，客人在地板上划出一道道深沟，让酒流走。他在坚硬的岩石上挖沟，正如孩子们春天在沙地上挖沟一样毫不费力；他还用脚在这里、那里踩出一个个深坑，让酒集中到那些坑里去。女巨人一直默默地站着，如果客人抬头朝她望去，他一定会看到，她惊愕而又恐惧地看着他做这些事。当他做完的时候，她以嘲笑的口气说道：“真是谢谢你啦，大力士，我看得出来你尽力了。平时都是我的丈夫帮我塞塞子，我当然不能要求所有的人和他一样有无穷的力气。既然你连这么一点事都干得如此费力，我看你最好还是马上启程回去吧。”

“在我没有把话带给他以前，我绝不愿意走。”客人说，但是看上去有点羞愧和沮丧。

“那么请在那里的长凳上坐下吧，”女人说，“我把锅子放到火上去，给你煮点粥。”

但是当粥快要煮好的时候，她却对客人说：“我突然发现面快用完了，这样我是煮不了粥的。你能不能把你身旁的磨转一转，两三下就行，可以吗？两块磨石之间有粮食，不过磨可不轻，你得使出全身力气才行。”

客人没有等她多说就去推磨。他没有觉得这磨特别大，但是当他抓住磨把，想让石磨转动时，石磨重得他难以推动。他被迫用上全身力气，才使磨转动了一圈。

女巨人惊恐地看着他干活，一声未吭。但是当他离开石磨时，她却说：“当我推不动石磨的时候，我的丈夫就会成为我的好帮手。但是我当然不能要求你去做力所不能及的事情。你最好还是避免和我的丈夫碰头为好，难道你现在还不清楚自己的实力吗？”

“我仍然觉得，我应该等他回来。”大力士说道，声音低沉而缺乏勇气。

“那么请你先到那边的长凳上去坐着吧，我去给你整理床铺，”女巨人说，“因为看起来你要留在这里过夜了。”

她在床上铺了很多褥子和垫子，并祝愿客人睡个好觉。“我怕你会觉得床太硬，”她说，“不过，我丈夫每天晚上都是在这种床上睡觉的。”

当大力士躺到床上，他觉得身子底下疙疙瘩瘩，高低不平，根本没法睡觉。他翻过来覆过去，还是不舒服，于是，他把床上的东西都扔掉，这里扔一个枕头，那里扔一床褥子，然后，就美美地一直睡到第二天早晨。

当阳光从天窗上照进屋子，他爬起来，离开巨人的住所。他穿过院子，走出大门，并且随手把门关上。就在此时，女巨人出现在他身旁。“我看到你准备走了，大力士，”她说，“这是很明智的决策。”

“如果你的丈夫能在你昨夜为我铺的这种床上睡觉的话，”大力士愠怒地说，“我就不想见他了。他一定是一个没有人能对付得了的铁人。”

女巨人身靠大门站着。“你现在已经走出了我的院子，”她说，“那么我就告诉你，你这次到我们巨人住的山上来并不是毫无收获的。你在我们屋子里走路的时候，发现路程十分遥远，这是因为你走过的是耶姆特兰的整个山区；你把塞子塞到酒桶上也十分困难，那是因为雪山上所有的水都向你奔腾而来。为了把水从屋里引走，你在地板上挖的沟、踩的坑，现在都成了河流和湖泊。你把磨推了一圈，感到非常费力，因为磨里放的不是粮食，而是石灰石和页岩，你仅仅推了一圈，就磨出了那么多肥沃的泥土，它们盖满了整个山区。你无法在我为你准备的床上睡觉，我一点也不惊讶，因为我把千岩万壑的山峰都铺在了床上，而你把它们散布到了整个省。人类对你做的这些事都非常感谢。现在我要向你告别，同时也向你保证，我将和我的丈夫从这里搬走，搬到一个你不容易找到的地方去。”

女巨人讲完就消失了。巨人院子所在的地方成了一道灰色的悬崖峭壁。但是，雷神托尔看到，他在山地上开出的大河、湖泊和磨出的沃土依然存在。那些美丽的大山也还存在，它们使耶姆特兰秀丽无比，并给所有到这里来游览的人以力量和乐趣。他的业绩再没有比这个更了不起的了。

海尔叶达伦的民间传说

游人们还待在瞭望塔上久久不肯离去，男孩子对此十分不安。只要他们还在那里，雄鹅莫顿就不能来接他。就在他们讲故事的时候，他好像听见大雁的呼叫声和翅膀的拍打声，似乎大雁们已经飞走了。但是他又不敢到栏杆那里去察看一下情况。

游人们终于离去了，男孩子从躲藏的地方爬出来，但是地面上一只大雁也没有，雄鹅莫顿也没有来接他。于是，他用足全身力气高声喊道："你在哪里？我在这里。"却总不见旅伴们露面。他根本不相信他们已经遗弃了他，但是他却担心他们会遇到什么意外。正在男孩子思考该如何去打听一下他们的下落的时候，渡鸦巴塔基落在了他的身边。

男孩子非常高兴，他亲切地问候巴塔基。"亲爱的巴塔基，"他说，"你来啦，真是太好了！也许你知道雄鹅莫顿和大雁们的去向吧？"

"我正是来向你转达他们的问候的，"渡鸦回答道，"阿卡发现有一个猎人在这里的山上转悠，所以她不敢留在这里等你，于是提前启程走了。现在快到我的背上来，你一会儿就可以和你的朋友们在一起了！"

男孩子以最快的速度爬到渡鸦的背上，要不是有雾，巴塔基肯定很快就会赶上大雁的。但是，早晨的太阳似乎唤醒了晨雾，给了它新的生命，一小块一小块轻飘飘的烟雾聚集又展开，速度之快令人难以置信。转眼间，翻腾的白色烟雾笼罩了整个大地。男孩子和渡鸦喊呀、叫呀，但是得不到任何回答。

"真是不幸，"巴塔基最后说，"不过我知道他们在向南方飞行，只要雾消云散，天气一晴朗，我肯定能找到他们。"

离开雄鹅莫顿，使得男孩子十分苦恼。他在渡鸦的背上忐忑不安地飞了几个小时，之后，他听到地面上有一只公鸡在啼叫，他立即从渡鸦背上探出身子朝底下喊道："我现在飞过的这个地方叫什么名字？我现在飞过的这个地方叫什么名字？"

"这里叫海尔叶达伦，海尔叶达伦。"公鸡咯咯叫道。

"地面看上去是什么样子的？"男孩子问。

"西面是大山，东面是森林，一条宽阔的河流纵贯整个地区。"公鸡回答道。

"谢谢你，你对情况很熟悉呀。"男孩子喊道。

飞了一会儿后，他又听见云雾中有一只乌鸦在叫。"什么样的人住在这个地方？"他喊着问。

"诚实、善良的农民，"乌鸦回答说，"诚实、善良的农民。"

"他们靠什么过日子？"男孩子问。

"他们放牧和砍伐森林。"乌鸦喳喳地叫着回答。

"谢谢你！你对情况很熟悉呀。"男孩子叫道。

又过了一会儿，他听见有人在下面的云雾中又哼又唱。"这个地方有什么大的城市吗？"男孩子问道。

"什么，什么，是谁在喊？"那个人反问道。

"这个地方有没有城市？"男孩子又问了一遍。

"我想知道是谁在问。"那个人喊道。

"我就知道，向人类提问是得不到回答的。"男孩子自言自语。

没过多久，晨雾消失了，消失得像聚集时一样快。这时，男孩子发现，巴塔基正在一条宽阔的河谷上空飞行。这里也像耶姆特兰一样，重峦叠嶂，景色壮丽雄伟，但是山脚下却没有大片富饶的土地。这里村落稀疏，耕地狭小。巴塔基沿着河流向南飞行，一直飞到一个村庄附近。他在一块已经收过庄稼的地面降落，让男孩子从他背上下来。

“这块田里夏天长的是谷子。”巴塔基说，“找一找，看看是不是能找到点吃的东西！”男孩子听从了他的建议，不一会儿就找到了一个谷穗。正当他剥着谷粒吃的时候，巴塔基和他说起话来。“你看到屹立在南边的那座雄壮、险峻的高山了吗？”

“看见了，我一直在看它。”男孩子回答说。

“那座山叫松山，”渡鸦继续说，“你也许知道，过去那里有很多狼。”

“那肯定是狼群藏身的好地方。”男孩子表示同意。

“住在这条河谷里的人多次受到狼的威胁。”巴塔基说。

“也许你还记得一个关于狼的有趣的故事，能讲给我听听吗？”男孩子说。

“我听说在很久很久以前，松山里的一群狼袭击一位外出卖桶的人，”巴塔基说，“他住在离我们这里几十公里的一个叫海德的村子里。当时正值冬天，他驾着雪橇在结了冰的榆斯楠河上走着，一群狼从他后面追了上来，大概有九到十只。海德人的马又不好，因此他逃生的希望很小。

“当那个人听见狼的嗥叫声，看见那么多的狼在后面追赶时，他吓得魂不附体，压根儿没想到应该把桶和澡盆都从雪橇上扔下去，减轻一点分量。他只顾鞭打着马，催马快跑。马比以往任何时候跑得都要快，但是那个人很快发现，狼跑得比马更快，他们逐渐追上来了。河岸上十分荒凉，最近的村庄离他也有二三十公里。他想，生命的最后一刻已经到来，他感到自己已经被吓得不能动了。

“正当他被吓得瘫在雪橇上时，他突然看见杉树枝之间有什么东西在移动，心头的恐惧比先前又增加了几倍。但迎面走来的不是什么狼，而是一位上了年纪的贫穷的老妇人。她叫芬·玛琳，经常走东窜西，到处游荡。她脚有点瘸，背也驼了，因此他隔着老远就能认出她来。

“老妇人正径直朝狼走来。一定是雪橇挡住了她的视线，让她看不见狼群。海德人立刻意识到，如果他不向她发出警告就从她身边跑过的话，她就会落入野兽的口中。而当狼群把她撕成碎片的时候，他却可以逃脱。

“她拄着拐棍慢悠悠地走着。很显然，如果他不帮助她，她就会没命了。但是，如果他停下雪橇，让她爬上来，她也并不就会因此而得救。狼群很可能会追上他们，他和她以及那匹马很可能都落入狼的口中。他想：最正确的做法也许是牺牲一条命来拯救两条命了。

“在他看见老太太的一瞬间，这些想法一齐涌上他的心头，而且，他还想到了，如果他以后因为没有搭救那位老妇人而后悔，或者有人知道他见死不救，他将会处于什么样的境地。

“他遇到了一个非常棘手的问题。‘我多么希望没有碰上她啊。’他自言自语道。

“正在这时，狼群中发出一声令人毛骨悚然的嗥声。马像受惊了似的纵身疾跑起来，从讨饭老太太的身边一擦而过。她也听见了狼的叫声，当海德人从她身边驶过时，她意识到了等待着她的是什么。她僵立在那里，张嘴喊了一声，并伸出双臂求救。‘我经过她身边时看上去一定像个魔鬼。’卖桶人想。

“当他肯定自己已经脱离危险时，内心却沉痛不安起来。他从没有做过这种不光彩的事，现在他觉得他的一生都毁了。‘不，我不能这样，该遭殃就遭殃吧。’他说着勒住缰绳，‘无论如何，我不能留下她一个人让狼吃掉。’他费了很大的劲儿才让马掉过头来，很快驾着马来到老太太的身边。‘快到雪橇上来！’他说话时的语气很生硬，因为他在为刚才没有顾及她的命运而生自己的气。

“雪橇的滑铁在冰面上发出吱吱的响声，尽管如此，他还是能听见狼群发出的呼哧呼哧的喘气声。海德人意识到，狼已经追了上来。‘现在我们都要完蛋了，’他说，‘我极力想搭救你，但是这对你对我都不是什么值得高兴的事，芬·玛琳。’

“到目前为止，老太太就像一个受惯责备的人一样缄口不言。最后她终于开口了：‘我真不明白你为什么不把雪橇上的桶扔掉，减少重量。桶你明天还可以再回来捡的嘛。’海德人立刻明白这是一个好主意，为自己没有想到这个主意而震惊不已。

“他让老太太牵着缰绳，自己解开绑着木桶的绳子，把桶扔下雪橇。狼已经快追上雪橇，这时却停了下来，去查看被扔在冰上的东西。他们乘此机会又向前跑了一段。‘如果这也帮不了什么忙，到时候你会明白，我会自己去喂狼的，’老太太说，‘这样你就可以逃脱了。’老太太说这句话的时候，卖桶人正在往下推一个大而笨重的酿酒桶。这时他突然停了下来，似乎还没有拿定主意是否要把酒桶扔下去。实际上，他心里想的完全是另一码事。‘从来不出差错的马和男子汉，怎么能为了自己而让一个老妇人被狼吃掉呢？’他想，‘肯定还有其他的办法。是的，肯定有。只是我还没有找到它。’他又开始推那个啤酒桶，但突然又停了下来，并且哈哈大笑起来。

“老太太惊恐地看着他，怀疑他是不是精神失常了，但海德人其实是在嘲笑自己的愚蠢。要救他们三者其实是世界上最容易的事，他不明白自己为什么先前没有想到这一点。‘现在，你好好听着，玛琳！’他说。‘我想出了我们三个相互帮助摆脱险境的办法。记住，不管我做什么，你都要坐在雪橇上，把雪橇驾到林赛尔村去。你去叫醒村里人，告诉他们我一个人在这里的冰面上，被十只狼围困着，请他们快来救我。’卖桶人等狼追近雪橇后，就把那个大啤酒桶滚到冰面上，然后自己也跳下雪橇，并且钻进桶里，把自己扣在里面。

那是一个很大的桶。里面的空间大得能装下整个圣诞节喝的啤酒。狼群朝酒桶扑上去，咬着桶箍，试图把桶翻个个儿。但是桶很重，倒在那里动也不动。狼群怎么也够不着躺在里面的人。

海德人知道他很安全，因此躺在里面对狼大笑。但是过了一会儿，他又变得严肃起来了。‘今后我要是再陷入困境，’他说，‘我就要记住这个啤酒桶。我既要对得起自己，也要对得起别人，只要自己努力去找、去想，第三条出路总是有的！’”

巴塔基就此结束了他的故事。但是男孩子知道，渡鸦从来不讲没有特殊含义的故事。因此，他越听越觉得值得推敲。“我不明白你为什么要给我讲这个故事。”男孩子说。

“我只是偶然间想起了这个故事。”渡鸦回答道。

他们继续向南朝榆斯楠飞行，一个小时以后，他们抵达了紧挨着海尔星兰省的考尔赛特村。渡鸦在一座低矮的小屋旁边着陆。这座小屋没有窗子，只有一个洞。烟囱里冒出一股股夹着火星的浓烟，屋子里传出一阵阵铿锵有力的锤击声。

“当我看见这个铁匠铺时，我就想起海尔叶达伦从前有过的技术精湛的铁匠，特别是这个村的铁匠，全国范围内也没有人能跟他们相比。”

“也许你还记得有关他们的故事，可以讲给我听听吗？”男孩子说。

“是的，我清楚地记得海尔叶达伦一个铁匠的故事，”巴塔基说，“他曾经向两个铁匠挑战，一个是达拉那省的，另一个是韦姆兰省的，他们比赛打钉子。那两个人接受了他的挑战，三个铁匠在考尔赛特村进行比赛。达拉那人首先开始。他打了十二个钉子，个个匀称、锋利、光滑，好得无可挑剔。在他之后的是韦姆兰人。他也打了十二个十全十美的钉子，而且只用了达拉那人一半的时间。那些对比赛进行评判的人看到这样的情形，便对海尔叶达伦的那个铁匠说，你不要去白费力气了，因为你不可能比达拉那人打得更好或者比韦姆兰人打得更快。‘我不想放弃。总能找到一个表现自己技巧的方法的。’海尔叶达伦人说。他既不用煤，也不用风箱，更没有预先把铁块放在火炉里加热，而是直接把铁块放在砧子上，用铁锤将铁敲热，并且敲出一个又一个钉子。谁也没有见过像他这样熟练地使用铁锤的铁匠，因而海尔叶达伦人被评为全国最优秀的铁匠。”

巴塔基说完便不作声了，但是男孩子却更加迷惑不解。“我不明白你给我讲这个故事的用意何在。”他说。

“我只是看到了这个老铁匠铺，偶尔想起了这个故事。”巴塔基漫不经心地回答说。

这两位旅行者又飞上了天空，渡鸦驮着男孩子朝南向利尔海达尔飞去，他落在一个长满树木的土堆上，土堆是在一个小山顶上。

“你知不知道你站在一个什么样的土堆上？”巴塔基说。男孩子不得不承认他不知道。

“这是一个坟堆，”巴塔基说，“里面埋着的那个人名叫海尔叶乌尔夫，他是第一个在海尔叶达伦定居并开发这块土地的人。”

“你大概也知道有关他的故事吧？”男孩子说。

“关于他的事我听说得不多，不过我想他八成是个挪威人。起初他在挪威国王手下任职，后来，他和国王发生了纠纷，不得不逃亡国外，投奔了当时住在乌普萨拉的瑞典国王，并且在他那里找到了一个职位。可是过了一段时间，他要求国王的妹妹嫁给他做妻子，国王不答应他，他就和国王的妹妹一起私奔了。他将自己置于一种困难的境地，既不能住在挪威，也不能住在瑞典，逃亡到其他国家他又不愿意。‘肯定会有另外一条出路的。’他想，于是他带着他的仆人和财宝穿过达拉那省往北走，一直走到北部边界上荒芜偏僻的大森林里。他在那里定居了下来，修建房屋，开垦土地，成了第一个在那块土地上定居的人。”

男孩子听完这个故事以后，比以前更加迷茫了。“我不明白你给我讲这些故事的用意何在？”他又说。

巴塔基没有立即回答，只是摇头晃脑，挤眉弄眼。“因为只有我们俩在这里，”他最后终于说道，“我想借此机会问你一件事。你有没有真正了解过，那个把你变成小人儿的小精灵对你变回人提出了什么条件？”

“除了要我把白雄鹅安然无恙地送到拉普兰，然后送回斯康耐以外，我没有听说过别的条件。”

“这一点我完全相信，”巴塔基说，“正因为如此，我们上次见面的时候，你才那样自豪地说，背弃一个信任自己的朋友比什么都卑鄙无耻。关于条件的事，你应该问问阿卡。要知道，她曾经到过你家，和那个小精灵交谈过。”

“阿卡没有跟我说起过这件事呀。”男孩子说。

“她大概觉得，你最好不要知道小精灵是怎么说的。你和雄鹅莫顿两个，她当然是更愿意帮助你了。”

“真奇怪，巴塔基，你怎么总是使我感到痛苦和不安呢？”男孩子说。

“也许是吧，”渡鸦说，“但是这一次我想你会感激我的，因为我可以告诉你那个小精灵的意思：如果你能把雄鹅莫顿送回家，你母亲就能把他放在屠宰凳上，这样你就可以变成人了。”

男孩子跳了起来。“这不是真的，完全是你恶意的捏造！”他大声喊道。

“你可以自己去问阿卡，”巴塔基说，“我看见她和整个雁群从天空飞过来了。别忘记我今天给你讲的故事！在一切困境中，出路肯定是有的，关键在于靠自己去找。我将会为你的成功而高兴的。”

韦姆兰和达尔斯兰

第二天，男孩子趁阿卡单独觅食的机会，问阿卡，巴塔基说的话是否属实。阿卡没有否认。男孩子要求大雁向他保证，不向雄鹅莫顿泄露秘密，因为大白鹅既勇敢又重义气，男孩子担心，如果他知道了小精灵的条件，可能会发生什么不幸。

后来，男孩子总是一声不响地骑在鹅背上，耷拉着脑袋，没有心思去顾及周围的一切。他听见老雁们向小雁们喊叫着，现在他们进入了达拉那，现在他们可以看见北边的斯坦贾恩峰，现在他们正飞过东达尔河，现在他们到了胡尔孟德湖，现在他们正在西达尔河上空飞行……但是他对那些东西根本提不起兴趣，连看都不看一眼。“看来，我是要一辈子跟着大雁周游了，”他想，“这样我非得把这个国家看腻了不可。”

当大雁们呼叫着，他们已经来到了韦姆兰省，正沿着克拉河向南飞时，他还是那副无精打采的样子。大雁们落在克拉河边一块放火烧过荒的地方，在那里啄食着刚长出来的鲜嫩的秋黑麦。这时男孩子听见森林里传来一阵阵说笑声。只见七个身强力壮的男子背着背包，肩上扛着劈刀从森林里走出来。这一天，男孩子想念人类的心情简直无法形容，因此，当他看见七个工人解下背包一屁股坐在地上休息时，心里高兴得无法言说。

他们你一言我一语地说个不停，男孩子藏在一个土堆后听着他们说话。他很快就弄清楚了，他们都是韦姆兰人，要到诺尔兰去找工作。他们都很乐观，而且在很多地方做过工，每个人都有无数的谈资。其中有个人说，尽管他到过瑞典的所有地方，但是没有见到过一个比他的家乡诺尔马根更美丽的地方。

“如果你说的是费里克斯达伦，而不是诺尔马根，我倒同意你的说法。”另一个人插话说。

“我是叶赛县人，”第三个人说，“我可以告诉你们，那个地方比诺尔马根和费里克斯达伦都要美丽。”

看来，这七个人来自韦姆兰省的不同地区，他们每个人都认为，自己的家乡比其他人的家乡更美更好。他们为此激烈地争吵了起来，谁也说服不了谁，看上去似乎快要翻脸了。

就在这时，一位长着又黑又长的头发和一对眯缝眼的老者路过这里。“你们在争论什么呢，小伙子们？”他问，“你们这样吵吵嚷嚷，整个森林都听见了。”

一个韦姆兰人急忙转向新来的人说：“你在这深山老林里转来转去，大概是芬兰人吧？”

“是的，我是芬兰人。”老头儿说。

“那太好了，”那个人说，“我总是听人说，你们芬兰人比其他国家的人都公正。”

“好的名声比黄金更值钱。”芬兰老头得意扬扬地说。

“我们正坐在这里争论着到底韦姆兰省的哪个地方最好，不知道你是否愿意为我们解决这个问题，免得我们为了这件事而相互闹得不愉快？”

“我尽力而为吧。”芬兰老头说，“但是，你们得对我有耐心，因为首先我必须给你们讲一个古老的故事。”

“很久以前，”芬兰人说着在一块石头上坐下来，“维纳恩湖北边的那片地方看上去十分可怕，到处是荒山野岭，人们根本无法在那里居住和生活。道路无法开辟，土地无法开垦。然而，位于维纳恩湖以南的地方却很容易耕种，跟现在一样。

“当时，维纳恩湖南岸住着一个大人物，他有七个儿子。他们个个都动作敏捷，身强力壮，但同时也很自负。他们之间经常闹别扭，因为每个人都想高人一筹。

“父亲不喜欢那种无休止的争吵。为了结束那种状况，有一天他把七个儿子召集到身边，问他们是否愿意由他来考考，检验一下到底谁是最出色的。

“儿子们自然很愿意，那是他们求之不得的。

“‘那我们就这么办，’父亲说，‘你们知道，在维纳恩湖的北边有我们的一块荒地，遍地是小丘和碎石，我们没法利用它。明天你们每个人套上马，带上犁，使出最大的力气去犁一大片地，傍晚时分，我去看看你们谁犁得最出色。’

“第二天早晨太阳还没有升起，他们兄弟七个就已经备好马和犁，整装待命了。当他们赶着马出发的时候，那阵势好不威风。马刷得溜光，犁铧光亮耀眼，犁头刚刚磨过。他们飞快地到了维纳恩湖边。当时有两个人掉头来绕路走，但是最大的儿子却一往直前。‘我才不怕这个小水潭呢。’他对着维纳恩湖说。

“其他人看到他那么勇敢，也不甘示弱。他们站在犁上，赶着马向水里走去。那些马都很高大，在水里走了好长一段距离，终于够不着湖底，不得不游起水来。犁漂在水上，但是人继续待在上面却不是那么容易。有几个人抓着犁，让犁拖着走，有几个则蹚着水过湖，但是一个个都平安渡过了。他们立即着手耕地，那块地后来被称为韦姆兰和达尔斯兰。

“老大犁正中间一块地，老二和老三在他的两边，老四和老五又依次向外排列，最小的两个儿子，一个排在那块地的最西边，另一个排在最东边。起初，老大犁出的沟又直又宽，因为维纳恩湖地势平坦，易于耕作，他的进度也很快。但后来却碰到了一块石头，石头很大，无法绕行，于是他不得不提起犁越过石头。然后他又用力将犁头插进地里，继续犁出一道又宽又深的沟。但是过了一会儿，他遇到了一块土质十分坚硬的地，不得不把犁再次提起来。后来，他又遇到一次同样的情况。他因为不能始终如一地犁出又宽又深的沟而生起气来。最后，地里石头满地，根本无法耕犁，他不得不满足于在地的表面划一道了事。就这样，他总算犁到了地的北头，坐在那里等他的父亲。

“老二起初犁出的沟也是又宽又深，而且他在小丘之间找到了一条很好的通道，所以一直没有停顿。不过他却不时地犁到峡谷的山坡上去了。他越往北犁，拐弯也越多，犁沟也越来越窄。但是他进度很快，甚至到了地头也没停下来，还多犁了一大块。

“老三，也就是排在长兄左边的那一个，一开始也很顺利。他犁出的沟比别人的都宽，但是不久他就遇上了一块很糟糕的地，不得不拐向西边耕犁。只要能向北拐的时候，他就尽快向北拐，犁得既深又宽。但是在离地界还有很大一段距离的地方他就无路可走了，又被迫停了下来。他不愿意就此停下，就调过马头向另一个方向犁。但是不久他又无路可走了。‘这条沟肯定是最差劲的。’他坐在犁上等着父亲时想道。

“至于其他人，情况也几乎一样。他们干得都很卖力。排在中间的人纵然遇到很多困难，但是排在东西两侧的人情况也同样糟糕，因为两边的地里到处是石堆和沼泽地。傍晚时分，七兄弟都筋疲力尽了，无精打采地坐在各自犁沟的尽头等着。

“父亲来了。他先走到在最西边干活的儿子那里。‘晚上好！’父亲说着走了过来，‘干得怎么样了？’‘不怎么样，’儿子说，‘你让我们犁的这块地太难犁了。’‘我想你是背朝干活的地方坐着，’父亲说，‘转过身去，你就会看到你干了多少活了！你干的并不像你所想象的那么少。’儿子一回头才发现，他犁过的地方出现了漂亮的山谷，谷底是湖泊，两旁的陡坡上长满郁郁葱葱的树林，令人赏心悦目。他在达尔斯兰和诺尔马根地区走了很长一段距离，犁出了拉格斯湖、雷龙湖、大雷湖以及两个锡拉湖，因此，父亲对他十分满意。‘现在让我们去看看其他几个干得怎么样吧。’父亲说。

“那排行老五的儿子，他犁出了叶赛县和格拉夫斯费尤登湖；三儿子犁出了韦梅恩湖；大儿子犁出了费克斯达伦湖和富雷根湖；二儿子犁出了艾尔河谷和克拉河；四儿子在贝里斯拉格那干得很吃力，除了许多小湖泊外，他还犁出了永恩湖和达格勒松湖；第六个儿子走的是一条很奇怪的路，他先开辟了斯卡庚那个大湖，又犁出了一条窄沟，形成了雷特河，然后，他无意中越过地界，在维斯特芒兰矿区挖出了一些小湖。

“父亲把儿子们犁过的地全部看过之后，他说，根据他的判断，他们干得都很出色，他完全满意。那块地已经不再是一块不毛之地了，而是变成了完全可以耕种和居住的地方。他们开垦了许多鱼类丰富的湖泊和肥沃的盆地，大河小溪上形成一道道瀑布，可以带动机器磨面、锯木和锻造钢筋。沟与沟之间的山梁上可以生长用作燃料的森林，现在也有了修筑通往贝里斯拉格那铁矿区的道路的可能性了。

“儿子们听了很高兴，但是他们想知道，谁犁的沟最好。

“‘在这样的一块地上，’父亲说，‘重要的是犁沟之间的相互协调。我认为，任何走到诺尔马根和达尔斯兰那些狭长的湖边的人都会承认，他很少见到比那里更美丽的地方，但是，他可能也会喜欢格拉夫斯费尤登和韦梅恩湖周围阳光充足、土地肥沃的地区。在开阔、舒适的地方生活了一段时间以后，他可能会想换个地方，搬到富雷根湖和克拉河沿岸那些窄长的狭谷里去。如果他对那里也厌倦了，他就会为见到贝里斯拉格那地区神态各异的湖泊而高兴，那里的湖泊迂回曲折，多得数不胜数，谁也无法记清楚。在看过那些支离破碎的湖泊之后，他一定会为见到像斯卡庚那样碧波万顷的湖泊而高兴。现在我想告诉你们，任何一个做父亲的都不会因为一个儿子比其他儿子更优秀而高兴。从最小的儿子到最大的儿子，他都会用同样喜爱的眼光去看待的。’”

大雁们的礼物

大雁们从秋季旅行一开始就直飞南方。但是当他们飞过费里克斯达伦以后，却改变了方向，经韦姆兰西部和达尔斯兰向布胡斯省飞去。

到了晚上，大雁们站在费耶尔巴卡外面的一个小石岛上睡觉。当接近子夜时分，月亮高悬在空中的时候，老阿卡摇晃脑袋赶走了困倦，叫醒了周围的亚克西和卡克西、科尔美和奈利亚、维茜和库西。最后她用嘴捅了一下大拇指儿，他就醒了。“什么事，阿卡大婶？”他说着惊恐地跳了起来。

“没有什么要紧的事，”领头雁回答说，“只是雁群里我们七个年纪大的想在今晚到海上去一趟，不知道你是否有兴趣跟我们一块儿去。”

男孩子知道，如果没有发生什么重要的事情的话，阿卡是绝不会提出这样的建议的，因此他二话没说便坐到她背上。大雁们径直朝西飞去，他们首先飞过了一大群离岸较近的大小岛屿，接着又飞过了一片宽阔的水面，然后到了离海岸最远的那个大群岛维德尔群岛。群岛的岛屿露出水面不多，陡峭不平，在明亮的月光下可以看清所有岛的西侧都被海水冲刷得非常光滑。其中有几个岛相当大，男孩子隐约看见上面有几座房屋。

阿卡找了一个最小的岛落下。那个岛只不过是一块高低不平的大花岗岩石，中间有一条很宽的裂缝，里面积满了海水冲上来的白色细沙和少数贝壳。

当男孩子从阿卡的背上滑到地面上时，他看见身边有一个看上去像一块尖石头的东西，那是一只很大的猛禽。那只鸟纵身跳了过来，这时男孩子认出来那是老鹰高尔果。可以看出，这次会面是阿卡和高尔果事先约好的。阿卡转头对男孩子说："大拇指儿，我要请你帮忙找到可能埋藏在这个石岛上的一些东西。"

男孩子正站在那里欣赏着几个漂亮的贝壳，当阿卡提到他的名字时，他抬起了头。

"大拇指儿，你肯定在想，我们为什么离开了原来的飞行路线，来到西海。"阿卡说。

"我是觉得奇怪，"男孩子说，"但是我知道，你做任何一件事都是有充足的理由的。"

"感谢你如此信任我，"阿卡说，"现在，我要告诉你一件事。很多年以前，我和现在雁群中几只年纪大的老雁进行春季迁徙时，突然遇到风暴。狂风把我们卷到了这里的石岛上，我们被迫在这里待了好几天，我们实在饿得要命，于是就到处找吃的，可是连一根草都没找到，却看见几只捆得很严实的袋子半埋在沙土里。我们当时希望袋子里装的是粮食，因此就扯来扯去，直到把布袋撕破，可是从里边滚出来的不是粮食，而是闪闪发光的金币。这些东西对我们大雁来说毫无用处，因此我们原封不动地把它们留在那里。但今年秋天发生的一件事却使我们希望重新找到那些金币。我们很清楚，这些宝物留在老地方的可能性很小，但我们还是来到这里，想请你帮忙找找金币到底还在不在。"

男孩子纵身跳进裂缝，两只手各抓着块贝壳开始扒沙子。他没有发现什么袋子，但是当他挖出一个很深的坑的时候，却听见了金属的撞击声，并且挖到了一枚金币。他用双手在地上摸，感觉沙土里埋了好多圆圆的金币，于是赶紧跑到阿卡跟前。“袋子已经烂了，所以金币散在沙土里了。我想所有的金子都还在。”

“好极了，”阿卡说，“把坑填上，用沙土盖好，不要让人看出这里有人动过！”

男孩子按照阿卡的吩咐做了，但是当他回到那块大石头的顶上时，他惊奇地看到阿卡领着其他六只大雁严肃地向他走了过来。他们在他面前停了下来，并多次点头鞠躬，看上去是如此的庄重，他不得不脱帽鞠躬还礼。

“事情是这样的，”阿卡说，“我们几个年纪大的一致认为，如果你，大拇指儿，在人类那里为他们做了许多好事，正如你帮助我们一样，他们一定会给你丰厚的酬金的。”

“不是我帮助了你们，而是你们一直在照顾我。”男孩子说。

“我们还认为，”阿卡继续说，“当一个人在整个旅途中一直和我们结伴而行，他就不应该像刚来到我们中间的时候那样一无所有地离开我们。”

“我知道，一年来我从你们身上学到了比物质和金钱更宝贵的东西。”男孩子说。

“这些金币过了这么多年还在石缝里，肯定是无主之物。”领头雁说，“我想你可以把这些金币拿回去用。”

“怎么，你们自己不需要这些财宝吗？”男孩子问。

“是的，我们需要这些金钱是为了给你当报酬，让你的父亲和母亲觉得，你在尊贵的人家里当放鹅娃挣了钱。”她说。

男孩子半转过身子，向海上望了一眼，然后直视着阿卡那双明亮的眼睛。“阿卡大婶，我还没有提出辞职，你就解雇我并付给我薪水，我觉得很奇怪。”他说。

“只要我们大雁继续留在瑞典，你就可以留在我们身边，”阿卡说，“不过我只是想先告诉你财宝藏在什么地方。”

“但是，就像我所说的，在我还不想离开你们的时候，你们就想辞掉我了。”大拇指儿说，“我们在一起这么久了，我想我要求跟你们一道到外国去不算太过分。”

男孩子刚说完，阿卡和其他大雁吃惊地伸出他们那长长的脖子站了一会儿，然后半张着嘴巴深吸了一口气。“这倒是我没有想到的，”阿卡平静了一点以后说，“但是，在你决定跟我们一起去之前，最好还是听听高尔果要讲的话。我们离开拉普兰的时候，高尔果和我商量好，他会到你的老家斯康耐去一趟，设法同小精灵为你争取更好的条件。”

“是的，的确是这样。”高尔果说，“但是很抱歉，我没有办成。我找到你的家没费多少时间。我在院子上空来回盘旋了好几个小时，终于看见了小精灵，他在房子间躲躲闪闪地。我立即冲上去，把他带到一块地里，以便和他单独交谈。我对他说，我是受大雪山的阿卡的派遣前来问他，能否给尼尔斯·豪格尔森更好的条件。‘我希望我能够办到，’他回答说，‘因为我听说他在旅途中表现一直不错。但是我无能为力。’我当时就生气了，我说，如果他不让步的话，我会不惜一切代价挖掉他的眼睛。‘你可以对我随心所欲，’他说，‘至于尼尔斯·豪格尔森，还是我原先说的条件。但是，你可以转告他，他最好还是和雄鹅尽快回家，因为他家的日子很艰难。他的父亲有个弟弟，他很信任这个弟弟，给弟弟当了借款保人，弟弟后来还不起债，他现在不得不为弟弟还债。此外，他还借钱买了一匹马，但是他把马赶回家的当天马腿就瘸了，从此以后，这匹马就没干过活。总之，你告诉尼尔斯·豪格尔森，他的父母已经被迫卖掉了两头奶牛，如果他们不能得到接济的话，那么他们就只有背井离乡了！’”

男孩子听到这里，眉头紧锁，两拳握得紧紧的，指关节都发白了。“那个小精灵真是残酷无情，”他说，“他给我订下了如此苛刻的条件，使我不能回家去帮助我的父母。但是他休想让我成为一个背信弃义的人。我的父母都是正直的人，我知道，他们宁愿不要我的帮助，也不想我昧着良心回到他们身边。”

飞往威曼豪格

十一月初的一天，大雁们飞越过哈兰德山脉进入斯康耐省。在过去的几个星期里，他们一直在西耶特兰省法耳彻平市周围的辽阔平原上停留。碰巧还有好几个很大的雁群也栖息在那里，所以他们这段时间过得十分热闹。年纪大的在一起聚首畅谈，而年纪轻的就你追我逐地进行各种运动竞赛。

对于尼尔斯·豪格尔森来说，在西耶特兰耽搁了那么多天使他有些闷闷不乐。他尽力想打起精神，但是却仍旧很难接受命运对他的安排。

大雁们终于在一天早晨动身了，往南朝着哈兰德省飞去。那沙砾遍地、海藻狼藉的光秃秃的海岸，男孩子觉得眼熟得很。他触景生情，悲喜交集，心绪剧烈地起伏。“哎呀，现在我大概离家不太远啦。”他在心里默默念叨。

在飞行途中，一些年轻的小雁再三地询问那些老雁：“外国是什么样子？外国是什么样子？”

“别着急，别着急，到时候你们就知道了。”那些南来北往，多次跋涉全国的老雁总是这么回答。

年轻的小雁看见韦姆兰省森林茂密，山脉连绵不断，崇山峻岭之间湖水波光潋滟。他们又看到布胡斯省的巍巍大山，还有西耶特兰省的秀峦奇峰。于是，他们兴高采烈起来，连声问道："全世界都有这样的景色吗？全世界都有这样的景色吗？"

"别着急，别着急！你们很快就知道世界上大部分是什么样子啦！"老雁们回答说。

大雁们飞越过哈兰德山后，又在斯康耐境内飞了一段时间，阿卡忽然叫喊起来："快朝下看！快看看四周！外国就是这副模样！"

那时候大雁们正在飞越瑟德尔山脉，那座大山迤逦连绵，山上覆盖着浓密的山毛榉树。绿荫深处，尖塔高耸的深宅大院点缀其间。麋鹿在树林边上啃嚼着青草，山兔在草地上嬉戏跳跃。狩猎的号角声响入云霄，猎狗的狺狺狂吠连飞在空中的大雁们都听得清清楚楚。宽阔的道路蜿蜒通过森林。一群群服饰美丽的绅士淑女，或是坐着锃亮的马车，或是骑着高大的骏马正在路上驰骋进发。山脚底下是灵恩湖的盈盈绿水，古老的布舍修道院坐落在湖边小岛上，恰好同湖里的倒影相映成趣。那座山脉中部，赛拉里德峡谷劈山裂崖，幽深邃远，谷底里山岚迷茫，溪流潺潺，两旁的峭壁上藤蔓攀结，古树参天。

"外国就是这样子的吗？外国就是这样子的吗？"年轻的小雁问道。

"是呀，外国有森林覆盖的山脉就是这副模样，"阿卡回答道，"不过这样的地方不太常见就是啦！不要着急，再过一会儿你们就可以看到外国大部分普通景色的样子啦。"

阿卡率领着雁群继续往南飞去，来到了斯康耐大平原的上空。平原上有阡陌连片的耕地，牛羊遍地的牧场。那些农庄四周都有刷成白色的小棚屋。平原上白色的小教堂不计其数，还有灰色的模样简陋的制糖厂。那些火车站周围的村镇已经扩展兴修得俨然像个小城市，泥沼地上堆起了一大堆一大堆的泥炭，而煤矿旁边则是漆黑发亮的大煤堆。公路两旁垂柳依依，铁路纵横交错，在平原上织成了一张密扎扎的网。平原上，小湖轻泛涟漪，波光粼粼，四周山毛榉树环绕，贵族庄园掩映其间。

“现在往下看！看得仔细一些！”那只领头雁喊道，“从波罗的海沿岸到南面的高山峻岭，外国都是这个模样，再远的地方我们没有去过。”

小雁们把平原仔细观看了一遍，领头雁便朝厄勒海峡飞去。那里湿漉漉的草地渐渐地朝海面倾斜下去，一长排一长排发黑的海藻残留在海滩上。海滩上有些地方是高高的堤坝，有些地方是一片流沙，而流沙又堆成了沙丘。一排排式样划一、大小相同的砖瓦小平房组成了一个个小小的渔村。防波堤上有小小的航标灯，晒鱼场上晾晒着棕色的渔网。

“快向下看，看得仔细一些！”阿卡吩咐说，“外国的沿海一带就是这副模样！”

最后，领头雁还飞到了两三个城市。那里数不胜数的又细又高的工厂烟囱矗立在半空。深邃的街道两旁林立着被煤烟熏黑了的高楼大厦。园林里曲径通幽，海港码头上船只云集，桅樯如织。古老的城墙上雉堞环绕，碉楼肃立。雍容华贵的宫殿依傍着年代久远的古老教堂。

“看看吧，外国的城市就是这个模样，只不过更大一些就是啦，”领头雁说道，“不过这些城市同你们一样，也能够长大的。”

阿卡这样盘旋飞行之后，降落在威曼豪格县的一块沼泽地上。男孩子这才明白过来，原来阿卡在斯康耐上空来回巡行就是为了要给他看看，他生于斯、长于斯的那个地方是足以和世界上任何一个国家相媲美的。其实她没有必要那样做，因为男孩子根本不在乎家乡是富还是贫，他从看到第一道垂柳飘拂的河堤和第一幢圆木交叉为梁的矮平房的时候，思乡之情就难以克制了。

回到了自己的家

这一天大雾弥漫，阴霾满天。大雁们在斯可罗普教堂四周的大片农田里觅食，吃饱肚子后就在那里休息起来。阿卡走到了男孩子身边。“看样子，我们会有几天晴朗的好天气，”她说道，“我想，我们要趁这个机会赶快飞越波罗的海。”

“嗯……嗯……”男孩子几乎说不出话来，一阵哽咽堵住了他的喉咙。他毕竟还是满怀希望，想要在斯康耐解脱魔法而重新变成真正的人。

“我们现在离威曼豪格很近了，”阿卡说道，“我想着，你说不定打算回家一趟。要是错过了这个机会，那要等很久以后才能和你的亲人团聚哩！”

“唉，我最好还是别回去啦。”男孩子无精打采地说道，可是从他的语调里流露出来他还是十分高兴阿卡体贴地提出了这个建议。

“雄鹅和我们在一起，不会发生意外的，”阿卡说道，“我觉得，你还是应该回去探望一下，看看你家里日子过得怎么样。即使你不能重新变成真正的人，你也可以想办法帮你的父母一点忙。”

“是呀，您说得很有道理，阿卡大婶，我早该想到才是。”

男孩子说道，他急不可耐地想回家去看看了。

转眼之间，领头雁就驮着他，朝他的家里飞去。不一会儿，阿卡就降落在那座农舍的石头围墙背后。“你说奇怪不奇怪，这里的东西都跟之前一模一样。”男孩子说道，他急忙爬到围墙上去察看四周。“我觉得，从今年春天坐在这里看见你们在天上飞过到现在，好像连一天的工夫都不到哩。”

“我不知道你父亲有没有猎枪。”阿卡这么说道。

“喔，他倒有一支，”男孩子说道，“就是因为那支枪的缘故，我才宁可待在家里而没有去教堂。”

“既然你们家有猎枪，那么我就不敢站在这里等你了，”阿卡说道，“你明天早晨到斯密格霍克岬角来找我们吧，那个地名的意思是‘偷偷地溜走’。这样，你就可以在家里住上一夜。”

“不，阿卡大婶，您先别忙着走啊！”男孩子叫了起来，并且匆忙从围墙上爬了下来。他自己也弄不清楚是怎么回事，不过隐隐约约总是有种不祥的感觉，似乎他和大雁经此一别就再也难相见了。“您很清楚，我现在因为没能恢复原来的模样心里十分苦恼，”男孩子说道，“不过我要对您说明白，我一点也不后悔今年春天跟着您去漫游。”阿卡长长舒了一口气，然后回答说：“有件事情我早就该和你推心置腹地谈谈。不过那时你还没有回到亲人的身边，所以早点晚点谈都一样。现在该是谈的时候啦，把话挑明了反正不会有什么坏处。”

“您请说，我总是顺从您的意志的。”男孩子说道。

“要是你从我们身上学到了什么东西的话，大拇指儿，那么你大概会意识到，人类不应该把整个大地占为已有的。”领头雁神色庄重，一本正经地说道，“你想想看，你们有了那么一大片土地，完全可以让出几个光秃秃的岩石岛、几个浅水湖和沼泽地，还有几座荒山和一些偏僻遥远的森林，把它们让给我们这些穷得无立锥之地的飞禽走兽，让我们有地方安安生生地过日子。我这一生时时刻刻都遭受着人类的追逐和捕猎。倘若人类能有良知，明白像我这样的一只鸟儿也需要有个安身立命之处就好了。”

“倘若我能够帮得上你的忙，那我就会非常高兴，”男孩子说道，“可惜我在人类当中从来没有这样的权力。”

“算啦，我们站在这里说个没完，倒好像我们就此一别不再相逢似的。”阿卡深情溢于言表，娓娓地说道，“不管怎么说，我们明天还会见上一面的。现在我要回到我的族群那儿去啦。”她张开翅膀飞走，旋即又飞了回来，恋恋不舍地用嘴把大拇指儿从上到下摩挲了好几遍，然后才缓缓离去。

那时是大白天，但是庭院里却没有一个人，男孩子可以毫无顾忌地在院子里走动。他急忙跑进牛棚里，因为他知道从奶牛那里一定能够打听到最可靠的消息。

牛棚里冷冷清清，春天的时候那里有三头粗壮的奶牛，可是现在却只剩下了一头。那奶牛名叫五月玫瑰，她孤单地站在那里，闷闷不乐地思念着自己的伙伴，脑袋低垂着，面前放的青草饲料几乎碰都不碰一下。

“你好，五月玫瑰！”男孩子毫无畏惧地跑进了牛栏里面。“喂，我的爸爸妈妈都好吗？那只猫，那些鹅呀、鸡呀都怎么样啦？喂，你把小星星和金百合花那两头奶牛弄到哪里去啦？”

五月玫瑰刚刚听到男孩子的声音不禁一愣，看样子她似乎本来要用犄角冲撞他一下的。不过她的脾气如今不像从前那样暴躁了，在打算朝尼尔斯·豪格尔森冲过去之前，先瞅了瞅他。男孩子还是像离开家门那时一样矮小，身上穿着原来的衣服。可是他的精神气质却很不相同啦。春天刚从家里逃出去的尼尔斯·豪格尔森走起路来脚步沉重，讲起话来有气无力，看东西时双目无神。但是长途跋涉、重归家门的尼尔斯·豪格尔森脚步矫健轻盈，说话铿锵有力，双目炯炯有神。他虽然仍旧那么小个儿，然而气度神采上却有一股令人肃然起敬的力量。尽管他自己并不开心，可是见到他的人却如沐春风。

“哞，哞，”五月玫瑰吼叫起来，“大家都说你已经变了，变好了，我还不相信哩。喔！欢迎你回家来，尼尔斯·豪格尔森，欢迎你回家来！我真太高兴啦，我有好久没有这样高兴过啦！”

“好呀，多谢你啦，五月玫瑰。”男孩子说道，他没有料到会受到这样热情的欢迎，止不住心花怒放，“现在快跟我说说，爸爸、妈妈他们都好吗？”

“唉，自从你走了以后，他们一直很倒霉。”五月玫瑰告诉他说，“最糟糕的是那匹花了那么贵的价钱买来的马，站在那里白白吃了一个夏天的饲料却干不了活。你爸爸不愿意开枪把他打死，可是又没办法把他卖出去。就是那匹马儿才害得小星星和金百合花离开了这里。”

其实，男孩子真正想问的是另外一件事，不过他不好意思明明白白地说出来，于是他含蓄地问道：“妈妈看到雄鹅莫顿飞走了，心里一定难受得不得了吧？”

“我倒觉得，倘若你妈妈弄清楚了雄鹅莫顿失踪的原因的话，她就不会那样难过了。现在她多半是在抱怨自己那个不争气的儿子从家里逃出去后，还顺手把雄鹅也捎带走了。”

“喔唷，原来她以为是我把雄鹅偷走的！”男孩子诧异地说道。

“难道她还能有什么别的想法吗？”

“爸爸、妈妈大概以为我像流浪汉一样整个夏天都四处乱窜去了。”

“他们相信你一定度日如年，日子难熬得很，”五月玫瑰说，“人们失去了最亲爱的亲人，心里自然会悲伤得不得了，他们就是那样伤心。”

男孩子听到这句话心头一热，便急匆匆走出牛棚。他来到了马厩。那马厩虽说地方狭窄，不过收拾得十分干净整洁，处处都可以看出，爸爸在想尽办法让这头新买来的牲口过得舒服。马厩里站立着一头膘肥体壮、气宇轩昂的高大骏马，由于饲养得法而毛色发亮。

“你好，”男孩子说道，“我刚才听说这儿有一匹马病得不轻。绝对不是你吧，因为你看起来那么精神抖擞，那么身强力壮。”那匹马回过头来，把男孩子上上下下打量了半晌。“你是这户人家的那个儿子吗？”他慢吞吞地说道，“我听到过许多关于你的坏话。不过你的长相倒很温顺和善，倘若我事先不知道的话，我绝对不会相信，那个被小精灵变成了一个小人儿的就是你。”

“我很清楚，我在这个院子里留下了很坏的名声，”尼尔斯·豪格尔森说道，“连我妈妈都以为我偷了家里的东西才逃走的，不过那也没关系，反正我回家来也待不长。在我走之前，我想弄清楚你究竟出了什么毛病。”

“咴咴，咴咴，你不留下来真是太可惜啦，”马儿叹息说，“因为我感觉得出来，我们本来是可以成为好朋友的。我其实没有多大的毛病，只是脚蹄上扎了一个口子，是刀尖断头或者别的硬东西，那东西扎得很深又藏得很严实，连兽医都没能找出病因。我动一下就被刺得钻心疼，根本没办法走路。倘若你能够把我的这个毛病告诉你爸爸，我想他用不着费多少工夫就可以把我的病治好的。我会高高兴兴地去干点有用的活计，我站在这儿白吃白喝却什么事情都不干，真是太丢人现眼啦。”

“原来你不是真的得了重病，那太好啦！”尼尔斯·豪格尔森说道，“我来试试看，把你蹄子里扎进去的硬东西拔出来。我把你的蹄子拎起来，用我的刀子划几下你大概不会觉得疼吧？”

尼尔斯·豪格尔森刚刚在马蹄上用小刀划了几下，他就听见院子里有人在说话。他把马厩的门掀开一道缝，往外张望，看见爸爸和妈妈从外边走进院子，朝着正屋走去。

可以清楚地看到，忧伤在他们的脸上留下了痕迹，他们比早先苍老得多了。妈妈脸上增添了几道皱纹，爸爸的两鬓华发丛生。妈妈一边走一边劝爸爸说，他应该找她的姐夫去借点钱来。“不行，我不能再去借钱啦，”父亲从马厩前面经过的时候说道，“再没有比欠着一身债更叫人难受的了。干脆我们把房子卖掉算啦。”

“把房子卖掉对我来说倒也无所谓啦，”母亲长吁一声说道，“要不是为了孩子，我是不会反对的。但是他说不定哪天就会回来，那时他必定身无分文、狼狈不堪，而我们又不住在这里了，让他到哪里去安身哪？”

“是呀，你说的有道理，”父亲沉吟片刻说道，“不过我们可以请新搬进来的人家好好地招待他，并且告诉他我们总是思念着他的，不管他变成什么样子，我们绝不会对他说一句重话的，你说这样行吗？”

“好哇，只要他能回到我的跟前来，我除了问问他出门在外有没有挨饿受冻，别的都不说。”

爸爸妈妈说着就跨进了屋里，至于他们后来又讲了些什么，男孩子就不得而知了。他如今知道，爸爸妈妈对他仍旧满怀深情，他的心里又喜悦又激动，恨不得马上就跑到他们身边去。“可是他们看到我现在这副怪模样，会更加心酸的。”他想道。

正当他踌躇再三之际，有一辆马车辚辚而来，停在大门口。男孩子一看，吃惊得险些喊出声来。因为从车上下来的不是别人，正是放鹅姑娘奥萨和她的爸爸荣·阿萨尔森。奥萨和她的爸爸手牵着手朝屋里走去。他们神情端庄，没有说话，可是眼神里散发着美丽的幸福之光。他们快要走过半个院子的时候，放鹅姑娘奥萨一把拉住了她的爸爸，对他说道：“您可要记住，爸爸，千万不要向他们提起那只木鞋或者大雁的事情，更不要提到长得跟尼尔斯·豪格尔森一模一样的那个小人儿，因为那个小人儿即使不是他，也一定和他有什么关系的。”

“好吧，我不说就是啦，”阿萨尔森说道，“我只告诉他们，你千里迢迢地来寻找我，一路上有好几次都亏得有他们儿子搭救。现在我在北方找到了一个铁矿，财产多得花不完，所以我们父女俩特地到这里来问候他们，看看我们能够帮点什么忙，来报答这番恩情。”

“说得真好，爸爸，我知道你是很会讲话的，”奥萨说道，“就是我刚才说的那件事你千万别说出来。”

他们走进屋里去了，男孩子真想跟进去听听他们在屋里究竟说了一些什么，但是他没有敢走出马厩。过了没多久，奥萨和她的爸爸就告辞出来了，爸爸妈妈一直把他们送到大门口。说来也奇怪，爸爸妈妈这时都春风满面，喜上眉梢，似乎获得了一次新生。

客人们渐渐远去，爸爸妈妈意犹未尽地站在门口眺望。“谢天谢地，这一下我总算用不着再伤心发愁啦，你听听，尼尔斯竟然做了那么多好事。”妈妈乐不可支地说道。

“也许他做的好事没有像他们说的那么多吧。”父亲眉眼挂笑然而又若有所思地说道。

“哎呀，瞧你说的，他们父女俩专程大老远地跑来一趟，向我们当面道谢，而且还要帮助我们来报答这份恩情，这难道还不够吗？我倒觉得你应当接受他们的好意才是。”

“不，我不愿意拿别人的钱，不管是借给我的还是送给我的。我想当务之急是先把欠的债统统还清。然后我们再努力干活，发家致富。我们俩反正都还身体结实，干得动活。”父亲说到这里，高兴得爆发出一阵大笑。

“我看，你是非要把我们花了那么多汗水和力气耕种的这块土地卖掉了才高兴。”妈妈揶揄地说道。

“你其实很清楚我为什么开心得哈哈大笑，”爸爸正色说道，“孩子离家失踪这件事情把我压垮了，我一点也没有力气和心思去干活。可如今，我知道他还活着，而且还做了不少好事，走了正道。那你就等着瞧吧，我是可以干出点名堂来的。”

妈妈返身走回屋里，可是男孩子却不得不赶紧蜷缩到一个墙角落里，因为爸爸朝马厩走了过来。爸爸踏进马厩，凑到马的身边，掀起蹄子看看能不能找到毛病。“这是怎么回事？”爸爸诧异地说道，他看到马蹄上刻着一行小字。“把马蹄里的尖铁片拔出来！”他念了一遍，又不胜惊愕地朝四周仔细察看，可是什么也没有发现。之后他认认真真地盯住马蹄看了起来，还不断地用手摸。“唔，我相信蹄子里面真的扎进东西啦。”他自言自语地喃喃道。

爸爸忙着从马蹄里拔出东西来，男孩子缩在墙角里悄声不语。就在这时候，院子里又有了动静，有一批新的客人大模大样地不请自来。事情原来是这样的：雄鹅莫顿一来到他的旧居附近便再也克制不住自己的欲望，他一心要让农庄上的好朋友们和自己的妻子、儿女见见面，于是率领着灰雁邓芬和几只小雁浩浩荡荡飞回来了。

雄鹅来到的时候，院子里一个人影也没有。他荣归故里心里喜滋滋，便无忧无虑地降落在地上。他大摇大摆地带领着邓芬到各处转悠一圈，想对她炫耀炫耀他过去还是一只家鹅的时候生活有多么惬意。他们绕了整个庭院一圈之后，发现牛棚的门是开着的。“到这里来瞧瞧！”雄鹅吭吭地大呼小叫，“你们会看到我早先住得多么舒服。那跟我们现在露宿在草地和沼泽里的滋味可大不一样。”

雄鹅站在门槛上朝牛棚里张望了一下，“唔，里面倒没有人，”他说道，“来吧，邓芬，你来看看鹅窝！用不着提心吊胆！一点点危险都没有！”

于是，雄鹅走在前头，邓芬和六只小雁跟随其后走进鹅窝，去开开眼界，见识一下大白鹅在跟随大雁闯荡周游之前居住得多么阔气和舒服。

“噢，我们那几只家鹅早先就住在这里。那边是我的窝，那边是食槽，早先食槽里总是装满了燕麦和水，”雄鹅眉飞色舞地介绍说，“看哪，食槽里还真有点吃的东西。”

他说着就跑到食槽旁边，大口大口吃起燕麦来。

可是灰雁邓芬却惴惴不安起来。“我们赶快出去吧。”她央求道。

“好的，再吃几口就走。”雄鹅说道，就在这时候，他突然尖叫一声朝门口跑去，可惜已经来不及啦。那扇门吱嘎一声关上了。女主人站在门外把门栓插上，他们一家子全都自投罗网了。

爸爸从黑马的蹄子里拔出一根铁刺，正在洋洋得意地站在那里摩挲抚摸着那匹马，妈妈兴冲冲跑进了马厩。“喂，你快来瞧瞧，看我抓到了一窝子。”她说道。

“不要着急，先看看这里，”爸爸慢条斯理地应声说道，“直到现在我才找到马儿干不了活计的真正毛病。”

“哦，我相信，我们时来运转啦，”妈妈兴奋地说道，“你想想，春天不见的那只雄鹅竟是跟着大雁飞走的！他如今飞回来啦，还引回来了七只大雁。他们统统钻进了鹅窝里，我就一下子把他们全关在里面啦。”

“这倒真是稀奇，”爸爸说道，“你要知道，这么一来我们就不必担心是孩子离开家里时顺手把雄鹅抱走的。”

“是呀，你说得很有道理，”妈妈说道，“不过我想我们今天晚上就得把他们全都宰掉。再过两三天就是圣·马丁节[①]了，我们要赶快把他们宰了，才来得及拿到城里去卖。”

“我以为把雄鹅宰掉是一桩罪恶，因为他引了那么一群雁儿回家，是有功劳的呀。”爸爸不以为然地说道。

“唉，那倒也是，”妈妈应声附和，可是一转眼又说道，“倘若在别的时候，倒可以放他一条活路。但是现在我们自己都要从这里搬走了，我们没办法再养鹅啦。”

“嗯，这倒也是。”爸爸无可奈何地说道。

“那么你来帮我把他们赶到屋里去！”妈妈吩咐道。

他们俩走了出去。过了不大一会工夫，男孩子就看见爸爸一

① 十一月十一日为圣·马丁节，按习俗家家都吃烤鹅。

只胳膊下夹着雄鹅莫顿，另一只胳膊下夹着灰雁邓芬，跟在妈妈身后走进屋里。雄鹅尖声号叫起来："大拇指儿，快来救救我！"尽管此时此刻，雄鹅并不知道大拇指儿就近在咫尺，但是他还是像往常陷入险境时一样呼喊着。

尼尔斯·豪格尔森分明听到了雄鹅的拼命呼救，可是他倚在马厩门口动弹不得。他之所以迟迟不出来相救，倒不是因为雄鹅被放到屠宰凳上对他自己会有好处——在那一瞬间他甚至连想都没有想起这一点——而是因为，如果他要跑出去搭救雄鹅，他就要现身在爸爸妈妈面前，而他极不情愿那样做。"爸爸妈妈为我操碎了心，"他想道，"我又何必再给他们增添几分悲伤呢？"

可是当他们把雄鹅带进屋里，把门关上的时候，男孩子再也沉不住气了。他像离弦的箭一般冲过庭院，跳上房门前的槲木板，奔进了门廊。他习惯成自然地在那里把木鞋脱下来，光着脚走到门口。可是他实在不愿意让自己的这副小人儿模样在爸爸妈妈面前出现，所以他抬不起手臂来敲门。"这是雄鹅莫顿性命攸关的时刻呀！"他心头悚然一震，"自从你离开家门的那一天起，他不就成了你最知心的朋友了吗？"他这样自问。霎时间，雄鹅和他生死与共的经历全都涌现在他的脑际，他想起了雄鹅怎样在冰冻的湖面上，在暴风骤雨的大海上，还有在凶残的野兽中间舍命救他的情景。他的心里溢满了感激和疼爱之情，终于克服了自己的疑虑，不顾一切地用拳头拼命捶打屋门。

"哦，外面是谁心急着要进来？"爸爸嘟囔了一声把门打开。

"妈妈，您千万不要动手宰雄鹅！"男孩子高声大叫，就在这时候被捆在凳子上的雄鹅和灰雁邓芬惊喜交集地发出一声尖叫，男孩子一听总算放心了，因为他们还活着。

屋里惊喜交集地发出一声尖叫的还有一个人，那便是他的妈妈。"啊，我的孩子，你长高啦，也长得更好看啦！"她叫喊起来。

男孩子没有走进屋里，仍旧站在门槛上像一个不知道会看到主人怎样脸色的不速之客。“我可把你盼回来啦，”妈妈涕泪交加地说道，“快进来呀！快进来呀！”

“欢迎你回家来。”爸爸哽咽得再多一句话也讲不出来了。

男孩子还是局促不安地站在门槛上，迟迟疑疑不敢举步。他莫名其妙，怎么父母亲看到他小不点儿的怪模样还如此高兴。妈妈走了过来，张开双臂把他拦腰搂住，拖着他进屋里去。这时候他才发觉自己陡然长得比原来还高一些。

“爸爸，妈妈，我变大啦，我又变成人啦！”男孩子喜出望外地喊叫起来。

告别大雁

第二天早上天还没有亮，男孩子就起床出门，朝海边走去。在晨光熹微的时候，他已经来到了斯密格渔村东面的海岸。他是独自前去的，离开家之前还到牛棚里去找过雄鹅莫顿，想把雄鹅叫醒了一起去。可是雄鹅刚回到家就眷恋得再也舍不得离开，一句话也没有，只是把脑袋缩在翅膀底下睡过去了。

那一天看上去会是个晴朗明媚的好天气，就像今年春天大雁来到斯康耐的那一天一样。海面上烟波浩渺，风平浪静。大雁们真是挑了一个好日子启程呢。

男孩子至今还有些头晕目眩，他一会儿觉得自己是小精灵，一会儿又觉得自己是个真正的人。他看到路旁有一堵石头围墙的时候，就会提心吊胆，一定要弄明白，围墙背后有没有野兽正躲藏着对他虎视眈眈。但转眼之间他又忍不住笑出声来，因为现在他又高大又强壮，没有什么好害怕的。

他来到海边，站在海岸的最边缘处，好让大雁们看到他那高大的身躯。那一天刚好有大批候鸟迁徙，天空中婉转啼鸣之声不绝于耳。他想到，没有人能够像他一样听得懂鸟儿的啁啾，禁不住得意扬扬地微笑起来。

大雁们浩浩荡荡地飞过来了，一大群接着一大群。“但愿我的那群大雁不要没有向我告别就飞走啦！”他心想。他一心要把事情的原委讲给他们听，而且还要告诉他们，现在他又是一个真正的人了。

又一群大雁飞过来了，这一群飞翔得比其他大雁更矫健，鸣叫得比其他大雁更嘹亮。他们身上别样的神态告诉他，这就是带着他周游过各地的雁群，可是他却不能够像前一天那样一眼就认准。

大雁们放慢速度，沿着海岸来回盘旋。男孩子立刻明白过来，那就是他的雁群。可是他暗自纳闷，大雁们为什么不飞落到他的身边，他们不会看不见他站在那里。

他用尽力气模仿鸟语，然而舌头却直僵僵地不听使唤了！他再也发不出来那种正确的鸟语了。

他耳际传来了阿卡在空中的鸣叫，可是他再也听不懂她在说些什么。“这是怎么回事呀？难道大雁们说话的腔调全变啦？”他心里茫然不知所以。

他朝他们挥舞自己的尖顶小帽，他沿着海岸大步奔跑，嘴里放声高喊：“我在这里，你在哪里？”

然而这样做似乎使得雁群受到了惊吓，他们直蹿上天空朝海面飞过去了。这时候他总算明白过来了！大雁们并不知道他已经又变成人了，他们认不出他来了。他重新变成了人，也不会讲鸟语了，更听不懂鸟儿的讲话了。他再也没有办法把雁群呼唤到自己的身边。

尽管男孩子为自己终于解脱了妖术而兴高采烈，但他想到要和自己最心爱的伙伴分道扬镳就黯然神伤。他一屁股坐在沙滩上，双手捂紧了面孔。唉，再盯着他们看又有什么用呢？

可是过了半晌，他又听见扑扑的翅膀扇动声。原来领头雁阿卡忍不住又飞回来一次，想来看个究竟。这时候男孩子一动不动地坐着，她就敢飞得离他近一些。蓦地，那熟悉的身影使她豁然开朗，她终于看清楚了他是谁，便降落在紧靠着他的一个小岛上。

男孩子喜出望外地欢呼起来，他把老雁阿卡紧紧搂在怀里。别的大雁也都围了上来，用嘴在他身上摩来擦去，在他身边挤来挤去。他们叽叽呱呱鸣叫不停，似乎都在由衷祝贺他。他也不停地对他们说着话，感谢他们带着他做了一次奇妙的旅行。

可是大雁们骤然安静下来，而且从他身边缩了回去。他们警觉起来了，似乎想说："要小心哪，他不是那个大拇指儿啦，他是一个真正的人呀，他不了解我们，我们也不了解他呀。"

于是男孩子站起身来，走到领头雁阿卡面前。他轻轻地抚摸她，又依次轻拍那些从最初就和他在一起的老雁，像亚克西和卡克西啦，科尔美和奈利亚啦，还有库西和维茜。然后，他就离开海岸往内陆走去，因为他深知鸟类的悲伤是维持不了多久的。他想趁他们还在为失去了他而伤心难过的时候赶快离开他们。

他踏上堤岸以后，又转过身去看那些朝向大海飞去的鸟群。所有的鸟都发出鸣叫，此起彼伏。唯独有一群大雁却悄然无声地朝前飞去。男孩子站在那里目送他们远去。那群大雁排列整齐，飞得非常快，翅膀强健有力。男孩子深情地目送着他们远去，心里无限惆怅，似乎在盼望能够再一次变成一个名叫大拇指儿的小人儿，再跟随着雁群飞过陆地和海洋，遨游各地。

图书在版编目（CIP）数据

尼尔斯骑鹅旅行记 /（瑞典）塞尔玛·拉格洛夫著；
石琴娥译 . -- 南京 : 江苏凤凰文艺出版社 , 2020.2（2024.1 重印）
ISBN 978-7-5594-2234-7

Ⅰ . ①尼… Ⅱ . ①塞… ②石… Ⅲ . ①童话 – 瑞典 –
近代 Ⅳ . ① I532.88

中国版本图书馆 CIP 数据核字 (2018) 第 119326 号

尼尔斯骑鹅旅行记

[瑞典] 塞尔玛·拉格洛夫 著　　石琴娥 译

选题策划　栗子文化
策划编辑　钱　丽
责任编辑　白　涵　刘洲原
特约编辑　何　欣
绘　　图　三　乖
封面设计　刘　军
版式设计　段文婷
出版发行　江苏凤凰文艺出版社
　　　　　南京市中央路 165 号，邮编：210009
网　　址　http://www.jswenyi.com
印　　刷　北京中科印刷有限公司
开　　本　880mm × 1230mm 1/32
印　　张　8
字　　数　208 千字
版　　次　2020 年 2 月第 1 版　2024 年 1 月第 7 次印刷
书　　号　ISBN 978 - 7 - 5594 - 2234 - 7
定　　价　39.80 元